태산을 바라보다 望嶽

태산은 무릇 어떠한가
제나라와 노나라는 푸르름 끝없고
조물주는 신묘한 위풍을 모았고
산의 북쪽과 남쪽은 아침저녁을 갈랐다
층층이 일어나는 구름이 가슴 설레게 하니
눈을 부릅뜨고 돌아드는 새를 바라디본다
반드시 정상에 올라
뭇산이 작은 것을 한번 보리라

岱宗夫如何, 齊魯靑未了. 造化鍾神秀, 陰陽割昏曉.
蕩胸生層雲, 決眦入歸鳥. 會當凌絶頂, 一覽衆山小.

진조여휘
Fantastic Oriental Heroes
장담 신무협 판타지 소설

진조여휘 2
장담 新무협 판타지 소설

초판 1쇄 찍은 날 § 2005년 10월 11일
초판 1쇄 펴낸 날 § 2005년 10월 21일

지은이 § 장담
펴낸이 § 서경석

편집장 § 문혜영
편집책임 § 서지현
편집 § 장상수 · 최하나

펴낸곳 § 도서출판 청어람
등록번호 § 제1081-1-89호
등록일자 § 1999. 5. 31
어람번호 § 제2-0716호

주소 § 경기도 부천시 원미구 심곡1동 350-1 남성B/D 3F (우) 420-011
전화 § 032-656-4452 팩스 § 032-656-4453
http://www.chungeoram.com
E-mail § eoram99@chollian.net

ⓒ 장담, 2005

ISBN 89-5831-772-8 04810
ISBN 89-5831-770-1 (세트)

陳千面 무림세가

진조여휘

Fantastic Oriental Heroes

장담 신무협 판타지 소설

2

만남, 인연

도서출판 청어람

목차

1장
구름 사이로 비친 상무원의 봄

1

"놔두어라. 지나침은 오히려 혼란만 초래할 뿐이다."

"하오나, 아버님!"

"누가 뭐라 해도 봉천은 나의 사제다. 성의 무사들 중 그를 따르는 사람이 의외로 많다. 이번 일만 해도 너무 지나친 처사였다는 말이 분분하고 있는 실정임을 너도 모르지는 않을 것이다. 게다가 철혈비를 인정하지 않는다는 것은 성의 무사들이 철혈금령을 무시해도 된다는 소리나 같다. 그리고… 이미 오른팔이 잘린 사람을 너무 견제한다는 것도 보기에 좋지 않고."

철운성이 미간을 찌푸리며 하는 말에 철군명은 이를 지그시 깨물었다. 그러자 옆에서 있는 듯 없는 듯 조용히 그림자처럼 앉아 있던 흑의인이 나직한 목소리로 입을 열었다.

"그는… 죽이는 것보다 살려두는 게 더 나을 것 같소."

흑의인을 돌아보는 철운성의 눈에 이채가 서렸다.

"총령도 그리 생각하실 줄은 몰랐소. 한데 무슨 이유라도 있소?"

"그를 죽인다면 한순간의 난국은 해결할 수 있을지 모르나, 무사들 중 상당수가 떠나갈 거요. 하지만 그를 살려둔다면, 그를 따르던 자들은 그를 생각해서라도 어쩔 수 없이 성주의 명에 복종할 수밖에 없을 것이오. 그렇게 시간이 지나고 나면 팔이 잘린 무사를 따를 철혈의 무사들이 얼마나 있겠소? 그리고… 음, 공연한 생각일지는 몰라도 그의 제자라는 아이, 왠지 눈에 거슬리는 게 있소."

"음?"

철운성의 눈에 가벼운 놀라움이 떠올랐다.

제자라면 진조여휘라는 이상한 성을 가진 아이를 말하는 것일 게다. 그러나 자신이 본 바로는 그다지 특이할 것도 없는 아이였다. 한데 자신에 비해 결코 하수가 아닐 거라 생각되는 이자가 그 아이를 인정하다니.

"흠, 총령이 그 정도로 보았을 줄은 몰랐구려. 군명아."

"예, 아버님."

"네가 보기에는 어떻더냐?"

철군명의 눈에 살기가 살짝 감돌았다. 그러나 워낙 짧은 순간이었기에 고개를 돌리던 철운성은 미처 보지를 못했다.

"소자가 보기에는 제법 자질이 있어 보였습니다. 철혈검법을 장으로 변환시켜 소자의 풍혼철장을 막아낼 정도였으니까요. 하지만 그 정도의 기재는 저희 철혈단에도 적지 않게 있습니다. 염려스러울 정도는 아니라 생각됩니다."

"흠? 철혈검법으로 풍혼철장을?"

철운성의 말투에 떠오른 감정은 가벼운 흥미, 그 이상도 그 이하도 아니었다.

흑의인은 철운성의 표정에 단순한 흥미만이 떠오르자 더 이상 진조여휘라는 아이에 대해 말을 하지 않았다.

'아무래도 그 아이에 대해 잘못 판단하고 있는 것 같군. 재미있는 일이야, 재미있는 일…….'

적어도 신마천궁(神魔天宮)의 삼마령주 중 흑마령주이자 철혈성과의 연합을 위해 와 있는 무사들의 총책임자인 자신의 눈에, 그 아이의 자질은 결코 철혈성의 소성주이자 신마천궁주의 셋째 제자가 된 철군명에 비해 못하지 않게 보인 것이다.

'소궁주를 위해서라도 그 아이와 철군명이 다투도록 놔두어야겠어. 후후후…….'

2

어느덧 상무원의 정원에도 봄이 찾아오고 있었다. 앙상하던 가지에도 연두빛 새싹들이 움터 나오고, 화사한 봄날을 기다리는 온갖 봄꽃들이 봉오리를 맺기 시작했다.

더 이상 불청객들은 찾아오지 않았다. 기득염도, 철군명도……. 가끔씩 종자정과 강인엽이 와서 고봉천과 담소를 나누다 갈 뿐이었다.

사건이 일어난 다음날 득달같이 찾아온 종자정은 분에 못 이겨 '왜 멍청이처럼 가만있었소!' 라며 소리쳤다. 그러자 사부님은 그저 빙그레 웃기만 하셨다. 그러면서 마지못해 한마디 하셨다.

너도 장가가고 어린 자식 있어봐라, 네 성질대로 할 수 있나.

지금 노총각이라고 약 올리시는 거유?

에그, 내가 팔 하나 버리고 다 살았으니 내가 이득을 봐도 많이 본 것 아니냐?

그럼 도망이라도…….

자식들하고 마누라 놔두고? 나 혼자? 너라면 그러겠냐?

그 후로는 그 일에 대해선 아무 말도 안 한다. 그래도 불만은 여전한지 입만 삐죽거렸다. 그리고 어느 정도 팔이 나아가면서부터는 또 다른 불만을 얘기했다.

이곳에 계속 있을 이유가 뭐요? 죽이려 지랄하는 놈들이 많은데…….

그러자 사부님은 씁쓸한 웃음을 지으며 말씀하셨다.

여기서 나간다면… 저들은 나를 정말 죽이려 할 게야. 나야 그렇다지만 연연이는… 부인은… 휘아는…….

연화문과 염부경은 그 사건 이후 성에서 축출되었다고 한다. 무사들의 동요를 염려해 죽이지는 않고 무공을 폐한 채 쫓아내 버리기만 했다는 것이다. 또한 기득염은 스스로 성을 나가 버렸다. 그리고 소식이 없다 한다.

그렇게 세월은 흘러갔다.

고봉천의 상처는 두 달이 지나자 어느 정도 완치가 되어가고 있었다. 아직 무엇을 할 정도는 되지 않았지만 가볍게 산책을 하며 휘아와 연연의 마음을 달래려 할 정도는 되었다.

사부의 팔이 잘리던 그날 이후, 휘아의 얼굴에서는 밝은 웃음이 깊숙한 내면의 세계로 침잠되어 들어가 버렸다. 오직 수련, 수련만 할 뿐이었다. 너무 심하게 몸을 혹사시키는 것 같아 연연이 발을 동동 구르며 불안해할 정도였다.

오빠! 너무 무공만 익히면 몸에 안 좋단 말이야!

내가 강해져야 돼, 연연아. 그래야 사부님을 지키지.

과유불급(過猶不及)이라는 말 몰라? 지나치면 모자람만 못하다는 말

말이야!

그래도 말을 안 듣자 툭하면 방으로 들어와 시위를 하기도 했다.

뭐 이래? 아무리 남자 방이라도 그렇지! 너무 지저분하고 멋대가리가 없잖아!

바닥 청소도 하고, 이불도 꺼내 털어대고, 창문을 열었다 닫았다 한바탕 난리를 피우고 간다. 그나마 휘아가 운기를 하는 시간은 피해서 들어왔다. 연연이도 운기를 할 때 건든다는 것이 얼마나 위험한 일이란 것을 모르지는 않으니까. 명색이 휘아의 기초 무공 사부가 아니던가?

그래도 그 덕분에 가끔씩은 억지로나마 쉴 시간이 만들어졌다. 그때만큼은 휘아의 입가에 가느다란 웃음이 걸리기도 했다.

누가 뭐래도 사랑스런 동생이 오빠를 위해 하는 행동이거늘, 뭐라 할 건가. 그저 안아주지 못하는 것이 미안할 뿐이다.

하지만 그렇게 열심히 해서인지 휘아의 무공은 하루가 다르게 변화하고 있었다, 너무 빨라서 겁이 날 정도로. 자신이 무공을 익히는 것인지, 무공이 자신의 내부에서 스스로 커나가는 것인지 모를 정도로.

그날도 문밖의 봄을 재촉하는 따사로운 햇빛도 마다한 채 탁자조차 치워진 방 안에 가부좌를 틀고 앉아 내부에서 흐르는 기운을 관조하며 운기에 몰두하고 있었다.

어느 정돈지는 정확히 모르겠지만 전신을 흐르는 내기가 지난겨울과는 많이 다르다는 것이 느껴지고 있었다.

천양의 기운도 따뜻한 햇살을 받으며 무럭무럭 커나가고, 기해 깊숙한 곳에 잠들어 있던 지음의 기운도 제법 거센 기지개를 켜고 있었다. 그러자 두 가지 극성의 기운을 조절하는 풍령의 기운도 덩달아서 함께 커지고 있었으니, 이제는 삼령의 기운을 균형있게 이끌고 간다는 것도 쉬운 일이 아니었다.

하는 수 없이 성질이 부드러운 무연관천심법을 중점적으로 수련하면서 커져 버린 삼령의 기운을 달래는 수밖에 없었다. 한데 그러다 보니 또 다른 문제가 발생했다.

혈련삼화나 광섬사결은 연무장에서 드러내 놓고 수련을 할 수가 없었기에 방 안에서만 수련해 왔었다. 그런데 이제 그마저도 한계에 다다랐다. 내력을 운용하며 변화의 맥을 찾아야 하는데, 방에서 내력을 운용했다가는 어떤 일이 벌어질지 모르는 상황이 된 것이다.

가부좌를 하고 앉아 명상에 잠겨 있던 휘아의 눈이 뜨인 것은 춘삼월 봄날 태양이 중천에 떠오른 미시 초였다.

'아무래도 사부님께 결심을 말해야 할 때가 온 것 같구나!'

무연관천심법에 따라 휘돌던 내력을 거두어들인 휘아는 벌떡 일어나 방문을 열고 밖으로 나섰다.

밖에는 따사로운 햇빛이 정원 가득 쏟아지고, 피어오르는 봄꽃들은 은은한 향기를 품어내고 있었다.

황금빛 햇살 속에 발을 내딛었다.

싱그러운 꽃향기가 가득한 정원을 가로질러 사부님의 방으로 가려 할 때였다. 정원의 한쪽 구석에서 나무를 손질하고 있는 구 노인이 보였다.

잠시 멈칫거리던 휘아가 입술을 지그시 깨물더니 구 노인을 스쳐 지나갔다. 그러자 혼잣말을 하는 듯한 구 노인의 목소리가 들려온다.

"어이구! 그놈들 이쁘게도 핀다. 그런데 말이다, 휘아야. 이 꽃을 내가 피워냈겠느냐, 아니면 스스로 피었겠느냐?"

또다시 멈칫 발걸음이 흐트러졌다.

"네가 가진 꽃은 네가 피워내느냐, 아니면 스스로 피어나더냐?"

억지로 세 걸음을 더 옮기다 끝내 우뚝 서버렸다.

"나는 그냥 꽃들이 잘 필 수 있는 환경을 만들어줄 뿐이다만, 너는 어찌하고 있느냐?”

쾅!!

머리 속이 하얗게 비어갔다. 입이 절로 열리다 막힌다.

“저는…….”

나는 어찌했던가.

나는 꽃을 피우기 위해 무엇을 했던가.

혹시 억지로 꽃을 피우려 하지는 않았던가?

구 노인이 다시 말한다.

“네가 그려내고자 하던 선을 보았다.”

광섬사결을 말하는 것일 것이다. 한데 언제 보았을까?

“네 방을 지나가다 우연히 보았으니 너무 깊게 생각할 필요는 없다.”

자신을 보는 것 같지도 않은데 마음을 읽고 있다. 대체…….

“한데 말이다. 그 선은 본래 선이더냐, 아니면 그걸 그린 사람이 다른 것을 그렸는데 선이 된 것이더냐?”

‘선… 선이라고……?’

그걸 그린 무명인은 선을 그렸던 걸일까? 아니다, 아니다. 그게 아니라는 것은 그 누구보다 자신이 잘 알고 있다.

그는… 단순히 빠름을 그렸을 뿐이다. 빠름을……. 그것이 수백 개의 선으로 나타났을 뿐이었다. 선은 형일 뿐이고, 마음은…….

번쩍!! 우르르콰광!!

하얗게 빈 뇌리 속에 벼락이 내리 꽂혔다.

벼락 맞은 버드나무가 태풍에 흔들리듯 전신이 떨려온다.

움켜쥔 두 손이 사시나무 떨듯 떨리지만 진정을 할 수가 없다.

구 노인은 아무 일도 없다는 듯 여전히 나뭇가지를 쳐간다. 꽃나무의 썩어가는 가지가 힘없이 떨어진다. 여전히, 여전히 천천히…….

이를 악물고 물어봤다, 오래전부터 궁금했던 한 가지를.

"그렇게… 그렇게 잘 아시는 분이 왜 그때는… 가만히 계셨나요. 예? 왜! 왜!!"

꽃나무 가지를 쳐가던 구 노인의 손이 우뚝 멈추었다. 잔주름 가득한 노안이 휘아를 향해 돌려졌다.

"허허허, 그게 그리도 원망스럽더냐?"

휘아는 더 말을 할 수가 없었다. 많은 말을 하고 싶었는데, 악다구니라도 쓰고 싶었는데 입이 떨어지지가 않는다.

"내 나이도 이제 구십이다……. 나는 삼십 년 전에 한 가지 맹서를 한 사람에게 했단다. 한데… 그날처럼 나의 맹서가 원망스러운 적이 없었단다. 정말 미안하구나."

미안하구나, 미안하구나. 머리 속이 온통 구 노인의 말 한마디로 메아리친다.

자신의 발이 어떻게 움직였는지도 모르게 사부님의 방 앞에 도착했다.

하지만 일이 더 진행됐더라면… 나는 나의 맹서를 깨어야만 했을 것이다.

방 안을 향해 조용히 입을 열 때까지도 구 노인의 목소리가 귓속을 울리고 있었다.

그 흑의인이 너를 노렸다면 말이다. 맹서를 깨고 손을 썼을 게다. 그 자는 네 사부의 힘만으로는 감당할 수 있는 자가 아니었거든.

그랬겠지요. 나름의 사정이 있었겠지요. 하지만, 하지만… 사부님의 잘린 팔은 어쩌란 말인가요!!

"사부님, 휘압니다."

씨한 약 냄새가 방 안을 가득 메우고 있었다. 사부님의 상처는 거의 나았지만 아직도 약은 계속 잡숴야만 했다.

"좀 어떠세요?"

"허허허, 이제 괜찮다. 보면 모르겠느냐? 봐라!"

고봉천이 왼손을 들더니 알통을 보이듯이 구부렸다. 어떠냐는 듯.

"그럼… 말씀드려도 되겠군요."

"응? 뭘?"

휘아의 눈과 고봉천의 눈이 마주쳤다.

"무저동에 들어가겠습니다."

"무저동?"

"그곳에 혼자 다닐 수 있도록 나름대로 방도를 만들어놨습니다. 아무래도 남들의 눈을 의식하지 않고 무공을 연마하기 위해서는 우선 남들의 눈에 뜨이지 않아야 하거든요. 한데, 상무원이나 철혈성의 어느 곳도 그럴 만한 데가 없어요."

"그래서 무저동에 들어가 무공을 익히겠다?"

"예."

"그래! 그럼 그렇게 하자!"

"예?"

고봉천이 빙그레 웃었다. 오히려 각오를 단단히 다졌던 휘아가 놀랄 정도의 반응이었다.

"나도 어떻게 할 건지 오래 생각해 보았다. 하지만 마땅한 방법이 생각나지 않더구나. 한데 말이다, 네가 떡하니 방법을 가져왔으니 내가 오히려 너를 무저동으로 밀어 넣어야 할 판이야! 하하하!!"

그런데 왜… 눈에는 안타까운 빛이 서려 있을까.

아마 자신이 직접 가르치지 못한다는 것에 미안한 감이 들었나 보다.

"얼마나 있을 것이냐? 자주 나오겠지?"

"물론이죠. 사부님하고 가족들이 있는데……."

‘안 나왔다간 연연이 심술을 어떻게 견디라구요.’

"그래? 허허허, 일단 무저동에 들면 음식은 연연이를 시켜서 넣어주마. 가만! 바구니를 잘랐다며? 그럼 음식을 어떻게 넣지?"

"간단합니다. 던.져. 주.세.요!"

"그런데 연연이가 가만있을까?"

역시, 사부님도 그 걱정이 제일 걸리나 보다.

"사부님이 알아서 막아주세요……."

"끄응! 왜 팔이 갑자기 아파진다냐……."

2장
흐르는 물 따라 세월도 흐르고

1

무저동에 들어온 지 오 년.

어둠만이 존재하는 곳, 무저동도 이제는 절망의 대지가 아니었다. 아니, 희망이 움트는 어머니의 품속이 되어 있었다.

무저동의 호수 동굴, 물이 유입되는 곳에 앉아 무아의 상태를 즐기는 휘의 마음도 무저동의 고요함처럼 평온하기만 했다. 조용히 눈을 감고 온몸으로 차가운 감촉을 음미하는 휘의 얼굴에 수면만큼이나 잔잔한 미소가 떠올랐다.

미소 띤 휘의 손이 쉬지 않고 물결을 따라 움직인다.

잔잔한 것 같으면서도 수면 아래로 미미하게 흐르는 물살은 어느 한 방향보다는 전체적으로 넓게 흐르고 있다. 그 모든 물살이 그의 친구와도 같았다. 보듬고, 쓰다듬고… 그러다 보면 한두 시진이 훌쩍 지나간다.

그가 지금처럼 호수 동굴의 물속에서 물결과 친구가 되어 지낸 것은 본래부터 그러고자 해서 그렇게 되었던 것은 아니다. 무저동에 들어온

지 이 년이 되었을 때였다.

천양의 법에서 파생된 열기가 점점 커지자 지음의 기운만으로는 강렬한 열기를 막을 수 없게 되었다. 심지어는 풍령의 기운으로도 조절이 되지 않을 지경이었다. 그러다 보니 휘는 천양의 법을 수련하는 것을 멈추어야만 했다. 자칫 균형을 이루지 못한 기운이 한쪽으로 폭주할 것을 우려한 때문이었다.

휘는 무연관천심법만을 이용해서 혈련삼화와 광섬사결을 익혀야 했다. 하지만 위력은 아무래도 삼령의 법을 운용하며 펼치는 것만 못했다.

그렇다면 일단 삼령의 법을 익힐 수 있는 방법을 찾아야 한다. 그래야만 혈련삼화든 광섬사결이든 제대로 익힐 수 있을 테니까. 그러던 어느 날 문득 든 생각.

'천양의 기운이 너무 강해서 지음의 기운이 막지 못한다면, 천양을 키우기 전에 지음의 기운을 먼저 키우면 되지 않을까?'

당연한 듯한 생각이었다. 그러나 방법이 문제였다.

마땅한 방법이 떠오르지 않자 일단은 천양의 기운을 끌어올려 지음의 기운을 두드려 보기로 했다. 처음에 한두 번은 그럭저럭 생각대로 되는 듯했다. 세 번, 네 번…….

자신감이 생기자 조금씩 천양의 기운을 강하게 끌어내기 시작했다. 그러던 어느 날이었다.

그날도 일단 천양의 기운을 끌어올리고 기해혈 속에 잠들어 있는, 현재 움직일 수 있는 것보다 몇 배나 되는 그 거대한 지음의 기운을 억지로 끌어내려 했다.

하지만 기해혈 속에 있는 지음의 기운은 어느 정도 천양의 기운이 식으면 바로 되돌아가 버렸다. 그러면 천양의 기운이 또다시 요동을 친다.

계속 반복되는 상황……

본래 풍령의 기운은 두 기운이 통하는 통로 역할을 하며 서로의 기운이 한쪽에 치우치지 않게 조절을 하고 있었다. 그런데 천양의 기운이 너무 강해지자 그것도 한계에 다다랐는지 점점 저울추가 천양의 기운 쪽으로 기울어지고 말았다.

어느 순간! 마침내 천양의 기운이 자신의 앞길을 막는 지음의 기운을 강하게 밀어내더니 미친 듯이 폭주를 하고 말았다!

"우욱!!"

생각지도 못했던 상황에 휘의 얼굴이 붉게 달아올랐다.

안간힘을 쓰며 지음의 기운을 일으키려 하지만 한 번 억눌러진 기운은 쉽게 기해혈에서 빠져나오지 못하고 있었다. 그러자 갈수록 거세지는 열기.

전신이 시뻘겋게 달아오르고, 머리카락이 사방으로 뻗친 채 열기를 토해낸다.

손을 뻗어 기운을 방출해 봤다.

핏빛 붉은 노을이 손가락 끝에서 환하게 피어오른다.

허공 가득 뜨거운 열기가 회오리 칠 듯 휘몰아친다.

마치 용로(鎔爐)에 달구어진 쇳물이 척추를 타고 머리 속으로 치솟아 올라가는 것만 같다.

극렬한 고통, 입 천장을 뚫고 머리 꼭대기로 불길이 솟구치는 처절한 고통에 정신이 아득해진다.

무연관천심법도, 신주령의 법문도, 삼령의 법도 소용이 없다.

'너무 성급했다!'

욕심이 모든 것을 한순간에 재로 태워 버리는 것만 같았다. 육신도, 정신도 천양의 열기에 잡아먹히고, 혼백마저 비명을 지르기 직전이었다.

고오오.

극한 상황! 도저히 벗어날 수 없을 것만 같은 암울함!

화아악!!

허름한 옷이 불길에 휩싸이더니 순식간에 재가 되어 흩날린다.

'끝… 인… 가? 아버지……! 사부님……!'

휘가 그렇게 정신을 잃어가고 있을 때였다. 느닷없이 아랫배 쪽에서 바늘로 심장을 찌르는 듯한 강렬한 극통이 전해져 온다.

'아!!'

혼미해지는 정신 속에서 자신도 모르게 부르르 몸을 떨었다.

기해 속에 갇힌 채 나올 길을 찾지 못하던 지음의 기운이 송곳이 되어 날카롭게 솟구치고 있었다. 천양의 기운이 결국은 기해마저 점령하려 하자 더 이상 견디지 못한 지음의 기운이 마침내 움직이기 시작한 것이다.

천운이라면 천운이었다, 정신이 완전히 소멸되기 전에 지음의 기운이 움직였다는 것은. 그 충격으로 뇌리의 한쪽이 억지로 정신을 일깨우고 있었다.

'정신 차려라, 휘야!! 정신 차려!!'

그러나 그마저도 일순간일 뿐이었다. 심장까지 올라오던 기운이 주춤거리고 더 이상의 전진을 하지 못하고 있다.

'도와줘야 한다! 안간힘을 쓰고 있는 지음의 기운을 도와줘야 한다! 그것만이 살 길이다! 한데 어떻게?'

찰나! 휘의 머리 속으로 번개가 스치며 지나간다.

'호수 동굴!!'

화르르.

불꽃처럼 타오르던 휘의 몸이 한줄기 불화살이 되어 날아간다.

사방으로 뻗치는 불꽃에 주변이 환하게 밝아졌다.

쿠궁!

쏘아져 가던 신형이 호수 동굴로 들어가는 입구에 부딪쳤다.

번쩍, 머리에 가해진 충격이 또다시 정신을 일깨웠다.

벌떡 일어선 휘는 머뭇거릴 사이도 없이 동굴 안으로 돌진했다. 십여 장의 거리, 광란하는 천양의 기운은 거대한 불줄기, 그 자체로 거대한 힘이었다. 평소에는 불가능이라 생각했던 십여 장의 거리를 일직선으로 날아갔다. 그리고 마침내!

풍덩!! 치이이익.

붉은 불덩이가 호수 동굴의 한가운데에 떨어져 내렸다.

뿌연 안개가 동굴을 메우며 피어오르자 순식간에 동굴 안은 안개의 동굴이 되어버렸다.

멋모르고 물가를 서성이던 동굴 벌레들이 정신없이 도망치기 시작했다. 안개 속을 벗어나기 위한 필사적인 벌레들의 몸부림이 광란을 일으키고 있었다.

일각… 이각… 한 시진…….

사위가 조용해졌다. 기어 다니는 벌레들의 속삭임조차 사라져 버렸다. 오직 들리는 소리는…….

퐁! 퐁!

천장에서 떨어지는 물방울 소리뿐.

시간이 흐르면서 안개가 서서히 옅어져 간다. 정신없이 도망쳤던 벌레들도 슬그머니 고개를 들이밀고 있었다. 순간,

푸아아아!!

호수 한가운데에서 붉은 동체가 솟구쳤다.

두 개의 시뻘건 불길이 동굴을 비추자 고개를 들이밀던 벌레들이 다시 정신없이 도망을 친다.

"후아아!!"

깊고 거친 숨소리가 동굴 안을 울렸다. 두 눈에서 뿜어지는 붉은 열기가 사방을 쓸어보았다.

"…살았나?"

휘의 입에서 자신이 살아 있다는 것이 믿기지 않는다는 듯한 탄식이 터졌다.

"휴우, 하마터면 오기 부리다가 죽을 뻔했다."

팔다리를 살펴봤다. 아직도 붉은 열기가 가시지를 않고 있다. 그런데 뭔가 이상한 생각이 든다. 휘는 고개를 갸웃거리며 손으로 머리를 쓸어갔다.

"엥?"

치렁치렁하던 머리카락은 어딜 가고 두 치 길이의 밤송이처럼 꺼칠꺼칠한 머리카락이 손에 들어왔다.

"다… 타 버렸다. 아니지… 조금 남았다."

문득 기이한 느낌에 고개를 숙이고 아래를 내려다보았다. 물속에 비치는 그곳(?), 제법 거뭇거뭇하던 털들이 보이지 않았다.

'으음, 많이 자랐었는데…….'

머리는 아쉬울 것 없는데 아래쪽 것은 조금 아쉬운 생각이 든다.

'그래도 산 게 어디야!'

모두가 하늘에서 바라보는 세 아버지의 보살핌 같기만 했다.

힘내라, 힘! 휘아야, 걱정 마라! 아버지들이 있잖아!!

그날 이후, 휘는 호수 동굴의 물속에서만 천양의 법을 수련했다.

죽다 살아난 덕분에 얻은 소득도 적지 않았다. 기해혈에 잠들어 있던 지음의 기운이 서서히 본격적인 활동을 시작한 것이다. 그것은 휘의 내력이 균형을 이루며 발전할 수 있게 되었다는 말과도 같았다.

또한 물속에서 수련을 하다 보니 좋은 점도 많았다. 아무래도 움직임이 자유롭지 못하다 보니 힘이 더 들었고, 힘들지 않기 위해서 물의 결을 따라 움직이다 보니 미처 깨닫지 못했던 변화를 깨달을 수 있게 된 것이다.

게다가 물속에서 수련을 하던 중 광섬사결을 익힐 방도를 찾게 되었으니…….

차가운 물의 기운을 즐기며 눈을 반쯤 감고 있다 보면 천장에서 떨어지는 물방울 소리가 귀를 즐겁게 해준다.

처음에는 그러려니 하며 즐기기만 했었다. 그런데 언제부터인지 문득문득 물방울이 맺혀 떨어질 때쯤 되면 뭐라 형용할 수 없는 묘한 느낌이 들기 시작했다.

전신 감각에 미묘한 대기의 흐름이 느껴지면 동시에 여지없이 물방울이 떨어지는 것이다. 그럴 때마다 눈을 가늘게 뜨고 바라보았다.

퐁!

잔잔한 호수에 파문이 인다. 그런데 떨어지는 물방울이 찰나간 수면 위에 비친다.

몇 날 며칠을 그저 바라보기만 했다.

느낌이 오면 떨어지고, 떨어지면 파문이 인다. 비록 작은 변화였지만 시간이 흐르면서 휘의 머리 속에 하나의 그림이 그려졌다.

떨어지는 물방울, 수면 위에 비치는 그림자. 그때부터 휘는 손을 휘둘러보았다. 한데,

촤악!

손이 빠져나오며 물결이 인다. 그 바람에 그림자가 사라져 버린다. 그

래서는 아무런 소용이 없다.

아버지들에게 배운 것, 도사할배, 이빨아저씨에게 배운 것, 사부님에게 배운 것, 모두를 하나하나 생각해 보았다. 분명 어딘가에 해결 방법이 있을 것이다.

며칠을 생각해 보았다. 심지어 식사도 안 하고 생각에 몰두했다. 그러다 기진맥진, 겨우겨우 정신을 차리고 보니 열흘은 굶은 듯하다. 하는 수 없이 밖으로 나가 연연이가 던져 놓은 음식을 집어먹다가 우뚝 손을 멈췄다.

옆을 보았다. 부서진 바위가 보인다. 아버지들이 철광석을 캘 때 하던 말이 들리는 듯하다.

'휘아야! 바위를 쪼갤 때 결을 찾아야 돼! 그래야 힘들이지 않고 쪼갤 수 있어!'

도사할배도 말했었다.

'사람의 몸은 신비하기 그지없다. 아마 신이 만든 것들 중 가장 신비할 것이다. 그저 아무 쓸모가 없을 것 같은 살점에도 신의 입김이 흐른단다. 그 흐름만 잘 이용할 수 있으면 신이 가진 힘의 만분지 일이나마 얻을 수 있을 것이다. 동방의 무인들은 그걸 무공이라 하고, 동방의 선인들은 그걸 단이라고 한단다.'

사부님도 그러셨다.

'바람의 결을 탈 줄 아는 법이 곧 신법을 가장 잘 익히는 법이다.'

모든 이야기에 공통점이 있다. 그것은 결, 결이다. 결국 내가 찾아야 할 것도 결, 결을 찾아야 한다. 물의 결을, 물의 숨결을.

그날부터 물의 결을 찾기 위해 물속에서 살다시피 했다. 한데 그게 쉬울 리 만무하다. 그나마 대기의 법, 풍령의 술을 조금은 익히고 있었기에 빠르게 물의 결에 적응할 수 있을 뿐이었다.

휘가 물의 결에 익숙해지는 데 두 달이 걸렸다. 그리고 물의 결과 하나가 되는 데는 육 개월이 걸렸다.

느낌이 인다. 눈이 슬쩍 떠짐과 동시에 물방울이 떨어진다. 순간 수면에 비친 물방울. 찰나, 물의 결을 따라 들린 손이 일 점의 파문도 일지 않은 채 빠져나온다.

번쩍!

순간적인 그어짐. 그러나 물방울은 여지없이 파문을 일으키며 수면 위에 떨어진다.

어쭈? 한 번, 두 번… 열 번…….

오기가 솟는다. 그때부터 수없는 반복, 반복, 반복.

느낌이 오면 손날이 물방울을 베어간다.

떨어지고 베고, 떨어지고 베고…….

물방울이 수면에 비칠 정도 되면 간격이 세 치에 불과하다. 일 수유의 순간, 그사이에 물속에서 빠져나온 손날이 물방울을 벤다는 것은 불가능처럼 보였다.

한데 어느 때부턴지 대기의 흐름을 전해주던 풍령의 기운이 슬그머니 움직이기 시작했다. 물방울이 떨어지는 느낌이 뇌에서 손날로 전해지기도 전에 스스로 움직이는 것이다.

그렇게 세월은 무심히 흘러가고 풍령의 기운이 손날과 하나가 되어 물방울을 베어내기 시작한 것은, 처음 풍령이 움직이고 삼 개월이 흘러서였다. 하나를 이루었다는 생각에 휘의 입가로 희열의 웃음이 떠올랐다.

그 다음에는 손가락을 뻗어 떨어지는 물방울을 손가락으로 꿰어봤다. 그것은 더욱더 힘들었다.

하나의 점, 찰나간에 존재하는 점을 느낌만으로 꿰뚫는다는 것이 그렇게 힘들 줄은 몰랐다. 하도 반복하다 보니 나중에는 무의식 중에도 느낌만 오면 손가락이 나간다.

문득 휘의 표정이 묘하게 일그러졌다.

'이러다 뭘 볼 때마다 손가락을 뻗는 거 아닐지 모르겠네. 버릇되면 곤란한데……. 특히 연연이한테 그랬다가는…….'

그래도 일단은 성공이나 해놓고 걱정할 일이었다. 무저동에서야 보는 사람도 없는데 뭐.

끊임없는 찌르기의 반복이 육 개월을 흘렀다. 그제야 겨우 제대로 물방울에 손가락을 꽂아 넣을 수 있었다.

그리고 일 년이 지나자 그때는 물방울 두 개가 동시에 떨어져도 하나는 베고, 하나는 콕 찌를 정도는 되었다.

그렇게 물속에서의 수련이 밖에서의 수련보다 훨씬 힘들면서도 효과가 크다는 것을 알고 나서부터 이 년이 지나서야 광섬사결의 요체를 깨달아가기 시작했다.

그러고도 하루에 네 시진, 물속에서의 수련에 박차를 가한 지 일 년여.

차갑고도 무저동의 어둠처럼 깊은 눈에 잔잔한 미소를 담고 휘의 손이 한 점 파문도 없이 수면을 빠져나오더니, 쭉 뻗은 다섯 손가락이 허공을 훑어간다.

콕!! 스슥. 팍!

수면 한 치 위에서 세 개의 물방울이 동시에 꿰뚫리고, 잘라지고, 비산한다. 그러자 휘의 깊은 눈빛이 더욱 깊어지며 심해 저 아래로 침잠해 들어갔다. 만족한 듯한 미소를 입가에 매단 채…….

2

휘는 오랫동안 밖을 나가지 않았다.

처음에는 머리가 짧아 연연에게 놀림을 받는 것이 싫어서, 그러다 나중에는 자신에게 찾아온 깨달음의 열락을 놓치기 싫었던 것이 이유라면 이유였다.

그렇게 하루의 반을 물속에서 보내다시피 하다 보니 무저동에 들어 온 지도 벌써 사 년이 훌쩍 넘어 오 년이 되어버렸다.

우걱우걱. 쩝쩝!

가루가 안 된 것이 다행일 정도로 부서진 과일 하나를 씹어대던 휘의 눈이 천천히 허공으로 들렸다.

보름달처럼 둥근 천공이 까마득히 걸려 있다.

밖에 있는 사람들은 지금 무얼 하고 있을까.

마지막으로 밖에 나갔다 온 지 어언 육 개월.

연연은 많이 컸을까?

사부님은 연연의 등쌀에 잘 버티고 있을지…….

훗!

내가 육 개월을 나가지 않았으니 아마 고생깨나 하셨을 터였다. 아니지, 이제 열다섯 살이나 되었으니 사모님을 도와주느라 나를 잊고 지낼지도…….

처음에는 닷새에 한 번씩, 그러다 나중에는 열흘에 한 번씩 밖으로 나갔었다. 그렇게 일 년이 지나자 한 달에 한 번으로 줄더니, 천양이 내 머리를 태워 버렸던 삼 년 전 그날 이후론 서너 달에 한 번씩밖에 나가지를 않았다. 그리고 이번에는 육 개월째……. 아마 연연의 머리에 뿔이 서너 개는 나 있을 터였다.

"후후후후후……."

손을 앞으로 뻗자 한 자루 철검이 휘의 손으로 딸려 들어왔다.

가볍게 발을 박차자 신형이 주욱 삼 장을 미끄러지더니 커다란 바위 위에 내려섰다. 어릴 때 항상 누워서 천공을 바라보던 그 바위였다.

천천히 검을 내밀었다.

화르르…….

붉은 불꽃이 검의 끝에서 환하게 피어오른다.

파르르…….

달아오른 철검의 끝이 벌의 날갯짓마냥 떨리고, 어둠의 세상에 불꽃들의 향연이 펼쳐지고 있었다.

검첨을 바라보고 있던 휘의 입가에 희미한 미소가 걸렸다. 순간,

"탄!!"

검끝에서 한줄기 불꽃이 폭사되어 나갔다. 그 불꽃이 오 장 밖의 석벽에 다다랐을 때 휘의 입에서 기이한 주문이 터져 나왔다.

"혈련화야! 피어라!"

화아악!!

석벽에 부딪쳐 가던 불꽃이 환하게 피어난다.

한 송이의 꽃봉오리가 만개하듯이 피어난다.

맑고 붉은 연화가 불꽃 속에서 희열을 노래하며 피어난다.

그것은 찰나간의 일이었다. 휘의 주문과 함께 피어난 붉은 연화는 아무런 일도 없다는 듯 그렇게 석벽 속으로 스며들어 갔다.

휘가 성큼 한 걸음을 떼었다.

스스스.

흔들리는 듯한 그의 신형이 허공에 죽 펼쳐지더니, 수십의 환영이 허공을 가득 메우며 춤을 춘다. 그러다 한순간 오 장 밖 석벽 앞에서 차곡차곡 뭉쳐졌다. 멋들어진 비월신영에 이은 오보천환이었다.

석벽을 바라보았다.

불꽃이 스며든 흔적은 그리 크지가 않았다. 손바닥 반절만한 연화의 흔적이 석벽에 남아 있었다, 세 치 깊이로 움푹 파인 채.

"흠, 이건 조금 작은걸?"

이마를 찌푸린 휘의 손이 허공에 들리고, 한순간에 철검을 내려쳐 간다.

쩍!

한데, 마치 수박이 갈라지듯 허공이 갈라지는 소리가 난다. 무슨…….

"이건 위력은 좋은데 너무 멋대가리가 없어."

철검을 내려친 쪽의 석벽을 바라보았다.

위에서 아래로 내려쳐진 굵은 선이 보였다. 하나로 보이지만 결코 하나로 이루어진 것이 아닌 선. 마치 수십, 수백 줄기의 가는 벼락이 훑고 내려간 것 같은 선이었다.

"아무래도 꽃을 더 크게 피워봐야겠다!"

중얼거리던 휘의 신형이 삼 장 위의 허공으로 둥실 떠올랐다. 그러더니 허공에 다시 하나의 꽃이 피어난다. 이번에는 조금 전보다 족히 서너 배는 더 커 보이는 불꽃이었다.

불꽃이 화려한 연화를 피워낸다. 또 져간다. 피고 지고……. 그렇게 화려한 불꽃 연화가 몇 번을 더 피고 지고 했다.

잠시 후, 휘는 또다시 석벽 앞에 쪼그리고 앉았다. 그곳에는 사람 머리통만한 연화가 아름답게 피어 있었다.

"됐다! 이 정도 크기면 연연의 입이 쫙 벌어질 거야!"

자기가 생각해도 만족스러운지 휘의 입가에 가느다란 미소가 피어났다.

맙소사! 지금껏 한 연구가 기껏 연연의 화를 풀어주기 위해서…….

휘는 아버지들의 무덤이 있는 쪽을 바라보았다.

"아부지, 밖에 나가봐야겠어. 아무래도 사부님 가족들이 걱정하고 계실 것 같거든. 그리고 조사해야 할 것도 있고……."

삐삐아버지가 말한다.

나가거든 삼류무사의 아들 맛 좀 보여줘라!

"참! 이번에 나가면 염소아부지 가족도 찾아볼 거야."

염소아버지도 눈물을 글썽거리며 고개를 끄덕인다.

그려, 꼭 찾아가 봐라.

"석두아부지도 조금만 기다려. 재미있는 이야깃거리 많이 가지고 와서 들려줄 테니까."

석두아버지가 굳은 얼굴로 말한다.

몸조심해라. 마차 조심하고……. 특히 술 처먹고 마차 모는 놈들 조심해야 한다. 그런 놈 있으면 머리로 받아버려!

도사할배와 이빨아저씨의 무덤도 찾아가 보았다. 도사할배 무덤 옆에는 자그마한 돌무덤이 하나 더 만들어져 있었다. 바로 지양선인의 무덤이었다.

'할배, 삼령문의 다른 사람들에 대해선 시간나는 대로 알아볼게요. 삼신주도…….'

휘는 이슬이 눈가에 맺히려 하자 고개를 털어냈다.

'다시는 울지 않을 거야!!'

3장
서령각에서 만난 사람

1

오월의 만월은 더할 수 없이 맑고도 환하게 세상을 비추고 있었다.

온 세상이 그렇게 만월의 품에서 잠들어 있을 때, 철혈성의 구석에 있는 무저동의 어둠 속에서 뿌연 그림자가 하나 솟구쳤다. 그림자는 들보를 가볍게 손으로 잡는가 싶더니 쏘아지듯이 십여 장 떨어진 숲 속으로 들어가 버렸다.

고목나무 위에서 쳐다보는 만월은 언제 보아도 아름다웠다.

거대한 나무 둥치에 몸을 기댄 휘는 잠시 허공을 바라보며 만월을 감상하다가 눈을 상무원 쪽으로 돌렸다.

'조용하군.'

자시가 넘어가는 시각, 조용하지 않으면 오히려 이상한 시각이었다.

휘는 잠시 망설이지 않을 수 없었다. 상무원으로 바로 가봐야 어차피 사람들은 모두 잠들어 있을 테니 기껏 해야 가서 잠밖에 더 자겠는가. 문득 그의 눈에 기이한 빛이 스쳐 지나갔다.

"흠, 밤손님이 한번 되어보는 것도 괜찮을 것 같은데?"

무슨 생각일까?

생각은 길었지만 행동은 지체없이 곧바로 이어졌다.

천천히 몸을 일으킨 휘의 신형이 만월이 있는 허공으로 둥실 떠오르더니, 거대한 전각군이 있는 동쪽으로 한줄기 유성이 되어 날아갔다.

십여 채의 거대한 전각군이 한 채의 커다란 건물을 중심으로 빙 둘러지어져 있었다.

가히 과거 철혈성의 위엄을 보여주는 것만 같은 거대한 대전. 그곳이 바로 철혈성의 중심지이자 철혈성의 모든 대소사가 결정되는 철혈대전이었고, 주위로 지어진 건물들은 철혈성의 주요 세력들이 운집한, 한마디로 철혈성의 팔과 다리 같은 곳이었다.

그중 서쪽에 위치한 풍혈단의 건물 지붕 위에 하나의 그림자가 유령처럼 내려앉았다. 워낙 은밀히 움직여서인지 주위를 도는 순찰 무사들 중 그 누구도 그림자의 출현을 발견할 수가 없었다.

휘는 지붕 위에 내려앉자마자 주위를 살펴보았다.

다행히 어느 누구도 자신을 보지 못했다. 밖의 경비만 보고 대충 움직였다면 들켰을 거라는 생각이 들 정도로 내원의 경비는 삼엄하기 그지없었다.

가로 세로로 겹치며 돌아가는 순찰 무사들이 적어도 이십 명은 되어 보였다. 게다가 제법 절도있는 동작들이나 흔들리지 않는 눈빛들은 그들이 결코 삼류무사 따위가 아니란 것을 보여주고 있었다.

'음, 전에 들은 사부님의 말에 의하면 무사들의 숫자가 배는 늘었다고 했다. 또한 그간 철혈관의 삼관을 모두 통과한 자들의 수 역시 수십에 달한다고 했다. 그렇다면 철혈관의 일, 이관을 통과한 자들은 더욱 많다는 말.'

몇 년 사이에 철혈성의 힘은 주위의 문파들이 경계심을 가질 정도로 커져 버렸다. 아니, 그들이 미처 경계심을 가질 시간도 없이 커졌다고 해야 맞을 것이다.

그 모든 것이 철혈성주와 연합했다는 그 신비 세력 덕분이었다고 한다. 그리고 그 세력의 무사들 역시 성내에 수십여 명이 기거하고 있다고 한다.

하지만 휘의 관심은 결코 그들에게 있는 것이 아니었다.

건물들의 배치를 둘러보았다.

중앙의 철혈대전을 중심으로 사방에 네 채의 건물이 둘러서 있고, 그 뒤로도 십여 채의 전각이 줄지어 지붕만 드러내고 있었다. 또한 철혈대전 전면에서 남쪽으로 뻗은 청석로는 그 너비만도 십수 장에 이를 정도로 넓게 뚫린 채 이백여 장을 뻗어가다 거대하게 솟은 정문에 다다른다. 철혈대로였다.

과거에는 철혈대로가 시작되는 정문 앞에 철혈의 도전을 원하는 자가 울리는 철혈고(鐵血鼓)가 있었다 한다. 그러나 지금은 그 흔적조차 보이지 않고 있었다.

휘의 눈이 철혈대로를 바라보다 횃불에 비친 진천각 너머의 낮은 지붕을 인 건물에서 멈추었다.

'저곳이 진천각, 그 너머에 있는 것이 사서와 고문서들을 보관한다는 서령각(書令閣)인 것 같군.'

아래를 내려다보았다. 여전히 경비 무사들은 한 점 흐트러짐이 없었다.

휘의 신형이 물 위를 미끄러져 가는 소금쟁이마냥 지붕 위를 스쳐 가더니 훌쩍 옆쪽의 건물 위로 날아갔다. 오 장의 거리. 소리없이 날아간 신형이 깃털보다도 더 가볍게 처마를 밟고 내려섰다. 그리고 또 미끄러져 간다.

서너 번 이어지자 순식간에 세 채의 건물을 지나쳐 갔다. 그렇게 네 번째 건물 위에 내려서고, 마침내 진천검단이 거주하는 진천각에 내려설 때였다.

'엇?'

이십여 장 건너편 건물의 지붕에서 하나의 그림자가 움직이고 있는 것이 휘의 눈에 들어왔다. 누군지는 모른다. 그러나 결코 좋은 뜻으로 들어온 것은 아닐 것이다.

휘의 눈에 기이한 빛이 떠올랐다가 사라졌다.

'의외로 불청객들이 많군.'

자기 자신까지, 하룻밤에 둘이면 많은 것이 아닌가?

'철혈성을 견제하는 곳의 첩자인가? 아니면 밤손님?'

지붕 위에 낮게 엎드린 채 불청객이 움직이는 것을 바라보았다.

매우 조심스런 움직임, 일체의 소리를 배제한 행동은 그의 실력이 간단치 않음을 보여주고 있었다.

불청객이 지붕의 결을 따라 스르르 미끄러져 내려간다. 그러다 처마의 끝에 이르러 잠시 주위를 둘러보더니 한 점 소음도 없이 칠 장 정도 떨어진 건물 위로 몸을 날렸다.

휘의 눈에 가벼운 놀람의 빛이 떠올랐다.

칠 장을 난다는 것은 경공의 고수들에겐 그다지 어려운 일이라 할 수 없었다. 그러나 일체의 소음도 없이 난다는 것은 결코 쉬운 일이 아니었다.

탄력을 받기 위해선 바닥에 그만큼 힘이 들어갈 수밖에 없는 일. 그러다 보면 바닥을 치는 소리가 날 수밖에 없는 법이다. 그런데 불청객은 그러한 소리도 죽인 채 칠 장을 난 것이다.

불청객은 건너편 건물에 내려서자마자 조심스럽게 창문이 있는 곳의 처마로 가더니, 발을 처마에 걸치고는 거꾸로 창문 안쪽을 바라보고 있었다.

휘의 눈에 의아한 빛이 떠올랐다. 아무래도 불청객의 목적이 그 건물에 있는 듯했다. 한데 자신의 목적지도 그 건물이 아니던가. 바로 서령각 말이다.

일단은 불청객의 행동을 지켜보기로 했다.

휘가 가까이 가기 위해 막 진천각의 지붕에서 몸을 일으킬 때였다. 처마에서 스르륵 미끄러지듯 떨어지던 불청객의 신형이 창문 바깥쪽에 달라붙었다. 순간, 창문이 미미하게 흔들리는 듯하더니 불청객의 신형이 창문 안으로 빨려 들어간다.

놀라운 잠입술. 휘의 눈이 휘둥그레졌다. 하지만 더 이상 지켜보고 있을 수만은 없었다.

휘의 발이 가볍게 바닥을 밀었다. 단 두 걸음에 십여 장이 좁혀진다. 그리고 또 한 걸음.

스윽.

소리없이 칠 장을 날아가던 휘의 신형이 허공에서 뒤집어지자 다섯 개의 환영이 허공을 유영한다. 그리고 그 환영이 사그라졌을 때 그의 존재는 그 어디에서도 찾아볼 수가 없었다.

2

서령각의 천장에 달라붙은 휘의 눈이 불청객을 따라 움직였다.

무엇을 찾는 것일까.

희미한 등잔불 아래서 서책을 빠르게 훑어가는 불청객의 얼굴은 복면으로 인해 보이지 않았다. 그러나 그 체격이 그리 크지 않은 데다 구부정한 허리로 보아 불청객이 노인이 아닌가 하는 생각이 들었다.

하지만 그 어느 것도 아직은 확신을 할 수 없었다. 다만 어둠을 크게 의식하지 않는 걸 보니, 아마도 상당한 고수일 거라는 생각이 들 뿐이었다. 소리없이 움직이는 경신법을 봐도 그렇고.

불청객은 일각도 지나지 않아 벌써 백여 권의 서책을 훑어보고 있는 중이었다. 한데 무엇 때문인지 자꾸만 뒤를 돌아다본다.

'이상하네……?'

복면인, 공이연은 왠지 뒤통수가 자꾸만 간지럽게 느껴져 곤혹스럽기만 했다.

분명 자신은 누구에게도 들키지 않고 이곳에 들어왔다. 그런데 자꾸 누군가가 뒤에서 자신을 바라보고 있는 것 같은 느낌이 드는 것이다.

들켰다면 벌써 소란스러워졌어야 마땅하다. 한데도 밖은 조용하기 그지없다. 그럼 들키지는 않았다는 말.

자꾸 신경을 쓰다 보니 짜증이 날 지경이다. 들고 있는 책의 글조차 잘 읽혀지지 않는다. 빨리 원하는 것을 찾아서 나가야 하는데…….

뒤를 돌아보기도 해보고, 펄쩍 뛰어서 사방을 훑어보기도 해봤다. 하지만 그의 눈에 보이는 것은 오직 서가와 서가에 꽂혀 있는 책들뿐.

다시 책에다 코를 처박고 자신이 원하는 책을 찾아갔다.

그렇게 서령각에 들어 책을 뒤진 지 반 시진 정도 지났을까, 공이연의 눈에 희열(?)이 떠올랐다. 아마도 자신이 찾던 책자를 찾은 것 같기도 하고…….

공이연이 천천히 책자의 장을 넘겨가며 입가에 미소를 짓고 있을 때였다.

"뭘 찾는 겁니까?"

"컥!"

귀를 울리는 전음. 공이연은 심장이 내려앉는 충격에 얼굴이 해쓱하니 질려 버렸다, 비록 복면에 가려 보이지는 않았지만. 한데 전음이 또 들려온다.

"여자하고 남자하고 싸우는 것도 아니고……. 옷까지 다 벗고…….

좀 묘한 책인데, 그거 가져다 뭐 하려고 하는 거요?"

공이연은 또다시 전음이 들리자 후다닥 책자를 접더니 본래의 자리에 다급히 꽂았다. 그러고는 재빨리 뒤를 돌아다 봤다.

"으헉!"

심장이 떨어지는 충격에 뒤로 물러서는 것도 잊고 눈만 휘둥그렇게 떴다.

분명 조금 전에만 해도 아무것도 없었는데, 그의 눈 바로 앞에 하나의 얼굴이 보인 것이다. 거꾸로… 머리를 길게 늘어뜨린 채…….

"귀, 귀, 귀신……?"

공이연의 육십 평생에 이렇게 놀란 적은 처음이었다. 비명을 지르지 않은 것이 다행일 정도였다.

천장에 다리를 걸치고 있으니 당연한 상황이긴 했지만, 휘의 얼굴도 바깥에서 비친 횃불의 빛을 받아 조금 이상하게 보이기는 했다. 게다가 일반인보다 하얀 얼굴…….

휘가 다시 물었다.

"그게 찾으시는 거였습니까?"

공이연이 자신도 모르게 전음으로 황급히 대답했다. 고개를 세차게 내두르며.

"아니! 내가 왜 이 딴 걸…….”

자신이 왜 그렇게 대답했는지도 생각이 나지 않았다. 대답을 하고 보니 그제야 자신이 왜 그런 대답을 저 귀신같은 자에게 해야 했는지 의문이 들었다. 한데… 가만? 문제는 그게 아니다!

"어헉!! 너! 누구냐!?"

자신은 침입자! 이자는? 모른다! 다만 들켰으니 무조건 제압하고 봐야 한다는 생각뿐이다.

손을 들어 귀신같은 자의 목을 쥐려 할 때였다.

"쉿!"

멈칫!

"누가 오면 어쩌려고 그러는 거요?"

그랬다. 그의 말대로 소란을 피울 수는 없었다, 목적을 이루기 위해서는.

휘의 나직한 전음에 공이연은 손을 뻗다 멈춘 채 눈을 부릅뜨고 상대를 쳐다보았다.

전음 소리에 적대감은 보이지 않는다. 자기의 사십 년 직업 경험(?)이 말하는 느낌으로는.

'그럼 이놈도… 나처럼 도……?'

공이연은 가슴이 조금씩 진정되자 상대를 천천히 뜯어보았다.

그저 그런 키에 얼굴만 희멀건 젊은 놈이었다. 자신에 비하면 새파란 놈. 한데 자기가 왜 이놈의 접근을 눈치채지 못했을까?

명색이 천하를 주름… 잡는 것까지는 아니지만, 그래도 천하삼도(天下三盜) 중의 하나이자 경신의 대가 신영자(神影子)가 아니던가.

그때 미처 생각할 틈도 주지 않고 젊은 놈이 말을 걸어온다.

"우리 싸우지 말고 서로 원하는 거나 찾죠?"

시간이 없다. 그러니 원하는 거나 찾자. 그런 말인가?

공이연도 굳이 반대할 의사는 없었다. 이 젊은 놈으로 인해서 놀라기는 했지만 자신은 하고자 하는 일이 있다. 저놈도 하고자 하는 일이 있는 것 같고. 더구나 싸워봐야 좋을 일도 없다. 같은 업종에 종사하는 판에.

고개를 끄덕이는 공이연을 보며 휘는 씨익 웃었다. 한데 공이연이 움찔 놀란다.

"왜 놀라는 거요?"

"거꾸로 매달려서 머리 길게 늘어뜨리고 웃는 놈을 너도 한 번 봐봐라! 안 놀라나!"

아! 그러고 보니 아직도 매달려 있었군.

휙.

순간적으로 뒤집히며 내려선 휘는 다시 한 번 씩 웃었다, 미안하다는 듯이. 그런데 뭐야? 또 놀라?

휘는 생각했다.

'본래 간덩이가 좀 작은 사람인가 보군.'

그게 아니라는 듯 공이연이 말했다.

"너, 계집 아니냐?"

문득 연연이의 말이 생각났다.

오빠, 여자보다 예쁘다!

사부님의 말도 생각났다.

얼굴 가리고 다녀라. 그게 낫겠다.

'끄응!'

휘는 한 자 한 자 힘주어 말했다. 불끈 주먹에 힘을 주고!

"나! 남.자.요! 알았소?"

피식.

헛웃음이 나왔다. 흥분할 필요까진 없는 일이었다. 그래서 별다른 뜻 없이 한마디 했다.

"그냥 당신하고 같은 목적으로 들어온 사람이라고 생각하시오."

순간 공이연의 전신에서 싸늘한 살기가 흘러나왔다. 여차하면 손이라도 쓸 것처럼!

"그럼 너도… 음양비결을 찾으러 왔단 말이냐?!"

음양비결? 처음 들어보는 말이다. 그제야 휘는 불청객이 무엇을 찾으러 왔는지 알 것도 같았다. 그리고 불청객의 태도가 변한 이유도.

공이연의 기운이 점점 강해지자 휘가 손을 저으며 재빨리 말했다.

"걱정 마시오. 나는 다른 것을 찾으러 왔으니까."

"정말이겠지?"

"물론이오!"

내심 안도의 숨을 내쉬며 공이연은 기운을 갈무리했다.

"좋다! 그럼 너는 네 것을 찾고, 나는 내 것을 찾는다! 서로 간섭은 안 하기! 됐나?"

"좋습니다!"

두 사람은 약간 떨어진 상태로 자신이 원하는 것을 찾기 시작했다.

휘는 천천히 서가를 따라 책자들의 진열 상태를 살펴보았다. 책자들은 일단 두 분류로 나누어져 있었다. 외부에서 흘러들어 온, 특별히 중요하지는 않으나 그렇다고 드러내 놓기는 좀 그런 책자들과 이, 삼급의 내부 문건들이 주를 이루고 있었다.

휘에게 필요한 것은 내부 문건이 있는 장소였기에, 휘는 망설임없이 내부 문건이 있는 서가로 발길을 옮겼다.

걸어가며 흘낏 불청객을 보니 그는 외부에서 들어온 것을 찾는 것인지 본래 있던 곳에서 계속 무언가를 찾고 있었다.

얼마나 지났을까, 밤 부엉이들이 짝을 찾아 울어대는 사경 무렵, 휘는 자신이 원하는 것을 찾을 수 있었다. 그것은 먼지가 수북한 서가의 구석에 아무렇게나 꽂혀 있었다.

무저동 죄수 명부.

사부님의 말씀이 맞았다.

어쩌면 서령각에 시일이 지난 장부들이 보관되어 있을지 모른다 했었
다. 더구나 이제는 운영하지도 않는 무저동의 장부라면 일급 비밀이라
할 것도 없었으니…….
첫 장을 들추어봤다.

무저동 죄수의 성명, 그리고 죄와 벌.

장수가 족히 이백여 장은 되어 보였다. 전체를 읽으려 한다면 상당한
시간이 흐를 것 같았다. 일단은 자신이 원하는 이름만 찾기로 했다.
다행히 시기 순으로 나열이 되어 있었기에 원하는 이름을 쉽게 찾을
수 있었다.
맨 뒤에는 한 여인에 대한 내용이 적혀 있었다. 휘의 눈빛이 심해의
바다로 가라앉았다.

조미양:궁주부인의 시비로 적과 내통하였음. 고문을 하였으나 자신의 결
백만 주장함. 그러나 조사 완료 후 증거가 완벽하여 첩자로 판결내림. 무저
동에 수감. 기일 무제한. 벌:다리 근맥 절단. 뇌호혈 파괴.
추:일 년 후 그녀의 결백이 사실로 드러남. 하나 무저뇌옥에서 사망한 것
으로 보여 상황을 종료함.

휘의 눈이 차갑게 가라앉았다. 한 여인에 대한 거대한 힘의 무자비한
탄압이었다. 얼마나 심한 고문을 했겠는가는 안 봐도 훤한 일이었다. 무
저동에서 그런 사람들을 오죽이나 많이 봐왔던가.
한데 한 가지 이상한 일이 있다. 그 정도 고문을 했으면서 여인의 임
신을 몰랐다는 것은 말이 되지 않는다. 설령 몰랐더라도 그녀가 먼저 사

정을 했을 것이다. 게다가 뇌호혈을 파괴한 사람은 의술에 대해서도 잘 아는 사람일 터. 그런데도 임신에 대한 내용은 단 한 글자도 없었다. 결국은 임신은 하지 않았을 수도 있다는 말.

그럼 세 아버지나 사부님의 말씀이 어느 정도는 맞는다는 말이었다.

네 어미는 품위가 있었다. 비록 전신이 망가졌지만…….

궁주부인의 시비로 있었는데 임신 사실을 아무도 몰랐다는 것은 말도 안 된다.

그리고 무엇보다도 염소아버지 말에 의하면, 어머니는 뇌호혈이 파괴되지 않았다고 했다.

골몰히 생각에 잠겨 있던 휘는 다시 책자를 넘겼다. 그리고 또 하나의 이름을 찾을 수 있었다.

진형구:본성에 반기를 든 검산장의 무사들 틈에 끼어 있다가 얼떨결에 잡혀옴. 정확한 정체를 알 수 없어 죽이지 않고 일단 무저동에 수감. 기일 무제한. 벌:다리 근맥 절단.

휘의 눈이 부릅떠졌다. 빼빼아버지는 말 그대로 덤으로 잡혀온 것이었다. 그런데 근맥을 잘라 무저동에 집어넣다니…….

마음을 가라앉히고 다음 장을 넘겨 보았다. 거기에 또 한 이름이 있었다.

조동인:궁주부인의 진맥을 위해 초빙됨. 의원이라는 이유로 배와 가슴을 만지는 등 소성주 부인을 능멸함. 무저동에 수감. 기한 무제한. 벌:다리 근맥 절단. 뇌호혈 파괴도 고려했으나 지나치다는 의견이 많아 하지 않음.

염소아버지의 말과도 사뭇 다른 죄명이었다. 염소아버지는 절대 그런

짓을 저지르지 않았다 했다. 그리고 휘도 그 말을 믿었다.

그렇다면 무엇 때문일까. 임신해서는 안 될 사람이 임신했다는 것을 알아서라고 했는데……. 소성주의 부인이라면 임신할 수도 있는 일 아닌가? 어쨌든 더 알아볼 일이었다.

그 뒤에 또 하나의 이름이 바로 이어져 있었다.

여강두:풍혈단주 임가형의 자(子) 임지팡 살해. 벌:사형에 처하려 했으나 임지팡이 양가의 여인을 간하려 했다는 사실이 밝혀져 다리 근맥 절단 후 무저동에 수감. 머리에 침이 박히지 않아 뇌호혈은 그냥 놔뒀음. 완전 금강두임.

아들이 죽었으니 화가 날 만도 했다. 그렇다고 무저동에 집어넣다니.

세 분 모두가 강자의 횡포에 희생된 분들이라 할 수 있었다. 휘는 분노가 끓어올랐지만 천천히 마음을 가라앉혀야만 했다.

'언제고 이 빚에 대해선 꼭 갚아줄 것이다! 기다려라! 내가 갈 때까지!!'

마음을 삭이며 책자를 덮던 휘의 손이 멈칫했다. 그리고 천천히 앞에서부터 넘겨가기 시작했다. 백여 장을 넘겼을 때였다. 손길이 멈추었다.

이름:불명. 나이:불명. 심각한 부상을 입은 채 본성에 침입. 자신은 지나던 길이었다고 함. 격전 중에 본성의 무사 이십여 명 사상. 장로원의 고수 다섯 명이 합세하고 나서야 겨우 제압함. 중원의 인물이 아닌 서장의 인물로 판단됨. 말투에 서장 지방의 방언이 섞여 있음.

꽃이 피어나는 것 같은 괴이한 무공을 씀. 죽이려 했으나 혹 관련자가 찾아올지 몰라 수감하기로 결정. 벌:워낙 강한 자라 다리의 근맥을 자르고 단전을 파괴한 후 무저동에 수감.

백이십여 년 전의 일이었다. 분명 광량에 대한 수감 기록이었다.

'후, 중상을 당한 자를 제압하는 데 다섯 명의 장로가 달려들었다니. 한데 서장의 사람일지도 모른다?'

더 넘겨보자 도사할배에 대한 기록도 있었다.

이름:불명. 일명 미친 도사. 본성에 침입하여 밤마다 소리치며 돌아다님. 두 번은 방면했으나 계속되는 미친 행각으로 어쩔 수 없이 무저동에 수감. 벌:근맥을 자르고 무저동이 혼란스러울까 봐 뇌호혈 파괴.

스스로 들어왔다 하더니 아무래도 들어오기 위해 미친 짓을 했던 듯했다.

일단은 원하던 기록을 모두 찾았다.

휘는 마음을 가라앉히고 기록들에 대해 찬찬히 생각해 보았다.

일단 세 아버지에 대한 것은 그 일에 관계된 자들을 먼저 알아보아야 했다. 시간이 조금 걸릴지는 몰라도 그리 오랜 시간은 걸리지 않을 것이다. 그리고 한을 갚는 것은 그 다음의 일이었다.

휘는 고개를 돌려 불청객을 찾아보았다.

한쪽 구석에서 부지런히 책을 뽑아보고 있는 것이 눈에 들어왔다. 문득 그가 뽑았다가 꽂은 책이 생각났다.

'뭣 때문에 혼자서 실실 웃고 있었을까?'

조금 보기는 했지만 그래도 궁금한 생각이 들었다. 그래서 건너편 서가로 발길을 옮겨 그 책을 뽑아보았다.

공이연은 벌써 수백 권의 책자를 훑어보았다. 하지만 자신이 원하는 책자를 찾을 수가 없자 은근히 짜증이 나기 시작했다.

그때 그의 눈에 휘가 책을 하나 빼 드는 것이 보였다. 그의 눈에 묘한 빛이 스쳐 지나갔다.

'짜식! 꼴에 남자라고……. 좌우간 남자들은 애나 늙은이나 어쩔 수… 험, 험.'

아무리 생각해도 하늘을 향해 침 뱉는 말 같았다.

피식!

휘의 입에서 바람 새는 소리가 났다.

책자에는 뒤엉켜 있는 남녀의 그림이 난잡하게 그려져 있었다.

성애를 그렸다는 춘화가 바로 이런 그림을 가리키는 말이라는 것을 알 수 있었다. 더 이상 할 이야기가 떨어진 빼빼아버지가 '너도 어른이 되면 알아야 한다' 며 이야기했었다. 비록 석두아버지의 박치기에 하루 종일 정신을 잃기는 했지만.

애한테 별걸 다 가르치고 있네! 차라리 잠이나 자라!!

대충 넘겨보았다. 근 이십여 장의 춘화에는 그야말로 각양각색의 체위가 그려져 있었다. 가능할 것 같지 않은 모습까지…….

휘의 얼굴이 살짝 붉어졌다. 아무래도 처음 보는 그림이다 보니…….

덮을까 말까 하며 보다 보니 거의 다 보고 마지막 두어 장을 남겨놓았을 때였다.

'응?

그때까지는 그림만 그려져 있었다. 한데 마지막 석 장에는 글도 적혀 있는 것이 아닌가?

음을 흥하게 하고 양도 흥하게 하여 합하니 최적의 음양이 만들어지도다.

양을 흥하게 하는 방법은… 음을 흥하게 하는 방법은… 그리하여 합하는 방법은… 이를 음양의 조화라 하니, 어찌 음양비결을 본좌 음양대제의 최후 최고의 걸작이라 아니 할 건가!

자화자찬에 얼굴이 붉어질 정도의 글이었다.
무공은 아닌 듯하지만 뭔가 기의 흐름에 대한 도리를 말하고 있는 듯했다.
'가만? 혹시 이것이……?'
고개를 들고 불청객을 바라보았다. 그의 눈과 마주쳤다. 그러자 그가 고개를 끄덕이며 음충맞은 표정으로 슬며시 웃는다. 마치 공범끼리의 동지 의식을 느낀다는 것처럼.
휘는 혹시 하는 마음에 책을 들어올리며 공이연에게 물어보았다.
"이보시오. 혹시 이것이 당신이 찾는 것 아니오?"
흠칫.
불청객의 눈이 파르르 떨린다고 느껴졌다. 그가 고개를 세차게 내젓는다.
"미쳤냐? 내가 그런 것을 찾게."
"아까 당신이……."
"글쎄, 아니라니까! 난 그런 책 필요없다! 젊은 너나 가져라!!"
강하게 부정하는 말이 살짝 떨리기까지 한다.
휘는 고개를 갸우뚱거리며 어쩔 수 없다는 듯 고개를 끄덕였다.
"뭐, 정 필요없다면야……."
그리고 뒤돌아서며 중얼거렸다, 전음으로. 그리고는 슬쩍 공이연을 바라보며,
"이상하네……. 아까는 음양비결을 찾는다고 해놓고… 여기 보면 분

명 음양비결이 어쩌고저쩌고… 음양대제가 남겼다고……."

공이연은 강하게 고개를 흔들며 돌아서다가 마지막에 중얼거리듯 들리는 전음성에 몸이 딱딱하니 굳어졌다. 그리고 휙, 삼 장을 순식간에 좁히며 손을 뻗어갔다.

"이리 줘봐라!"

막 공이연의 손이 책자를 잡아갈 때였다.

스윽.

기름에 미끄러지듯 휘의 신형이 움직임도 없이 뒤로 다섯 자를 밀려갔다.

"엇?!"

공이연의 눈이 한껏 커지더니 그의 입에서 짧은 경악성이 터졌다.

자신의 손이 빗나갔다. 그것도 자기가 느끼지 못하는 사이에. 강호의 친구들이 안다면 놀림감이 되기에 충분한 일이었다.

천하의 신영자가 헛손질이라니. 공가도 갈 때가 다 되었구나, 카카카.

아마 그 정도면 다행일 것이다.

"제법이구나!"

싸늘한 전음성이 휘의 귀를 후비더니, 동시에 흐릿한 손 그림자가 장막처럼 덮쳐 온다.

휘의 입가에 가벼운 웃음이 걸렸다. 손짓에 살기가 없는 것이다. 오직 손에 있는 책자만을 노리고 있을 뿐인 불청객 공이연이 왠지 밉게 느껴지지가 않는 휘였다.

휘의 신형이 휘청하더니 좌우로 늘어지고 들려진 좌수의 검지가 허공을 향해 점을 찍었다.

"흡!"

공이연은 자신의 수영이 만들어낸 벽을 뚫고 손가락 하나가 장심을 찔러오자 그 충격에 다급성을 터뜨렸다.

그의 놀란 눈이 금방이라도 튀어나올 것처럼 불거졌다.

벌겋게 부푼 오른손을 움켜쥔 공이연의 눈꼬리가 고통으로 일그러져 있다. 그러거나 말거나, 휘는 책자를 손에 든 채 무심히 공이연을 바라볼 뿐이었다.

"안 가지겠다고 했잖소? 남자는 일구이언(一口二言)을 하면 안 된다 하던데."

'크윽! 미꾸라지 같은 놈이 끝까지……'

그래도 이부지자(二父之子)는 되기 싫은 공이연이었다. 물론 포기할 수도 없다.

별 볼일 없는 놈 같으면 죽이고라도 뺏고 싶은 심정이다. 그런데 솜씨도 범상치가 않아서 뺏고자 한다면 한바탕 소란을 피할 수가 없다. 뺏을지 자신할 수도 없고. 어쨌든 그리 되면 경비들이 귀머거리가 아닌 이상 들킬 것은 자명한 일.

'으음, 아무리 궁리해 봐도 방법이 없다. 제기랄!'

공이연은 최대한 불쌍한 표정을 짓고 휘에게 말했다.

"하, 한 번만… 보세. *끄응.*"

생각 같아서는 무작정 공격해 온 불청객의 청을 거절하고 싶었다.

한데 저 눈빛은 또 뭐야?

처량하게까지 느껴지는 눈빛이 장난이 아니다. 불청객이 경극 배우라면 모를까, 눈빛은 결코 거짓으로 지어진 눈빛은 아니었다. 꼭 염소아버지가 가족들을 걱정하던 그런 눈빛…….

'그러길래 가져가라고 할 때 가져가지.'

잠시 책자를 만지작거리던 휘가 손을 내밀었다. 불청객이 책을 잡아온다. 그러자 멈칫, 휘는 무슨 생각이 들었는지 재빨리 손을 거둬들였다.

순간 불청객의 눈이 역팔자로 치커 올라간다.

"장난하냐!!"

"아버지께서 그러셨소. 세상에는 도둑놈들이 많으니 절대 손해 보는 짓은 하지 말라고. 그러니 나는 대가로 한 가지를 묻고, 한 가지를 부탁하겠소."

나직한 전음에 공이연은 가슴이 철렁 가라앉았다.

'헉! 어떻게 알았지? 내가 도……'

"우선 하나, 이것을 어디다 쓰려는 거요?"

'나이깨나 먹은 사람 같은데… 이런 게 왜? 아! 나이를 먹어서 그러나?'

의문인 휘였다.

공이연의 복면 속 얼굴이 일그러졌다.

"꼭… 알아야겠나?"

하얀 얼굴이 무심히 끄덕여지자 공이연은 이를 지그시 깨물고 입을 열었다.

"으음, 내 딸… 목숨이 달려 있다. 그 구결만이 내 딸을 구할 수 있다고 한다. 후우! 더는 알려줄 수 없다!"

흠칫.

휘의 표정이 가볍게 변했다. 뜻밖의 이유였다. 대체 이 이상한 그림, 묘한 구결이 무엇이기에…….

하지만 휘가 알고자 하는 것은 그것이 아니었기에 그냥 넘어가기로 했다.

"두 번째는… 우선 복면을 벗으시오."

공이연이 잠시 망설이는 듯하더니 복면을 잡아가고,

스으윽.

시커먼 복면이 벗겨졌다.

그를 아는 자가 이 모습을 봤다면 기함할 일이었다. 신영자 공이연이 저리도 고분고분하다니…….

하지만 공이연이라고 해서 어찌 고분고분하고 싶을까, 그의 마음은 지금 찢어지기 일보 직전이었다. 딸을 살리고자 하는 마음 때문이라고는 하나, 자존심 하나로 버티고 살아온 육십 년 인생이 무너지는 기분이었다.

'크윽!'

그를 바라본 휘의 눈에 가벼운 놀람이 떠올랐다. 생각보다 청수한 인상, 만일 말로만 들어봤던 훈장의 얼굴을 그려보라 한다면 이자의 얼굴을 그리면 될 것 같은 인상이었다.

"됐… 나?"

공이연이 이를 갈며 말했다. 그러자,

"그런데 그 껍데기는 왜 쓰고 있는 거요?"

'커윽! 귀신같은 놈!'

속으로 비명을 토해낸 공이연이 마지못한 듯 얼굴을 쓰윽, 문질렀다. 그러자 얇은 면구 속에서 평범하기 그지없는 노인의 얼굴이 나타났다.

시골의 농부 같기도 하고, 평범한 상인 같기도 한 얼굴이었다.

이미 한 번 속을 뻰했던 휘는 그의 얼굴을 자세히 살펴보더니 고개를 끄덕였다.

"됐소. 얼굴을 알았으니 한 가지 부탁은 나중에 만나면 하겠소. 받으시오!"

고개를 끄덕인 휘가 책자를 건네주었다.

얼떨결에 책자를 건네받으면서도 신영자 공이연의 얼굴에는 어이없다는 표정이 떠올랐다.

얼굴만 알았다고 뭘 어쩌겠다는 말인가? 세상이 얼굴만 알고서 사람을 찾을 정도로 좁다면 몰라도……. 참으로 우스운 놈이었다.

까짓거 뭘 못해줄까. 공이연은 지금까지 뒷간에 빠진 것 같았던 기분이 언제 그랬냐는 듯 풀어졌다. 그 바람에 그만 안 해도 될 말까지 내뱉고 말았다.

"좋네! 나중에 만나면, 하나뿐이 아니라 내가 들어줄 수 있는 거라면 뭐든 한 가지 더 들어주지! 우허허!"

사람이란 함부로 기분을 내서는 안 되는 법이거늘…….

좌우간 그렇게 기분 좋은 웃음을 입에 문 공이연은 후다닥 책자를 펴 보았다.

앞쪽에는 여전히 난잡한 춘화도였다. 조금 더 보고 싶었지만 빤히 쳐다보는 젊은 놈 앞에서는… 좀 그랬다.

"험……."

뒤쪽을 보았다. 석 장이 남자 마침내 글자가 보이기 시작했다. 그가 그토록 원하던 음양비결이 적힌 글자가…….

부르르 떨리는 손만이 그의 격한 감정을 표현해 줄 뿐이었다.

휘는 슬그머니 뒤돌아서서 서가를 따라 걸어갔다.

이것저것 들춰보다 보니 어느덧 서령전에 들어온 지 두 시진이 흘러가고 있었다. 건너편의 불청객을 바라보았다. 그는 여전히 책자에 눈을 고정시킨 채 움직이지를 않고 있었다.

휘는 그냥 혼자 나갈까 하다가 그래도 인연이라고 불청객에게 한마디를 건넸다.

"안 나가실 겁니까?"

움찔.

공이연의 어깨가 떨렸다. 휘를 바라보는 그의 눈빛이 미미하게 흔들리

고 있었다. 주위 상황도 잊은 채 책자에 몰두한 자신을 꾸짖는 듯한 눈빛
이었다. 그리고 거기에는 비록 분간이 안 갈 정도였지만, 책을 순순히 건
네준 휘에 대한 고마움도 조금은 섞여 있었다.

"가세!"

책자를 가슴에 고이 모셔놓고 공이연은 자신이 들어왔던 창문으로 신
형을 날렸다. 다시 보는 거지만 그의 신법은 참으로 깔끔하면서도 은밀
하기 그지없어, 휘는 감탄하지 않을 수 없었다.

슬쩍 바깥을 내다본 공이연의 신형이 창호지에 물이 스며들듯 창문을
빠져나갔다. 그러자 휘의 신형도 서령각 안에서 사라져 버렸다.

3

처마 끝을 잡고 지붕으로 날아내린 공이연은 좌우를 훑어보았다. 경비
들은 여전히 창칼을 손에 쥐고 사방을 경계하고 있었다.

'놈들, 아무리 그래 봐라. 이 어르신이 못 다니는가. 후후후……'

그가 경비를 비웃으며 막 신형을 날리려 할 때였다.

"빨리 안 가고 뭐 하십니까?"

'크어억!'

공이연의 가슴이 철렁 떨어졌다.

바로 옆에서 귀신같은 젊은 동업자(?) 놈이 얼굴을 들이미는 것이 아
닌가?

대경한 공이연은 그만 자신이 서 있는 위치도 잊고 뒤로 한 걸음을 물
러섰다. 한데…….

미끈, 뜨르륵.

엉겁결에 밟은 기와가 하필이면 쪼개져 있던 기와였나 보다. 반쪽짜리

기왓장 하나가 미끄러져 내린다. 고작 기왓장 반 장이었다. 고작…….

하지만 그 소리는 옷깃 스치는 소리도 들리는 이 야밤에 천둥 소리만큼이나 크게 주위에 퍼져 나갔다. 아니나 다를까.

"누구냐!"

삐이익!!

곧 바로 경비 무사의 외치는 소리와 호각 소리가 철혈성에 울려 퍼졌다.

의외의 상황에 공이연은 미치고 환장할 지경이었다. 꼬리를 밟힌다는 것은 초보 도둑들에게나 해당된다는, 자신 넘쳤던 철칙이 무너지기 직전인 것이다.

휘의 눈에 부산을 떨며 달려오는 경비 무사들이 보였다.

외치는 소리는 하나였지만 순식간에 십여 명이 몰려오고 있었다. 아마 조금 있으면 잠자던 무사들까지 다 나올 것이다. 그런데도 공이연은 몸만 부르르 떨고 있다.

아무래도 공이연이 경신법만 뛰어난 초보 도둑같이 보이는 휘였다.

"도망갑시다!"

"어? 그래, 튀자!"

두 사람의 신형이 서령각의 지붕을 박차고 동쪽의 삼나무들이 숲을 이룬 곳으로 날아갔다.

"잡아라! 침입자다!!"

뒤에서는 경비 무사들의 고함 소리가 울리고, 사방 전각에서는 무사들이 쏟아져 나오는지 방문을 거칠게 여는 소리가 들렸다.

삼나무 숲으로 들어가자 나무 그림자가 그들의 모습을 가려주었다. 그렇다고 모든 이의 시야가 가려진 것은 아니었다. 그걸 증명이라도 하듯 정확히 그들이 가는 방향으로 몇 명의 무사들이 번개같이 달려오고 있었다.

은밀한 움직임, 다른 무사들과는 다르게 그들은 결코 소리를 지르지 않으며 어둠을 가르고 있었다.

그들에게서 기이한 느낌이 전해져 온다. 왠지 모르게 어둠의 기운이 느껴지고 있었던 것이다.

문득 휘의 뇌리에 신비세력의 무사들이 떠올랐다. 그날, 사부의 팔이 잘려지던 날 보았던 그 흑의인의 기운도 저런 암울한 어둠의 기운이었다.

휘의 눈이 차갑게 굳어진 채 공이연을 향했다.

"껍데기 좀 빌립시다."

휘청.

막 삼나무 가지를 밟고 신형을 날리려던 공이연의 발이 하마터면 나뭇가지에서 미끄러질 뻔했다. 그가 휘를 노려본다. 그러다,

"아까우시면 부탁 한 가지는 그걸로 해도 좋습니다."

이어진 휘의 한마디에 잔뜩 힘이 들어갔던 공이연의 눈이 스르르 풀어졌다.

"여기 있다! 내가 뭐 좀생인 줄 아냐? 그냥 써라!"

곧 죽어도 좀생이 소리는 듣기 싫었는지 공이연이 눈을 부라리며 살짝 떨리는 손으로 면구를 건네준다. 하지만 휘는 당연히 그럴 수도 있다는 듯 아무렇지도 않게 면구를 건네받았다.

"그럼 그렇게 하죠."

'짜식이, 사양할 줄도 몰라. 쩝, 백 냥은 줘야 사는 건데……. 괜히…….'

그사이 오십여 장을 더 전진했다. 그러자 철혈성의 높다란 담장이 이십여 장 앞에 시커먼 띠를 두른 것처럼 보이고 있었다.

속으로 환호를 내지른 공이연이 막 신형을 날려 담장을 향해 달려가려

할 때였다. 휘의 한마디가 다시 그의 뒷덜미를 붙잡았다.

"막혔습니다."

"응?"

의아한 눈이 휘를 향하자, 휘가 차가운 표정으로 고개를 저으면서 담장을 가리켰다.

"무슨……?"

공이연이 의아한 눈으로 휘를 바라볼 때였다.

"철혈성에 왔으면 인사는 해야 하지 않겠나?"

어둠 속을 울리는 낭랑한 외침과 함께 십여 명의 무사들이 담장 위에 나타났다.

휘의 깊게 가라앉은 눈이 일순간 그들을 쓸어보았다.

'제법 강한 자들이다. 하지만 문제는……'

앞에 있는 자들이 강해 보이긴 해도 그리 염려할 만한 자들은 아니었다.

휘의 예민한 느낌은 뒤쪽에서 다가오고 있는 자들이 훨씬 위험한 자들이라는 것을 알려주고 있었다. 그들 중에 제법 강력한 기운을 풍기는 자가 섞여 있었던 것이다.

천천히 돌아서며 다가오는 자들을 살펴보았다. 그런 휘의 얼굴에는 어느새 공이연에게 받은 면구가 씌워져 있었다. 어설프게 쓰긴 했지만 어둠 속에서는 그 정도만으로도 상대의 눈을 속이기에 충분했다.

독 안에 든 쥐로 생각했는지 그들의 발걸음에는 여유가 넘쳐흐르고 있었다. 그러나 휘는 결코 독 안의 쥐가 되고 싶은 생각이 없었다. 물론 공이연 역시 마찬가지였고.

휘가 말했다.

"치고 빠집시다!"

담장 위에는 십여 명, 숲 쪽에서 다가오는 자들의 수는 여섯, 많다면 많은 숫자였다.

공이연에게 한마디 던진 휘의 신형이 느닷없이 다가오는 자들을 향해 주욱 늘어진다.

미처 생각지 못한 상황이었는지 그들의 발걸음이 멈칫거린다. 순간, 휘의 신형이 어둠 속으로 스며들듯 사라져 버렸다.

뒤따라 공이연의 신형도 움직였다. 한데 그가 향하는 방향은 담장 쪽이다.

휘가 사라지자 흑의무사들이 도검을 뽑아 들더니 재빨리 뒤로 물러선다. 한 점 망설임없는 대응.

휘의 눈이 번뜩이며 빛을 발했다.

오 장을 전진하다 오보천환으로 환영만을 남긴 채 순간적으로 삼 장을 전진했다. 이제 남은 거리는 이 장여. 십 장의 거리가 찰나간에 지척이 되어버렸다.

놈들의 놀란 눈이 코앞에 닥치자 휘의 우수가 들리고 붉게 물들더니, 뒤로 물러서며 도검을 빼 드는 흑의무사들을 향해 손가락이 튕겨졌다.

파앗!

어둠을 찢으며 붉고 영롱한 지풍이 쇄도해 들어가자 흑의무사들의 전신에서 싸늘한 긴장감이 피어오른다.

뜻밖의 상황 속에서도 도검을 휘두르는 흑의인들의 흔들림없는 자세. 그것은 철저한 수련에 의해 만들어진 본능적인 자세였다.

따다당!!

찰나간에 앞쪽에 있던 세 명의 검이 뒤로 밀려난다. 그러자 뒤쪽의 세 사람 중 두 명이 번개같이 검을 찔러온다.

시기적절한 합격술, 철저히 실전으로 무장된 공격 전법. 찔러오는 검끝에 아지랑이 같은 검기가 맺혀 있다. 생각대로 일반 무사들이 아니었다.

검끝을 바라보는 휘의 입가로 싸늘한 웃음이 스쳐 지나갔다.

세 자루의 검이 한 자 앞으로 다가오자 또다시 휘의 신형이 사라지더니, 허공에는 흐릿한 잔상만이 넘실댔다.

흑의무사들이 멈칫하며 허공으로 고개를 들 때였다. 어둠을 가르며 한 줄기 번개가 떨어져 내렸다.

쩌억!! 쩌저정!!

번개에 부딪친 검날이 허리가 부러진 채 비산한다.

"크으윽!"

튕겨 나가는 흑의무사들의 입에서는 답답한 신음이 터지고, 분분히 물러서는 그들의 가슴에서는 시뻘건 핏물이 솟구쳤다.

경악한 표정. 믿을 수 없다는 눈빛은 쓰러지면서도 여전했다.

그때였다. 뒤쪽에 처져 있던 흑의중년인이 한 자루 도를 빼 들더니 쏘아진 화살처럼 휘를 덮쳐 온다.

쐐애액!!

휘둘러지는 도에서 파열음을 동반한 도풍이 일고, 강력한 도세가 어둠을 양단하며 휘의 전신을 베어온다.

'이자다!'

조금 전부터 신경이 쓰였던 자. 역시나 다른 자와는 그 기세부터가 달랐다. 하지만 그뿐, 자신에 비해서는 모자람이 느껴진다.

도의 기세를 따라 휘의 신형이 주욱 뒤로 밀려났다 싶은 순간, 철검을 잡은 손에 힘이 들어갔다.

'좋아! 받아봐라!'

눈 깜짝할 사이, 앞의 세 흑의무사의 머리를 넘어 흑의중년인의 도기가 다섯 자 앞에 다다랐다. 찰나!

쩌어억!

철검이 허공에 걸린 채 천천히 떨어져 내렸다. 한줄기 벼락이 철검을 따라 어둠을 세로로 길게 갈라 버리고, 단천락(斷天落)!

쩡!

후우우웅!

강력한 도기를 뿜어내던 묵색의 도가 내려친 벼락에 처절한 울음을 토해낸다.

충격에 주르륵 다섯 걸음을 물러선 흑의중년인의 눈이 믿을 수 없다는 듯 부릅떠졌다. 그의 도를 잡은 손아귀가 길게 찢어져 피가 흐르고, 늘어뜨린 팔은 가늘게 떨리고 있다.

악다문 입에서도 핏물이 넘어오고 있었다. 도를 놓치지 않은 것만도 다행이라 생각할 정도였다.

흑의중년인은 황급히 모든 내력을 끌어올렸다. 일순간 자신을 나락으로 떨어뜨렸던 자가 다시 철검을 들어올리고 있는 것이 보인 것이다.

휘의 눈에 가벼운 놀람의 빛이 떠올랐다.

두 명의 흑의무사를 일패도지시킨 일검, 광섬의 첫 번째 단천락(斷天落)이었다. 그런데도 흑의중년인은 비록 손이 찢어지긴 했지만 도도 부러지지 않았고, 놓치지도 않은 것이다.

그걸 본 휘의 입가로 차가운 웃음이 맺혔다.

"좋은 칼이군! 다시 한 번 받아보시지!"

한마디와 동시에 스윽, 휘가 한 걸음 내딛으며 철검을 들었다. 그러자 대기가 신음을 토하며 움츠러들더니, 허공에 죽 늘어진 휘의 환영이 철검을 내려친다.

흑의중년인이 이를 악문 채 창백한 표정으로 도를 들어올리고, 좌우에서 세 명의 흑의무사가 함께 달려들었다.

찰나, 휘의 철검에서 번쩍인 벼락이 네 갈래로 갈라지며 내리 꽂혔다.

단천락의 분(分)!

쾅! 따다당!

굉음이 어둠을 찢어버리자 세 명의 흑의무사가 부러진 검과 도를 움켜쥐고 뒤로 튕겨져 나갔다.

흑의중년인이 지면에 다섯 치쯤 발을 파묻고 반쯤 주저앉은 모습으로 넋을 잃고 휘를 바라본다. 그런 그의 눈은 혈안이 되어 있었다. 충격에 내기가 흔들려 실핏줄이 터져 나간 것이다.

휘의 눈도 중년인을 바라보고 있었다.

두 번의 공격, 비록 최선을 다하지는 않았다 하지만 천 근 거석도 일격에 갈라 버릴 정도의 역도였다. 한데도 그의 도를 떨쳐 내지 못했다.

'과연……'

휘가 중년인의 핏발 선 눈을 바라보며 내심 상대의 역량을 가늠하고 있을 때였다. 뒤쪽에서 날카로운 파공음과 함께 누군가의 신음이 터졌다.

눈을 돌려 재빨리 뒤를 바라보았다.

칠팔 명에게 둘러싸인 가운데 공이연이 세 명으로부터 협공을 받고 있었다. 그리고 신음은 바로 공이연의 입에서 나온 듯했다. 그의 옆구리 쪽에 붉은 선혈이 보이고 있었던 것이다.

힐끗 흑의무사들을 쳐다본 휘의 신형이 허공에 서너 개의 환영을 남기며 사라졌다.

흑의무사들은 또다시 휘의 신형이 눈앞에 환영만 남기며 사라지자 잔뜩 긴장한 얼굴로 부러진 도검을 움켜쥐고 두리번거렸다.

흑의중년인도 몸을 세우고 혈안을 부릅떴다.

하지만 휘의 신형은 그들의 예상과 달리 공이연이 있는 담장 쪽으로 날아가고 있었다.

그걸 본 흑의무사들의 눈에선 안도의 빛이 떠오르고 있었다. 참으로 다른 동료들이 안다면 얼굴을 들지 못할 일이었다. 신마천궁의 무사가 적이 달려들까 봐 겁을 먹다니.

그러나 지금의 솔직한 심정은 저 괴물 같은 노인(?)의 벼락같은 검을 쳐다보고 싶지도 않았다.

공이연은 빠른 발로 세 명의 공격을 피하며 빠져나가려 했지만, 젊어 보이는 놈들이 의외로 찰거머리처럼 달라붙자 마음이 다급해졌다.

목적도 이뤘는데, 담장만 넘어가면 되는데……. 젠장할!!

열불이 가슴속에서 치솟아올랐다. 사십 년 직업 경력에 커다란 오점이 남게 생겼으니 어찌 그렇지 않을까. 그러다 보니 그만 상대가 젊다고 너무 얕보고 덤벼들었다. 그리고 그에 대한 대가는 곧바로 날아왔다.

자신을 막아서는 세 명의 무사를 요리조리 피하며 담장으로 몸을 날리려 할 때였다. 담장 위에서 팔짱을 낀 채 노려보고 있던 덩치가 커다란 자가 몸을 날려 덮쳐 온다.

'덩치는 곰 같은 놈이…….'

그랬다. 순전히 덩치만 보고 그가 느릴 것이라 생각했다. 설령 빠르다 해도 자신이 누구인가?

그래서 그를 상대하기 전에 옆에서 달려드는 무사의 검을 우수로 휘어 감아 비켜내고는 그 틈으로 빠져나가려 했다. 충분히 그렇게 될 것 같았다. 한데,

"어딜!"

허공에서 윙윙거리는 커다란 외침과 함께 강맹하기 이를 데 없는 권력이 머리 위로 쏟아진다.

"헛!"

짧은 다급성과 함께 허공에서 팽그르르 몸을 굴렀다. 권력이 칼날처럼 날카롭게 허리 어름을 스치고 지나간다.

"크읍!"

허리의 옷이 찢어지며 살갗이 짓이겨지는 고통이 몰려왔다.

발이 땅에 닿자마자 고통을 참고 다시 몸을 튕겼다. 목표는 역시 담장 위.

일 장을 솟구쳤다. 그러자 담장 위에서 다시 한 자루의 검이 찔러온다. 입술을 깨물고 손을 휘둘렀다. 팔비산수(八臂散手)!

휘링! 땅!

팔 그림자에 휘감긴 검을 손가락으로 튕기며 그 여력을 이용해 다시 담당 위로 날아갔다. 순간,

후우웅!

대기를 일그러뜨리는 진공음에 이어 칼날 같은 권세가 다시 허리를 스치고 지나갔다.

대경한 공이연이 얼굴을 찡그리며 담장을 박차고 신형을 뒤로 날렸다. 담장 위로 올라갔다가는 양쪽에서 공격을 받아야 하니 분해도 어쩔 수가 없는 것이다.

그렇게 한쪽으로 내려서며 좌우를 훑어보는 공이연의 귀로 짧은 전음이 들려왔다.

"뒤로 두 걸음만 물러서시오!"

동업자(?)의 전음이었다.

공이연은 낯빛이 변할 사이도 없이 뒤로 두 걸음 물러섰다. 왠지 그래야 할 것 같았다.

그때였다! 그의 눈에 자신의 목을 스치며 두 개의 붉은 구슬이 유성처럼 쏘아져 가는 것이 보였다. 느닷없이 소름이 쫙 끼쳐 온다, 닭살이 돋

을 정도로!

'만일 안 물러났으면……?'

그러나 생각할 시간도 없이,

파곽!

천양의 기운이 담긴 두 가닥 붉은 지풍이 공이연을 향해 달려들던 무사들의 어깨를 정통으로 꿰뚫고 지나가고 있었다.

동시에 이어지는 전음.

"뭐 합니까? 제가 뚫을 테니 따라오세요! 다른 놈들이 몰려오기 전에 갑시다!"

휙!

휘의 신형이 옆을 스쳐 간다.

공이연도 얼떨결에 신형을 날렸다.

휘의 앞을 세 명의 무사가 가로막는다. 찰나, 흩어지는 휘의 환영. 동시에 세 자루의 검이 세 명을 쳐간다. 그러자 담장 위에서 대갈이 터지고,

"물러서!"

따당! 쩡!

"으윽!"

신음을 토하며 정신없이 물러서는 무사들 사이로 두 사람의 신형이 빨랫줄처럼 날아간다.

"타앗!"

담장 위에 있던 덩치 큰 장한이 허공에서 떨어지며 일순간에 칠 권을 내질렀다.

강맹한 권풍이 두 사람에게 쏟아져 내리자 휘의 철검이 반사적으로 들리며, 절혼광(切魂光)!

빛이 허공을 가로지르며 하늘과 땅을 나누어갔다. 한데 한순간 휘의

눈빛이 묘하게 변하더니,

'응? 응경?'

천지를 양단하던 빛을 누그러뜨리면서 철검에서 솟구친 검기를 사방으로 뿌려냈다. 그러면서 허공을 향해 내질러지는 일권, 천붕(天崩)!

콰!

정면으로 부딪친 권력에 덩치의 신형이 훌훌 날아가고, 옆에서 달려들던 무사들은 철검에서 뿌려진 검기를 피해 정신없이 뒤로 물러선다.

그사이 공이연은 담장을 넘어갔다. 휘 역시 한 번 더 검을 휘둘러 담장 위의 무사들을 떨구어내고는 신형을 날렸다.

모든 것이 숨 서너 번 쉴 사이에 벌어진 일이었다. 정신없이 벌어진 싸움은 휘와 공이연은 물론이고 철혈성의 무사들조차 정신없게 만들어 버렸다.

그렇게 담장을 넘어간 두 사람이 철혈성의 권역을 벗어나려 재차 신형을 날릴 때였다.

고오오.

막강한 경력이 실린 기세가 머리 위에서 쏟아져 내렸다.

휘는 눈을 부릅뜨고 위를 쳐다보았다.

암흑천지의 어둠 속에서 회오리치는 시커먼 먹구름! 언젠가 보았던 그 기운이 사 장 위의 허공에서 휘몰아치며 덮쳐 오고 있었다!

'그자다!!'

일순, 휘의 뇌리에 사 년 전의 광경이 떠올랐다.

상무원을 암울함으로 몰아넣었던 그날… 그자!!

자신도 모르게 두 손에 불끈 힘이 들어갔다. 눈빛도 싸늘하니 식어갔다.

먹구름이 일 장 앞에 이르자 휘의 우수가 들리고, 철검이 먹구름을 향해 벼락처럼 휘둘러졌다.

쩌어억!!

벼락이 먹구름을 반쪽으로 쪼개며 쏘아져 간다.

콰과과…….

"우웃!"

짧은 단말마가 먹구름 뒤에서 터져 나왔다.

튕기듯이 삼 장 밖으로 날아내린 흑의중년인의 표정이 놀람으로 굳어진 것이 보인다.

길게 찢어진 옷자락, 딱딱하니 굳은 표정. 바로 그 흑의인이었다.

휘의 싸늘하게 빛나는 눈이 흑의인을 주시했다.

그러던 어느 순간, 흑의인의 찢어진 가슴팍을 스쳐 지나가던 휘의 눈이 기광을 토해냈다.

'저건?'

찢어진 옷자락 사이로 하나의 문양이 보인 것이다. 가슴속에 있는 뭔지 모를 물건의 끝에 새겨진 귀면상이.

흑마령주 곡중헌의 눈에는 믿을 수 없다는 표정이 역력했다. 그로선 자신의 흑령마기가 쪼개져 버린 사실을 실감할 수가 없었다.

설사 철혈성주인 철운성이라 해도 이렇듯 쉽게 흑령마기를 파기할 수 있을까 의문이 들 정도였다.

'대체 저자가 누구이기에……?'

생각은 잠깐, 곡중헌의 손이 들렸다. 다시 시커먼 먹구름이 두 손에 형성되었다.

"제법이군, 늙은이!"

그 한마디에 휘의 어깨가 움찔했다. 막상 늙은이란 소리를 듣자 기분이 묘해졌다. 그렇다고 상대에게 자신이 젊은 자라는 것을 굳이 알려줄 필요는 없는 일. 그냥 자신을 노인으로 알고 있다면, 그렇게 알면 되는 것이다.

휘의 얼굴에 차가운 웃음이 맺혔다. 그리고 나아가는 일 보.

뒤쪽에서는 추적자들이 담장을 넘어오는 기척이 느껴진다. 꾸물거릴 시간이 없다.

일 보에 신형이 좌우로 흔들리는 듯하더니 찰나, 다섯 개의 환영이 흑의인을 덮쳐 간다.

후우웅!

흑의인의 쌍장에서 먹구름이 쏟아지며 휘의 철검에 마주쳐 간다.

번쩍! 쩌저적!!

단천락!

단순하기에 자신의 정체를 숨기기에는 더할 나위 없는 일검. 조금 전보다 더 강력한 번개가 먹구름을 쪼개어 가자 흑의인이 얼굴을 굳힌 채 쌍장을 휘돌렸다.

휘도는 먹구름이 번개를 휘감는다!

쿠구구구.

귀청을 찢어버릴 듯한 굉음과 함께 휘감긴 두 가닥 기운이 땅거죽을 뒤집을 듯이 휘몰아친다!

휘는 이를 악물고 검을 횡으로 그어갔다.

절혼광(絶魂光)!!

한줄기 빛이 천지를 양단하며 세상을 두 갈래로 나누어 버렸다.

휘돌던 먹구름이 두 쪽으로 갈라지며 힘을 잃고 사그라지고, 그 사이로 휘가 한줄기 바람이 되어 스며들었다.

곡중헌의 딱딱하게 굳은 얼굴이 갈라진 먹구름 사이로 비쳤다.

휘의 신형이 주욱 늘어나더니, 철검이 곡중헌과 다섯 자를 격한 채 허공에 하나의 점을 찍어버렸다.

쾅!

"우욱!"

대기를 찢어발기는 격돌음!

전력을 다해 흑령마기를 운용하던 곡중헌의 입에서 답답한 신음이 터져 나오고, 주르륵 물러서는 그의 어깨에서 핏물이 솟구쳤다.

사방으로 비산하는 강기의 여파에 나무고 바위고 닿는 것은 모두 부서져 나갔다.

공이연도 견디지 못하고 뒤로 이 장여를 물러섰다. 그런 그의 눈이 경악으로 부릅떠졌다. 강하다는 것은 어느 정도 짐작했지만 자신이 기세의 여파에 물러서야 할 정도라니…….

담장을 넘어오던 자들도 분분히 정신없이 물러선다. 특히나 도를 쓰던 흑의중년인의 얼굴은 믿을 수 없다는 표정으로 일그러져 있었다. 세상에 흑마령주가 당하지 못하다니, 하는 표정이다.

휘는 솟구치는 핏물을 목으로 넘기고는 어깨에서 피분수를 뿜으며 물러서는 곡중헌을 바라보았다. 갈등이 일었다. 위험한 상황이 올지라도 이 자리에서 죽여 버리고 싶었다, 처참하게.

하지만 그러기에는 상황이 너무 좋지가 않다. 철혈성의 무사들이 잠에서 깨어나 모두 달려오고 있는 판국이니…….

'아까운 기횐데……. 어쩔 수 없지!'

잠깐의 생각을 접고 공이연을 향해 다급히 전음을 보냈다.

"뭐 하십니까? 놈들이 다 몰려올 때까지 기다리실 겁니까?"

"헉!"

그러자 공이연은 꽁지에 불붙은 닭처럼 대경하며 신형을 날렸다.

휘도 신형을 날리려다 달려오는 자들을 한 번 훑어보았다.

흑의인들과 함께 덩치가 커다란 웅경이 흐트러진 모습으로 담장을 넘어오고 있었다. 그를 보는 휘의 눈에 묘한 빛이 어렸다.

웅경은 자신을 일패도지시킨 노인이 묘한 눈빛으로 바라보자 약간은 어리둥절한 마음이 들었다.

그때 한마디 전음이 그의 귓속을 파고들었다.

"웅경, 다음에 보자구. 후후……."

그러더니 허공으로 떠올라 숲 속으로 사라져 간다.

웅경은 쫓아갈 생각도 못하고 멍하니 두 사람이 사라져 가는 모습을 바라봐야만 했다.

흑마령주마저 밀릴 정도니 자신이 쫓아가 봐야 소용없다는 것은 자명한 일이다.

하지만 그것 때문에 발이 얼어붙은 것이 아니다. 노인이라 생각했던 자의 음성이 의외로 젊다는 것이 그에게 충격을 준 것이다. 더구나 자신까지 알고 있는 듯했다.

만일 목소리처럼 저자가 노인이 아니라 젊은 자라면…….

우두둑.

웅경의 두 주먹이 부서져라 움켜쥐어졌다.

'세상은 역시 넓구나……. 나는 진정 우물 안 개구리였던가?

지금까지 해온 모든 노력이 헛것이었던 것만 같아 회한이 일 정도였다.

한데 저자는 누구기에 나를 아는 것처럼 말했을까?

웅경이 두 사람을 삼켜 버린 숲을 바라보며 굳어버리자, 곡중헌이 이채가 서린 눈으로 그를 바라보았다.

"아는 자인가?"

흠칫.

가볍게 몸을 떤 웅경이 고개를 저었다.

"모르는 자입니다."

“그래?”

곡중헌도 어둠에 잠긴 숲을 바라보았다. 그의 눈빛도 웅경과 비슷하게 빛나고 있었다.

노인이 계속 공격을 했다면 과연 자신이 무사할 수 있었을까?

알 수 없는 일이다. 단 두 번의 격돌에서 어깨에 부상을 입었다. 상대 역시 타격을 받은 듯했지만 자신보다는 덜 받은 듯 보였다. 적어도 자신에 비해 아래는 아니라는 말.

입가의 핏물을 닦아 내는 곡중헌의 눈이 어둠 속에서 깊게 가라앉았다.

‘다시 만난다면… 어쩌면 본 령주의 밑천을 드러내야 할지도…….’

한편, 휘는 앞서 가는 공이연을 바라보다 걸음을 멈추었다. 그리고 한 소리 전음을 날리고는 신형을 틀었다.

“나중에 뵙지요.”

날아가던 공이연의 몸이 움찔거리더니, 뒤를 돌아보는 그의 눈에 복잡한 빛이 떠올랐다.

어쨌든 자신의 목적을 이루게 해줬고, 위기에서 구해준 휘였던 것이다. 마지못한 듯 그의 입이 열렸다.

“나는… 공이연이라 하네. 오늘의 빚은 나중에 갚지.”

‘젠장! 괜히 부탁을 한 가지 더 들어준다고 했잖아! 쳇!’

그래도 천하의 신영자 공이연이 은혜도 모르는 파렴치한이 될 수는 없는 일이 아닌가?

후회는 아무리 빨라도 늦은 법, 쓰린 배를 움켜쥔 공이연은 어둠 속으로 빨려들 듯 사라져 갔다.

4장
돌아오기 위해 떠나는 사람

1

상무원은 여전히 고요한 어둠 속에 평온을 유지하고 있었다.

철혈대전 쪽의 소란조차도 이곳의 고요는 깨지 못한 듯 보였다.

어스름한 새벽이 밝아오는 묘시 초, 한줄기 그림자가 상무원의 건물 안으로 스며들었다.

고봉천은 잠결에 한줄기 바람과 함께 누군가가 자신의 방으로 들어오자 슬며시 눈을 뜨고 침입자를 바라보았다.

노인이었다. 언뜻 보아도 적지 않은 나이를 먹은 듯한 청수한 인상의 노인.

어찌할 건지 판단이 서지를 않자, 잠시 마음을 가라앉히고는 침착하니 몸을 일으켰다. 한데 조금 묘하다. 침입자는 조금도 놀라지 않고 오히려 자신에게 고개를 숙이는 것이 아닌가?

고봉천은 최대한 주의를 기울이며 물어보았다.

"뉘신데 이 새벽에 고 모를 찾아오신 게요?"

웅? 노인이 멍한 눈으로 자신을 바라본다. 그러더니,

"아!"

느닷없이 노인의 입에서 탄성이 터지는 것이 아닌가. 그러고는 자신의 얼굴을 뜯어간다.

"억!"

고봉천의 놀람을 뒤로하고 노인의 뜯어진 얼굴의 뒤에 또 다른 얼굴이 나타난다. 하얀 얼굴이 창백해져 더 하얗게 보이는 얼굴이.

"사부님, 휘압니다."

"휘아야!"

휘둥그레진 고봉천의 눈이 휘를 바라보다가 그제야 반가운 마음에 덥석 휘를 안아간다.

"언제 나왔느냐? 그 면구는 또 뭐고?"

빙그레 웃음을 흘린 휘는 자초지종을 사부에게 말했다.

"…그 바람에 이제야 찾아뵙게 되었습니다."

"허!"

어이가 없는지 고봉천의 눈이 더욱 커졌다. 그러다 무슨 생각이 났는지.

"뭐야? 그럼 그 총령이라는 흑의인하고 싸웠단 말이냐? 몸은 괜찮고?"

대경하며 소리쳤다. 그러자 휘는 무안한 듯 고개를 숙이며 말했다. 슬쩍 입가에 묻었을지 모르는 피를 닦아내며.

"다행히 두어 수 겨루다 물러서서… 몸은 괜찮습니다."

고봉천이 휘의 말을 어찌 모를까. 그의 눈이 가늘게 떨렸다.

"다행이다! 정말 다행이야……!"

어느덧 부쩍 커버린 휘아가 대견하기 이를 데 없는 고봉천이었다.

흑의인의 무공은 전성기 때의 자신이라도 과연 몇 수나 버틸 수 있을까 의문일 정도로 강해 보였다. 한데 휘아가 그와 겨루고도 그의 손에서 빠져나올 수 있을 정도로 커버린 것이다.

고봉천은 왠지 모를 답답함을 묻어둔 채 어렵게 입을 열었다.

"그래, 이제 어쩔 셈이냐?"

휘의 고개가 더욱더 숙여졌다.

"휘아는… 잠깐 밖에 나갔다 올까 합니다. 아버지들의 한도 풀어드릴 겸, 몇 가지 알아볼 것이 있어서요."

"음, 그래?"

언제고 떠날 거라는 생각은 하고 있었다. 하지만 막상 떠난다 생각하니 가슴이 왜 이리 쓰라린 걸까.

고봉천은 이래선 안 된다 생각하면서도 휘를 바라보며 하는 말이 자꾸만 떨려 나왔다. 생각 같아선 아직 멀었다며 붙잡고 싶은데…….

"그럼… 아버지들의 한을 잊어서는 안 되지. 암."

휘 역시 사부님의 마음을 모를 리 없었다.

자신을 위해 한 팔을 개에게 던져 버린 사부님.

다리마저 잘라야 한다고 했다면 다리까지도 잘라 버렸을 사부님이었다. 자신을 곁에 두고 싶은 마음을 어찌 휘가 모를까. 제자로 받아들이던 날 하신 말씀이 귓전을 맴돈다.

자식이 되었다… 자식이 되었다… 언제고 잊지 말아라… 잊지 말아라…….

"죄송… 합니다, 사부님……."

그래요. 저도 사부님을 아버지처럼 생각하고 있어요. 잊지 않을 겁니다, 절대로.

"무슨… 나가거든 몸조심하고."

“예. 저… 그리고…….”

휘가 말을 더듬자 고봉천이 고소를 머금고 한마디.

“연연이는… 내가 잘 타일러 보마.”

그제야 휘의 얼굴에 안심의 빛이 떠올랐다.

“감사합…….”

그러다 일순간 휘의 표정이 다시 굳어져 버렸다.

“후우, 늦었군요.”

고봉천도 씁쓸한 웃음을 배어 물었다.

“그렇구나.”

미처 어찌할 사이도 없이 두 사람의 귀에 다급한 발걸음 소리가 천둥 소리처럼 들려온 것이다.

포기하다시피 한 두 사람이 방문 쪽으로 고개를 돌렸다. 순간,

덜컥!

방문이 거칠게 열리고 한 사람이 다급하니 방으로 뛰어들었다.

“오빠!!”

이제는 다 커버린 연연의 외침이 휘의 귀에 화살처럼 꽂히자 그의 입가에 빙그레 웃음이 맺혔다, 살짝 일그러진 채.

“하! 하! 하! 연연이가 이런 새벽에…….”

“흥! 몰래 왔다가 도망가려고?”

“그럴… 리가? 누가 그런 소리를?”

“왜 육 개월간이나 나오지 않은 거야? 내가 먹을 것 안 넣어주려다 불쌍해서 넣어줬더니…….”

연연의 커다란 두 눈에 살짝 안개가 서린 듯 보인다. 휘는 입이 있어도 할 말이 없었다. 자신을 위해 자나깨나 걱정했을 연연이를 놔두고 소식도 없이 육 개월이나 무저동을 나오지 않았으니.

"어, 그게… 뭘 좀 깨달은 게 있어서……."

"흥! 그러니까 무공이 연연이보다 좋았다, 이 말이네, 뭐!"

"그게……."

휘의 안절부절못하는 모습을 바라보던 고봉천의 표정이 묘하게 변했다.

사실 그도 휘가 몇 달씩 나오지 않은 것에 약간의 불만이 있었다. 하지만 '남자가 그런 것에 불만을 가져서야… 더구나 제자가 무공을 익히느라 그런 건데……' 하면서 지내왔었다. 그런데 연연이에게 혼나는 휘를 바라보니 왠지 기분이 좋아지는 고봉천이었다. 입가로 웃음이 나오려는 것을 꾹 참느라 힘이 들 지경이다.

'이거… 내 성격이 이상한 건가?'

비록 의문이 없는 것은 아니었지만.

"따라와!"

그래도 한마디에 끌려가는 휘가 조금은 불쌍해 보이기도 했고, 한편으론 연연이의 뜻을 맞춰주는 휘가 고맙기도 했다.

"깔깔깔!"

연연의 웃음이 오랜만에 상무원을 울려 퍼졌다.

"그래서 그 노인이 오빠더러 여자냐고 물었단 말이야?"

"응, 아마 눈이 안 좋은가 봐."

연연이는 휘를 흘겨보더니 고개를 가로젓는다.

"아냐, 아냐, 아마 눈이 좋아서 제대로 본 걸 거야. 깔깔깔!!"

"너……."

짐짓 눈을 부라렸지만 콧방귀도 뀌지 않는 연연이었다. 한데 그런 연연이의 표정이 점점 시무룩해지더니 고개를 숙이곤 힘없이 입을 연다.

“그건 그렇고, 오빠.”

“어.”

“정말, 꼭 나가야 돼?”

“…음.”

“정말? 꼭?”

“…미안하다.”

“피이, 연연이 심심한데. 오빠, 그럼 연연이 부탁 하나 들어줘.”

“음? 부탁? 말해. 뭐든지!”

휘가 엉겁결에 큰 소리로 내뱉은 말에 연연이가 눈을 빛내며 고개를 발딱 치켜들었다.

순간,

획! 덥석!

어쩔 수 없었다. 움직일 수가 없었다. 아무리 신법에 자신있는 휘였지만 이 순간만큼은 꼼짝할 수가 없었다.

“여, 여, 연연아…….”

“가만있어 봐, 오빠. 음, 오빠 품은 참 따뜻한 것 같다.”

목소리가 떨리는 듯 느껴진다. 고개를 숙이고 참새처럼 가슴에 고개를 묻고 있는 연연이를 바라보았다.

연연이의 긴 눈썹이 가늘게 떨리고 있다. 이별의 슬픔을 참기에는 아직 어린 나이였다. 자신도, 사부님도 슬픔을 삭이느라 이를 악물고 있는데 어린 연연이는 오죽할 것인가.

휘는 연연이의 어깨를 가볍게 쓰다듬어 주었다. 말이 무슨 소용 있을까. 그 어떤 말이 연연이의 마음을 다독일 수 있을까.

‘하아! 미안하단 말밖에는 할 말이 없구나, 연연아! 이 세상에 오직 하나밖에 없는 사랑하는 나의 동생.’

그렇게 일각여를 말없이 휘의 품속에 안겨 있던 연연이 천천히 고개를
들더니 눈가를 슬쩍 훔쳤다. 그리고 몸을 일으키더니 휘에게 다짐받듯
강하게 말했다.

"오빠!"

"음."

"나가면… 면구 하나 사서 써."

"면구?"

"응, 너무 못생긴 거 말고, 조금 못생긴 걸로."

"……."

대답이 없자 연연의 눈에 그렁, 눈물이 맺힌다.

'속으면 안 된다. 속지 말자…….'

하지만 대답을 안 할 수는 없다. 더구나 못한다는 말은 더욱……. 휘
는 하는 수 없이 고개를 끄덕여야만 했다.

"알… 았다. 연연이 부탁인데……."

빙그레 웃는 연연의 눈에는 언제 그랬냐는 듯 눈물이 쏙 들어가 있다.

'크, 역시…….'

문득 품속에 있는 노인의 면구가 생각났다.

'수염을 떼고 주름을 좀 펴면 그럭저럭…….'

2

오랜만에 마주 앉은 식탁에선 말 없는 식사가 이각째 진행되고 있었
다.

마치 말하는 것이 죄라도 되는 것 같은 분위기에 아무도 입을 열지 않
은 채 음식만 깨작거리고 있을 뿐이었다.

그런 분위기가 답답했는지, 아니면 휘를 보내는 마음이 안타까웠는지 정청화가 휘를 바라보며 입을 열었다.

"휘아는 내 아들이나 같단다. 언제라도 마음이 외롭거든 찾아오너라."

"예……."

어찌 휘라고 해서 모를까, 말없이 항상 따뜻하게 보살펴 준 정청화의 마음을. 언뜻 답하는 휘의 눈에 슬쩍 눈물이 맺혔다.

정청화의 말을 들으니 이제 진짜로 떠난다는 것이 실감이 났다. 깨작거리며 식사를 하는 연연이나, 꾸역꾸역 음식만 입에 떠 넣는 사부님이나 말을 하지 않아서 그렇지 모두가 헤어짐을 슬퍼하고 있었다. 그렇다고 떠나지 않을 수도 없는 일.

휘가 마음을 다잡고 빙그레 웃었다.

"제 집이 여긴데 제가 이리 안 오고 어디로 가겠어요. 안 그러냐, 연연아?"

젓가락으로 죄없는 닭대가리만 콕콕…….

"응……."

"사부님, 그렇죠?"

슬쩍 실눈을 치켜 올리며…….

"누가 뭐라 하든? 당연하지…….."

깨작깨작, 꾸역꾸역.

근 한 시진에 이르는 긴 식사 시간이 지나자 휘는 자신의 방에서 필요한 물건들을 챙겼다.

이것저것 챙기다 보니 보따리 속에 제법 많은 것이 들어간다.

사모님이 챙겨준 옷도 한 벌 넣고, 염소아버지기 준 목함도 넣고…….

하지만 도사할배의 유물과 무저동에서 얻은 괴이한 귀면촉은 따로 품

속에 넣었다. 그걸 보자 문득 흑의인의 가슴에서 보았던 귀면상이 생각
났다.

"어차피 조사하려 했던 일. 그나마 떠나기 전에 한 가닥 끈이라도 잡
아서 다행이군. 후후, 당신, 나중에 보자구!"

마치 눈앞에 그가 있는 것처럼 중얼거리던 휘는 주위를 돌아보며 잊은
것이 없는지 살펴보았다.

'음, 또 뭐가 있지?'

나머지 구질구질한 것들은 모두 보따리에 쑤셔 넣고 질끈 끈을 묶고
보니 왠지 멍한 기분이 든다.

휘는 고개를 휘둘러 미련을 털어내고는 벌떡 일어섰다.

밖으로 나가자 구 노인이 정원에 서 있는 것이 보였다. 스치듯 휘의
눈과 구 노인의 눈이 마주쳤다.

"많이 컸구나."

"구 할아버지, 사부님 가족을 부탁할게요."

"허허허, 얼마나 살 수 있을지는 몰라도 내 살아 있는 동안에는 누구
도 상무원의 식구들을 건드리지 못하게 하마."

후덕한 구 노인의 웃음에는 진정이 담겨 있었다. 이제는 과거의 모든
연을 떠난 초탈한 모습이었다.

휘는 그나마 구 노인의 그 모습에 얼마간은 안심이 되었다. 한데 휘가
깊숙이 인사를 올리고 뒤돌아서려 할 때였다.

불쑥, 구 노인이 등 뒤에서 허름한 천에 싸인 길쭉한 물건을 하나 내밀
었다. 어리둥절한 휘가 고개를 들고 바라보자 구 노인이 빙그레 웃으며
말했다.

"방구석에서 썩어가던 것이다. 주인을 잘못 만나 외롭게 지냈던 놈이
지. 네가 친구 좀 해주거라."

"구 할아버지……."

"이름은 만양(彎楊)이라 한다. 아마 너와는 잘 어울릴 것 같구나."

주기로 작정한 것을 받네 안 받네 할 수도 없는 일, 휘는 감사한 마음으로 구 노인으로부터 물건을 건네받았다.

"감사합니다."

건네받은 물건은 생각보다 무거웠다. 손의 감각으로는 검 같은데 만양이라는 이름은 어째 도에나 어울릴 것 같은 이름이었다.

휘가 손으로 물건의 모양을 따라 쓰다듬자, 그의 마음을 짐작했는지 구 노인이 웃음 띤 얼굴로 말했다.

"머나먼 곳에서 얻은 것이지. 그것이 무엇이든 간에 쓰는 사람 마음에 달린 것이니, 네 마음을 담아본다면 그리 신경 쓸 것이 없을 것이다."

그러다 마음에 걸리는 것이 있는지 머뭇거리다가 천천히 입을 열었다.

"혹 강호에서 그 물건을 알아보고 예로써 대하는 이가 있거든, 한 번쯤 그를 도와준다면 고맙겠구나."

뭔가 뜻이 담긴 말, 휘는 고개를 끄덕이며 다짐하듯이 말했다.

"예, 꼭 그렇게 하겠습니다."

구 노인으로부터 받은 물건을 봇짐에 꽂아 넣고 사부님의 방으로 가려하자, 때마침 방 앞에 나와 있던 사부님이 웃으며 고개를 젓는다. 떨리는 목소리로 아무렇지도 않은 듯 말하시면서.

"나중에 볼 텐데, 뭐."

왠지 펄럭거리는 한쪽 옷소매가 더욱 마음에 걸린다. 휘는 입술을 질끈 깨물며 허리를 깊숙이 숙였다.

"다녀오겠습니다, 사부님."

"음, 그래."

연연의 모습은 보이지 않았다. 아마 사모님의 품에서 울고 있을 것이

다. 자신의 우는 모습을 보이기 싫어서 먼발치에서 바라보고 있을 것이
다.

'연연아! 연연아! 미안하다! 대신 빨리 돌아올게!'

휘는 한 번 더 상무원의 건물들을 돌아보고는 천천히 발걸음을 옮겼
다.

이제는 진짜 떠나는 것이다. 정들었던 사람들과의 이별에 마음이 아파
도 자신에겐 가야 할 길이! 해야 할 일이 있기에!

5장
한중에서 만난 사람들

1

하늘은 쾌청하기 이를 데 없었다.

초여름의 하늘에는 달랑 한 점 구름만이 외롭게 떠다니고, 섬서의 대지에는 살랑거리는 미풍에 춤을 추는 억새풀만이 지나는 이들을 반기고 있었다.

휘이이잉!!

황사 섞인 먼지가 구름처럼 피어오른다.

초여름 메마른 대지에 비가 뿌려지지 않은지 어느덧 두 달이 다 되어 가고 있었다.

'가뭄이 들면 인심이 사나워지는 게 사람 사는 세상이라 했는데, 비라도 시원하게 뿌려주시지⋯⋯. 젠장할 하늘⋯⋯.'

하늘을 원망하며 투덜거리던 구룡객잔의 주인 장오는 저 멀리 억새풀 사이로 모습을 보이는 한 사람을 보며 벌떡 일어섰다. 근 반 시진 만에 손님이 될 가능성을 보이는 사람이 눈에 들어온 것이다.

예전 같으면 쳐다보지도 않을 외톨박이 손님이었지만, 요즘처럼 가뭄에 황사까지 이는 계절에는 그나마도 놓칠 수 없는 손님이었다.

주렴을 걷고 밖으로 나가려던 장오는 문득 머리를 스치는 생각에 뒤를 돌아다보았다.

탁자에 다리를 떡하니 올리고 코를 골고 있는 장한이 보였다.

'제발, 저런 떨거지 같은 손님은 아니어야 하는데…….'

한 시진 전에 들어올 때만 해도 얼마나 반가웠던가. 술을 시키고 오리 구이 두 마리를 시킬 때까지만 해도 반가운 마음은 여전했다. 그러다 반 시진 전, 새로 온 두 명의 손님을 개 패듯 패서 쫓아버리면서부터는 애물단지가 되어버린 작자였다.

'씨팔, 설마?

마음을 다잡고 주렴을 걷었다.

황사 먼지가 휘잉 안으로 몰려들어 온다.

장오는 재빨리 밖으로 나가 오 장 안으로 다가온 손님에게 최대한 사람 좋은 웃음을 지어 보이며 입을 열었다.

"어서 오십시오! 저희 구룡객잔으로 말할 것 같으면……."

하지만 그는 미처 말을 끝내지도 못하고 손님이 하는 행동을 바라봐야만 했다.

예비 손님이 고개를 쳐들고 깃발을 쳐다보다가 자신의 얼굴을 바라보고는 다시 깃발을 쳐다보는 것이 아닌가. 그러더니 한마디,

"여기가 먹을 것 파는 데요?"

"……?"

'그럼 당연히 먹을 걸 팔지, 못 먹을 걸 팔겠냐?

생긴 건 멀쩡해 보이는데, 왠지 불길한 조짐이…….

"외딴 곳에 있는 음식점은 조심하라고 하던데……."

'아! 씨팔, 오늘 재수 드럽게 없네.'

장오는 차마 인상을 쓰지는 못하고 조용히 뒤돌아섰다. 주먹을 불끈 쥐고.

'검만 안 찼어도……'

조금 아깝기는 하지만 떨거지 말썽꾸러기는 한 사람으로도 족하다는 생각이 그의 발길을 돌리게 만든 것이다.

휘는 객잔의 주인인지 점소인지는 모르겠지만, 아무튼 자신을 반기던 장한이 아무 말 없이 뒤돌아서자 그의 뒤를 따라 객잔으로 들어갔다.

썰렁한 객잔 안에는 코 고는 소리만이 자신을 반기고 있었다. 일단 한쪽의 탁자에 자리를 잡았다. 그리고 빠르게 사방을 둘러보았다.

자기 외에 탁자에 다리를 올리고 자고 있는 사람이 객잔 손님의 전부인 듯했다.

'원래 객잔이라는 데가 이렇게 사람이 없는 덴가?'

의문이 일었지만 아무것도 모르는 휘로선 조용히 있는 게 상책이란 생각이 들었다.

철혈성을 떠나온 지 한나절 만에 들른 객잔은 그렇게 세상에 처음 나온 휘를 썰렁하게 반겨주고 있었다.

휘가 주위를 둘러보며 아무런 말도 없이 앉아만 있자, 장오는 한숨을 속으로 내쉬며 휘에게 다가갔다.

"뭘 드시겠소?"

"뭐가 됩니까?"

"그야, 간단한 소면부터 이것저것 웬만한 요리는 다 되오만……."

휘는 그의 말을 들은 체 만 체, 코를 골고 있는 장한의 탁자를 쳐다보았다. 거기에는 오리 뼈가 수북이 쌓여 있었다.

"저거, 오리 고깁니까?"

장오의 인상이 확 구겨졌다.

'어째 식성까지도 똑같냐!'

그의 내심이야 어쨌든 휘는 손가락으로 오리 뼈를 가리켰다.

"저걸로 하죠."

그때였다. 코 고는 소리가 뚝 그쳤다.

휘는 그나마 객잔 안에서 들리던 단 하나의 소리인 코 고는 소리가 그치자 무심결에 그쪽을 바라보았다.

슬쩍 풀어 헤쳐진 허름한 옷차림, 삼십 중후반 정도로 보이는 얼굴에 거친 수염. 옆에는 무식하게 보일 정도의 커다란 도.

휘는 빼빼아버지에게 들었던 무시무시하다는 산대왕들이 생각났다. 들은 대로라면 딱 맞아떨어지는 행색이었다.

'별로 안 무섭게 생겼는데?'

휘가 나름대로 그에 대한 평가를 마치고 고개를 돌리려 할 때였다. 게슴츠레 눈을 뜬 장한의 눈과 휘의 눈이 마주쳤다. 한데 그가 씩 웃는다. 휘도 씩 웃어주었다. 그러자 그의 눈에서 기이한 빛이 일렁였다.

잠시 후, 장오가 가져온 오리 고기를 먹으려 다리 하나를 찢을 때였다. 탁자에서 다리를 내린 장한이 몸을 일으키더니 휘의 앞으로 다가와 털썩 의자에 앉았다.

휘가 물었다.

"무슨 볼일이라도……?"

장한은 묵묵히 휘를 바라보다가 손으로 휘의 검을 가리키며 말했다.

"철혈성에서 나오셨소?"

움찔.

휘의 눈이 장한의 탁한 눈을 바라보았다. 그러자 장한은 휘의 마음을 안다는 듯 빙그레 웃으며 입을 열었다.

“검의 손잡이에 그런 글자를 새겨 넣는 곳은 철혈성밖에 없어서 물은 것이오.”

휘는 고개를 숙여 검을 바라보았다.

구 노인이 준 검은 여전히 등 뒤 보따리에 들어 있고, 허리에는 전부터 쓰던 검이 매달려 있었다. 그 검집에는 많이 닳기는 했지만 옅게 글자가 새겨져 있었다.

철혈(鐵血).

왜 생각을 못했을까?

분명 검집에는 철혈성의 독문 표기가 새겨져 있었다. 한데도 자신은 그걸 의식하지도 못하고 있었으니…….

휘는 문득 어젯밤 자신이 너무 안이하게 일을 행한 것이 아닌가 하는 생각이 들었다. 하지만 가만히 생각해 보자 어젯밤 다행히도 자신의 검에 신경을 쓴 자는 없었던 듯했다. 더구나 어둡기도 했으니…….

‘아무래도 검을 처리해야 할 것 같군.’

휘는 약간의 고마움이 담긴 눈으로 장한을 바라보며 고개를 끄덕였다.

“철혈성에서 온 사람이기는 하오만, 그곳의 무사냐 묻는다면 아니라고 말할 수 있습니다.”

“흠…….”

조금 애매한 대답에 장한의 고개가 모로 기울어졌다. 그러자 휘가 말을 덧붙였다.

“그저 검을 그곳에서 가지고 왔을 뿐이라 이해하시면 됩니다.”

“철혈성이 자신들의 검을 아무렇게나 내돌린다? 그거참…….”

장한은 조용히 휘를 바라보다가 고개를 돌려 장오를 불렀다.

"주인장! 여기 술 하나만 더 주시오!"

장오가 미적거리며 술병 하나를 가져다 놓자 장한은 대접에 술을 하나 가득 따르더니 휘에게 내밀었다.

"사해가 동도라 했는데 우리 통성명이나 합시다."

휘는 고기를 뜯다 말고 장한이 내민 술대접을 바라보았다. 그리고는 다시 장한을 쳐다보았다. 그러자 장한이 싯누런 이를 드러내며 씩 웃는다.

"나는 초평우라고 하외다."

휘도 어쩔 수없이 자신의 이름을 말했다.

"저는 진조여휘라 합니다."

"강호의 친구들은 나를 풍(風)… 랑도(狼刀)라 불러주고 있소."

"저는 강호 경험이 없어 아직 별호 같은 것은 없습니다."

휘가 별다른 감흥도 없이 고개를 젓자 초평우의 얼굴에 안도감이 스쳐 지나갔다. 무엇 때문인지는 몰라도.

한 잔의 술을 죽 들이킨 초평우가 휘를 바라보며 다시 한 번 자신의 이름에 금칠을 입혔다.

"하하하! 강호의 친구들은 바람 따라 떠돌며 부운 같은 생을 즐기는 나를 부러워하고 있지요."

한바탕 초평우가 대소를 터뜨리고는 술잔을 잡아갈 때였다. 객잔의 주렴이 걷히더니 다섯 명의 청의인이 거칠게 들이닥쳤다.

"어이구, 어서 오십쇼!"

장오는 이게 웬 떡이냐 하는 심정으로 그들을 탁자로 안내했다.

그들은 좌우를 훑어보며 장오를 따라가다가 초평우를 발견하고는 흘 깃거리며 한쪽의 탁자로 다가갔다. 그러면서 작은 소리로 한마디 했다, 은근히 비웃음을 담은 채.

“저 사람, 풍 맞아 미친 늑대라는 풍치랑도(瘋癡狼刀) 초평우 아닌가?”

“그러게. 한데 초평우가 이곳에는 웬일이지? 부친에게 쫓겨나서 청부 업자 생활을 하고 있다던데.”

소리는 작았지만 못 들을 정도는 아니었다, 더구나 이처럼 조용한 객 잔에서는.

휘는 앞에 앉은 초평우의 얼굴이 서서히 붉어져 가는 것을 보며 조용 히 식사 하기는 글렀다는 것을 직감할 수 있었다. 아니나 다를까, 천천히 일어서는 초평우의 코에서 김이 모락모락 솟는다.

뒤이어 터진 일갈,

“그래! 죽고 싶으면 뭔 말을 못하겠냐!”

그리고 뒤돌아서며 뽑히는 커다란 칼.

장오는 죽을 맛이었다. 겨우 손님을 맞았는데 또 사단이 나버렸다. 그 것도 작은 사단이 아닌 구룡객잔의 존망이 걸릴 정도의 커다란 사단이.

‘으아!! 씨팔 놈의 새끼들!!’

와장창!!

건너편 탁자—본래 초평우가 있던 탁자—위에 있던 술병들이 탁자와 함 께 부서지며 사방으로 파편이 튀기고, 다섯 무사를 향해 도를 휘둘러 가 는 초평우의 고함 소리가 객잔의 기둥을 뒤흔들었다.

“개 눔의 새끼들! 네눔들이 나한테 밥을 사줬냐? 술을 사줬냐? 왜! 왜! 건드려!!”

초평우가 발광을 하건만, 다섯 무사의 표정에선 별다른 당황의 표정이 떠오르지 않는다.

휘는 그들을 바라보며 어쩌면 저들이 고의로 초평우를 건드리지 않았 나 하는 의문이 들었다.

함부로 무사를 욕보인다는 것은 강호의 상식을 잘 모르는 휘로서도 이해가 가지 않는 일이었던데다, 저들의 표정에서 은근히 즐기는 듯한 인상을 받은 것이다. 그렇다면 왜?

두 명의 무사만이 앞으로 나서며 초평우의 도에 마주쳐 간다. 나머지 세 명은 마치 재미있는 구경이라도 하는 양 그저 앉아서 엷은 비웃음을 띠고 있을 뿐이다.

휘는 그것이 못마땅했다. 비록 자신과는 상관없는 일이었지만.

쳉! 차창!

넓이가 한 뼘은 될 듯한 커다란 칼이 풍차처럼 휘돌자 두 명의 무사가 교대로 초평우의 허리와 어깨를 향해 검을 들이밀고 있었다. 한 치의 틈도 허용하지 않을 것 같은 초평우의 도세 사이를 뚫고서.

그 바람에 초평우는 도를 펼치다 말고 주춤거리지 않을 수 없었다.

그러자 입가에 비웃음을 띤 채 의자에 앉아 있던 세 무사 중 제법 나이가 들어 보이는 자가 한 소리 해댔다.

"칼만 컸지, 역시 소문대로 별 볼일 없는 작자군!"

그 말에 휘의 눈이 꿈틀 움직였다.

'역시 고의로 건드렸나?'

이십여 초가 지나자 초평우의 벌게진 얼굴 위로 굵은 땀방울이 흘러내린다.

의외였다. 아무리 술을 많이 마셨다지만 무사라는 사람이, 그것도 도세를 봐서는 그럭저럭 이류무사는 될 법한 사람이 이십여 초 만에 저렇게 땀을 흘리며 숨을 거칠게 몰아쉬다니.

휘의 의문을 풀어주기라도 하려는 듯 좀 전에 비웃음을 흘리던 자가 다시 말했다.

"초후령이 그대를 내친 이유를 알 만하군. 그리 힘이 없어서야…….

하긴 내공도 없으면서 강호에서 여태 살아남은 게 천행이지."

순간, 초평우가 외마디 소리를 내지르며 도를 거세게 휘둘렀다.

"으아!!"

쩌저정!

도와 부딪친 두 자루의 검이 뒤로 튕겨지고, 혼신의 힘을 다해 도를 휘두른 초평우가 도를 늘어뜨린 채 그들을 노려봤다. 그런 초평우의 눈에선 금방이라도 불길이 쏟아질 듯 넘실거렸다.

바닥에는 부서진 탁자와 술병들.

그 가운데 눈에서 불길을 쏟아내며 비웃음을 띤 자들을 노려보는 초평우.

휘는 문득 이유없이 가슴이 뜨거워지는 것 같았다.

'약자라 해서 비웃음을 사야 한다면 그건 그대들도 마찬가지다!'

휘가 젓가락으로 오리 고기를 한 점 집어 입으로 넣으며 초평우에게 물었다.

"초 형! 저 사람들 뭐요? 왜 들어오자마자 초 형을 못 잡아먹어서 난립니까?"

부르르.

초평우의 어깨가 가늘게 떨린다.

휘가 다시 물었다.

"아는 사람들입니까?"

초평우가 입술을 깨물며 고개를 젓는다.

'모르는 사람? 그럼 왜 고의로 초평우를 건드렸지?'

비웃음을 띠고 있던 자가 휘를 향해 입을 열었다, 여전히 비웃음을 입가에 걸고서.

"공연히 끼어들어서 다치지 말고 얌전히 있는 게 나을 거네. 우리가 원하는 사람은 초평우니까."

언뜻 그 말을 들은 초평우의 눈이 가늘게 떨린 듯 보였다. 뭔가를 눈치챈 듯한 표정이다.

초평우가 떨리는 입으로 말문을 열었다.

"평산이 보냈느냐?"

비웃음을 띠고 있던 자의 입에서 비웃음이 사라지더니, 싸늘한 한마디가 초평우를 향해 튀어나왔다.

"알았으니 말하기가 쉽군. 왜 섬서로 돌아온 거지? 떠나기로 했으면 떠나야 하지 않나? 대공자께서 그만큼 봐줬으면 그대도 약속을 지켜야지. 그랬으면 나 양환이 여기까지 올 필요도 없었을 테고 말이야."

비웃음을 띠고 있던 자, 양환의 말에 초평우의 눈이 부릅떠졌다.

"그대가 섬전검 양환?"

"강호의 친구들이 그렇게 불러주지. 후후."

자신에 찬 웃음이 그의 입가로 흐른다.

초평우가 놀라는 이유를 그는 충분히 짐작할 수 있었다.

섬전검 양환, 그가 초가보에 몸을 담고 있지 않았다면, 작은 문파 하나쯤은 차렸을 거라는 말이 나돌 정도로 그의 이름에는 무게가 실려 있었다. 그러니 이류무사에도 미치지 못하는 초평우가 놀라는 것은 당연한 일이라는 생각이 든 것이다.

하지만 때로는 별호란 것이 그다지 믿을 게 못 된다고 생각하는 사람도 있었다. 그리고 휘가 바로 그런 사람 중의 한 사람이었다.

"초 형, 섬전검이라는 별호가 꽤 유명한 이름인가 보지요?"

"……."

무사들이 어이없다는 표정으로 휘를 바라본다. '역시 생긴 것처럼 촌놈이구먼' 하는 눈빛들이다.

그러자 휘가 한마디 더 했다.

"별로 빠르지 않을 것 같은데 섬전검이라니……. 별호 한번 거창하군."

청의인들이 멍한 얼굴로 휘를 바라보자, 초평우의 입이 괴이하게 일그러졌다.

"크, 크, 크크크, 맞아, 맞아! 거창하지? 우하하하!!"

초평우가 참지 못하고 대소를 터뜨리자, 양환의 싸늘하게 굳은 두 눈이 휘를 노려보았다.

"겁을 상실한 놈들이 나중에 후회할 줄은 모르고 가끔 그런 말을 하지."

천천히 일어서는 양환에게서 살을 에일 듯한 살기가 뿜어져 나왔다. 그러자 휘가 벌떡 일어섰다. 그리고,

"후회라……."

터벅! 터벅!

객잔을 울리는 발걸음 소리와 함께 양환을 향해 걸어간다.

느닷없이 이상하게 흘러가는 상황.

웃음을 멈춘 초평우의 표정에 긴장이 떠오르고, 양환의 곁에 있던 무사들의 눈에선 경멸의 표정이 떠오른다.

양환은 자신의 별호를 능멸한 젊은 놈을 일검에 팔 하나쯤은 잘라 버려야 속이 시원할 것 같았다.

'아니지, 목을 잘라 버릴까?'

그렇게 생각하며 다가오는 놈의 얼굴을 노려보았다.

그저 아무 데서나 볼 수 있는 사람 좋아 보이는 인상. 가는 주름이 제법 많은 것으로 보아 그럭저럭 나이 좀 먹은 것 같은 얼굴. 보통 키에 별다른 근육도 없고, 그나마 나아 보이는 것은 맑은 두 눈. 어느 모로 보나

고수 같지는 않은 놈이었다.

터벅터벅 걸어온 놈이 어느새 일 장 앞으로 다가왔다.

양환은 검을 잡아갔다. 자신과 십여 년간 섬전검이라는 별호를 함께 누려온 애검을.

순간……

번쩍!

객잔 안에 한 가닥 번개가 떨어져 내렸다.

그리고… 휘의 눈은 양환의 눈을 바라보고 있었다. 그 눈의 끝에 듬성듬성 날이 빠진 검첨이 양환의 이마 한가운데를 향하고 있었다.

한 치 정도 떨어진 곳에… 한 점 미동도 없이…….

무심한 눈빛으로 양환을 바라보던 휘의 입이 열렸다.

"봐! 별로 안 빠르잖소. 초 형도 남의 별호에 너무 신경을 쓰지 말라구."

천천히 거두어들이는 휘의 검을 향해 양환의 떨리는 눈이 따라 내려간다.

그는 검을 뽑지 못했다. 아니, 뽑을 수가 없었다.

한 가닥 번개가 그의 사고를 정지시켜 버린 것이다.

옆에 있던 무사들은 뭐가 어찌 된 건지 알 수 없어 멍하니 휘와 양환을 번갈아 바라보고 있고, 초평우는 웃음도 잊은 채 눈을 부릅뜨고 있다.

양환은 결코 이름만 앞세우는 무사가 아니다. 그랬다면 십여 년간 험하디험한 섬서의 강호에서 살아날 수 없었을 것이다.

더구나 섬서의 신흥오세 중 한 곳인 초가보가 그런 자에게 거금을 주고 일을 시킨다는 것은 상상할 수도 없는 일이었다.

그런데 그런 그가… 검을 뽑지도 못하고 당했다.

양환의 이가 입술을 파고들었다.

“이, 이, 이, 믿을 수 없다! 믿을 수……”

어금니가 부서져라 입을 악다물었다.

눈에서는 살광이 번뜩이고 손이 보이지 않을 정도로 움직이며 다시 검을 잡아갔다.

그때 객잔의 대기를 얼려 버릴 듯한 한마디!

“다음엔! 세 치 더!”

차가운 휘의 음성이 양환의 고막을 터뜨릴 듯이 두들기자, 검을 잡은 양환의 손이 부들부들 떨렸다.

그는 안다. 상대의 검은 어쩌다 펼쳐진 검이 아니었다. 자신도 쾌검을 쓰기에 상대의 검이 얼마나 빠른지를 본능적으로 느끼고 있는 것이다.

더구나 뇌리를 새까맣게 태워 버릴 것 같던 조금 전의 충격.

‘그래도… 그래도… 나 양환이 여기서……’

하지만 결국, 그는 검에서 손을 놓아야만 했다.

세 치 더, 그것은 곧 목숨이었으니…….

해쓱한 얼굴의 양환을 놔둔 채 휘적휘적 초평우 앞으로 걸어간 휘는 얼이 빠진 초평우를 바라보며 빙그레 웃었다.

“나갑시다. 이곳은 당신이 술을 마시기에 별로 분위기가 안 좋은 것 같소.”

당연히 탁자며 술병들이 부서져 나뒹굴고, 검을 든 자들이 뒤통수를 노리는 곳이 분위기 좋은 곳이라 할 수는 없었다.

얼떨결에 초평우의 고개가 끄덕여졌다. 입가에는 희미한 웃음을 떠올린 채.

‘어쩌면, 오늘은 한을 씹으며 술을 마시지 않아도 될 것 같구나.’

고삐에 매인 황소마냥 초평우가 휘를 따라 나간다. 그러자 양환의 신음 섞인 물음이 비명처럼 휘에게로 던져졌다.

“그대는… 누구요?”

휘의 걸음이 잠시 멈칫하는 듯하더니 터벅터벅 다시 옮겨졌다.

그리고 그리움이 배인 한마디가 휘의 입에서 흘러나왔다.

“삼류무사를 아버지로 둔 사람!!”

2

휘는 따르고, 초평우는 마신다.

석양이 서산머리 위에 턱을 걸치고 있을 무렵, 주위에 나뒹구는 술병이 어느덧 다섯 개를 넘어가고 있었다.

독하디독한 섬서 화주를 다섯 병이나 마시고도 여전히 꼿꼿이 앉아 있는 초평우나, 술을 마시지도 않으면서 계속 따르고 있는 휘나, 화정루의 주인인 오삼당이 보기에는 대단한 사람들이었다.

그런데 언제부터인지—아마 술을 네 병째 주문했을 때부터인 듯했다—오삼당의 눈이 자꾸 두 사람을 이상한 눈초리로 째려본다.

‘지금까지 먹고 마신 것이 다섯 냥은 되는데… 행색이 영…….’

전문가의 눈으로 볼 때, 두 사람의 행색이 다섯 냥짜리로는 보이지 않았던 것이다.

술이 거나해지자 초평우는 중얼거리고, 휘는 듣는다. 그러다 가끔씩 한마디 질문을 던지면서.

이미 석양도 두 사람을 지켜보는 것에 지쳤는지 서산으로 넘어간 지 오래였다.

“평산은… 내 동생이오. 어릴 때는 그러지 않았는데…….”

휘는 의아한 표정으로 초평우를 바라보았다.

"나는 오 년 전 집에서 쫓겨났소. 크크크, 십 년 전 무공을 익히다가 단전을 다쳤거든."

왠지 초평우의 한마디 한마디에서 아픔이 느껴진다.

휘는 아무 말도 하지 않고 그의 빈 술잔에 술을 따랐다.

'그래서 도세에 비해 내공이 따르지 못한 거였나?

"내 아버지가 말이오, 초가보는… 무공을 익힐 수 없는 아들은 필요 없다 합디다. 흐흐흐, 그래서 내가 그랬지요. 오 년 안에 더 강한 아들이 돼서 돌아오겠다고 말이오. 나는… 천하를 돌아다니며 단전을 고칠 방도를 연구해 봤지요. 하지만 초가보에서도 포기한 것을 혼자서 찾는다는 것이 어디 쉬운 일이겠소?"

술을 반쯤 흘리며 목에 털어 넣는 그의 눈에서 눈물이 흐른다.

탕!

술잔을 거칠게 내려놓은 초평우가 쓱 눈물을 훔치더니 씩 웃는다.

"젠장! 그래서 그냥 집에 돌아갔더니 나가랍디다! 후후, 뭐, 힘없는 놈이 별수있겠소? 나가라면 나가야지."

휘가 참지 못하고 물어봤다.

"그렇다고 자식을 나가라 한단 말입니까?"

"크크크, 나는 서자거든. 진 형도 서자가 어떤 취급을 받는지는 알 것 아니오?"

모른다. 알 수가 있나? 하지만 아무 말도 하지 않고 초평우만 바라보았다.

"그래서… 나왔소. 한데 말이오…… 어머니가 눈에 밟혀서 도저히 멀리 떠날 수가 없는 거요. 그래서 뱅뱅…….."

쿵!

손을 머리 위에서 휘돌리던 초평우가 그대로 뒤로 넘어져 버렸다.

"끄응! 젠장, 몇 잔 먹지도 않았는데……."

넘어진 채 초평우가 웅얼거리는 말에 오삼당이 부릅뜬 눈으로 힐끔거리고, 비틀거리며 다시 의자에 앉은 초평우의 얼굴이 푹 수그러졌다.

"진 형은 모를 거요. 내가 얼마나 어머니를 사랑하는지……."

성이 진조여라고 했는데도 복잡하다고 진 형이라고 부른다, 꼭 누구처럼.

'어머니라…….'

휘는 고개를 끄덕이며 초평우를 바라보지만 위로해 줄 말이 입 밖으로 나오지를 않았다.

한데 무슨 생각이 났는지 초평우가 고개를 번쩍 든다.

"참! 평산 이야기를 했었지? 그놈은 나보다 세 살 아래의 동생이오. 놈은 내가 떠나자 사람을 보내서 돈을 좀 쥐어줍디다. 우흐흐, 첨에는 무척 고마워했지요. 그런데 말이오, 그놈이 돈과 함께 보낸 서신에 다시는 돌아오지 말라고 적어놨습디다. 돌아오지 말라고 말이오. 돌아오면 가만 안 둔다나, 어쩐다나? 크크크."

그런데 그는 돌아왔고, 결국 그의 동생인 초평산은 사람을 보내 그를 쫓아내려 한 것이란다. 그것도 벌써 두 번씩이나.

휘는 안쓰러운 눈으로 초평우를 바라보았다.

그의 이야기대로라면, 아마 그의 동생은 행여나 그가 다시 돌아와 자신의 것을 뺏을지 모른다는 불안감에 그를 내치려 한 것일 것이다.

본래 아홉 개 가진 놈이 하나 가진 사람 걸 못 뺏어서 환장인 곳이 이 세상 아니던가.

"초 형……."

휘가 초평우를 부를 때였다.

느닷없이 초평우가 휘를 바라보며 눈을 부라렸다.

“진 형!”

“예……?”

“이 초 모, 별 볼일 없는 인간이지만 그래도 나쁜 사람은 아니외다! 진 형이 이 초 모를 아우로 거두어주시오!!”

“예?”

휘는 기겁한 눈으로 초평우를 바라보았다.

삼십이 훨씬 넘어 보이는 사람을 어떻게…….

그의 마음을 눈치챘는지 초평우가 머쓱하니 웃음을 지었다.

“사실… 내가 겉모습은 이래도 나이는 얼마 안 되오.”

휘가 의아한 눈으로 바라보자 초평우가 슬그머니 고개를 숙이며 말했다.

“이제 스물여덟입니다. 죄송합니다, 늙어 보여서…….”

그게 죄송할 일인가?

휘는 다급히 입을 열었다.

“그래도…….”

“제가 워낙 못나서… 그렇습니까? 하기는…….”

푹 수그린 초평우의 고개가 땅으로 떨어질 것처럼 한없이 수그러진다.

“그게 아니고…….”

그 말에 다시 서서히 올라오고……

“아니면 받아주십시오!”

으아! 그게 아니라니까!!

“사실 저도 나이가…….”

초평우가 붉게 취한 얼굴로 피식 웃는다.

“나이가 뭔 상관입니까. 제가 형님으로 모시고 싶다는데…….”

‘뭐, 아무리 못해도 삼십은 넘을 것 같은데 뭐. 게다가 섬전검을 일검

에 굼벵이 검으로 만들어 버렸고……. 이런 사람을 언제 만나냐. 초평우야, 무조건 잡아라!'

속마음은 숨긴 채 초평우는 떨어지려는 정신을 억지로 붙잡고 매달렸다.

휘는 답답한 마음에 초평우를 노려보았다.

"후회하신다니까요! 제 나이가……."

"상관없습니다!"

초평우도 노려보았다. 아니, 정신을 붙잡으려다 보니 눈에 힘이 들어갔다.

"글쎄……."

"상관없다니까요!"

하는 수 없이 휘는 최후의 방법을 쓰기로 했다.

그것은 면구를 벗어 던지고 나이를 말하는 것이었다. 한데, 면구를 벗으려니 다시 쓸 것이 걱정되었다.

얼마나 정성을 다해서 썼는데……. 천양의 기운으로 주름까지 펴고, 행여나 떨어진 곳이 있나 하나하나 만져 가면서 썼는데…….

'에이, 면구야 다시 쓰면 되고…….'

휘가 면구를 잡아 뜯으려고 귀쪽으로 손을 가져가는데,

털푸덕!

느닷없이 초평우가 무릎을 꿇더니 흐느낀다.

"흐흐흑! 이 아우는 이제 갈 데가 없소. 형님이 안 받아주면 떠돌아다니다가 황야에 묻힐 것이오. 그걸 원하시오? 정말 그런 거요?"

휘는 안쓰럽다기보다 이제는 답답해 미칠 지경이었다.

"아! 글쎄, 초 형!"

"나이 이야기라면 하지도 마시오! 강호가 나이순으로 굴러가는 곳도 아니고……!"

맞긴 맞는 말이다. 강호가 꼭 나이순으로만 굴러가는 곳은 아닌 것이다. 오죽하면 강자존이라는 말이 나왔을까?

게다가 항렬은 또 왜 그렇게 중요시하는지, 가끔 나이 어린 윗사람도 심심치 않게 있는 곳이 강호라지 않던가?

그래도 휘는 참을 수 없었다.

"이래도 말입니까?"

확!

잡아챈 면구가 얼굴에서 떨어져 나갔다. 얼마나 세게 잡아 당겼는지 한쪽이 찢어질 정도였다.

마침내 드러난 얼굴! 하얀 살결에… 면구로 인해서 살짝 주름(?)잡힌…….

초평우가 멍하니 휘를 바라본다. 그러다 서서히 일그러져 가는 표정.

'설마 자신보다 훨씬 어려 보이는 나를 보고 다시는 형님이라는 소리는 안 하겠지. 후우…….'

휘는 이제야 초평우가 이해를 하는가 보다 생각하고 가슴을 쓸어내렸다.

그때, 초평우의 기어가는 목소리가 천둥처럼 들려왔다.

"그럼, 누… 님이라고 불러야……?"

픽!

3

섬서성 서남쪽 대표적인 현성인 한중은 촉을 넘어 사천으로 들어가는 군사적 요충지인만큼, 이 일대에선 웬만한 무림문파들은 얼굴을 내밀지 못할 정도로 관의 힘이 강한 곳이었다.

오죽하면 철혈성이 처음 자리잡을 때 무림문파들보다 관에 더 신경을 썼어야 했을까. 그나마도 한중 땅이라 하나 이백여 리 떨어진 천간산에 성을 건립해야 했다.

사실이 그러다 보니 들고 나는 모든 관도에 가끔씩 몰려다니는 관병들을 보는 것은 그다지 볼거리라 할 것도 없는 일이었다. 더구나 곡물이 풍부하고 사람들의 인심이 좋아 가뭄이 계속되는 한여름에도 수많은 사람들로 북적거리고 있었다.

한중으로 들어가는 관도는 넓고도 반듯했다.

그 관도에 두 사람이 나타난 것은 해가 중천에 걸려 서쪽으로 기울어지기 시작하는 미시 초였다.

수많은 사람들이 지나다니는 관도에 두 사람이 더 늘었다고 해서 그다지 관심이 갈 만한 일은 아니었지만, 사람들의 눈은 이 기이한 일행을 한 번쯤은 쳐다보고 지나갔다.

휘는 수많은 사람들이 자신들을 쳐다보며 지나가자 왠지 얼굴이 화끈거릴 지경이었다.

그렇다고 찢어진 면구로 얼굴을 가릴 수도 없는 상황. 그저 공연히 면구를 벗었다는 생각에 아쉬움만이 더할 뿐이었다.

'천천히 벗을걸… 괜히 천양의 열기로 너무 딱 붙여가지고……'

힐끗 옆을 따라오는 초평우를 바라보았다.

눈두덩이 시퍼런 초평우는 뭐가 그리 좋은지 싱글벙글이다.

'어휴, 한 대 맞고도 좋다고 저러니 떼놓을 수도 없고……'

어제, 화정루에서.

픽!

한 대 맞고 나가떨어진 초평우에게 휘가 소리쳤다.

나 여자 아니오!

그럼 형님!

나이도 스물둘밖에 안 됐소!

나이는 상관없다고 했잖습니까?

그래도! 너무…….

상관없다니까요! 나, 초평우! 한입으로 두말 안 합니다!

고집쟁이 초평우가 끝내 형님이라고 부르겠다고 한다. 자기가 한때 신세를 졌던 장안의 뒷골목에선 가끔 있는 일이라고 하면서. 아무래도 술기운에 그런 것 같지만, 휘도 지쳐 버렸다.

맘대로 하세요! 내가 손해 볼 건 없으니까!

결국 그렇게 돼버렸다. 그래도 휘가 우겨서 초평우를 초 형이라고 부르기로 했다.

휘가 바라보자 초평우가 씩 웃는다. 시퍼런 자국이 주름지는 줄도 모르고.

"초 형, 한중에 원래 이렇게 사람이 많소?"

휘가 뭘 아나. 그저 수많은 사람에 눈이 휘둥그레질 뿐이다.

"예, 인근 수백 리에서 제일 큰 성입니다. 더구나 촉을 넘어 사천으로 가려면 이곳을 거쳐야 하니 사람이 많을 수밖에요."

초평우가 말하기를, 하늘을 지붕 삼아 천하를 돌아다녔다더니 거짓은 아니었던 듯싶다. 휘가 한중을 간다는 말에 따라오더니, 척척 갈래진 길을 정확히 찾아들어서 생각보다 빠른 시간에 한중에 도착한 것이다.

성 안으로 들어서자 열십자로 갈라진 대로가 눈에 들어왔다.

휘는 망설임없이 우측으로 꺾어지더니 서로(西路)를 걸어갔다. 뒤쪽에는 초평우가 큰 칼을 옆에 차고 어깨를 쭉 편 채 따라가고.

백여 장을 걷던 휘의 걸음이 멈추었다. 그리고 고개를 쳐들더니 좌측의 허름한 건물을 쳐다본다.

"아는 곳입니까?"

초평우가 의아한 듯 묻자 휘는 이마를 찌푸렸다.

"알아볼 것이 있어서……."

허름한 건물의 입구에는 약초로 보이는 물건이 수북이 쌓여 있었다. 당귀, 작약, 약쑥에다 민들레 뿌리 등등…….

안으로 들어간 휘가 다시 나온 것은 일각여가 지나서였다.

그의 표정이 심상치 않아 보였는지 초평우는 아무 말도 하지 않고 쳐다보기만 했다.

"후우, 대체……."

휘가 한숨을 몰아쉬자 초평우는 넌지시 물어봤다.

"저, 왜……?"

"안 계시답니다."

"누가……?"

휘는 씁쓸한 표정으로 고개를 내젓고는 걸음을 옮기며 초평우에게 물었다.

"혹시, 물건을 파는 곳을 알고 있습니까? 골동품이나 뭐, 아무튼 그런 곳이요."

"하! 하! 물론! 알죠. 따라오십시오."

헛웃음을 크게 소리 내어 웃으며 초평우가 앞장서서 걸어갔다.

한데 왠지 뒤따라가는 휘의 어깨가 처져 보였다.

'염소아버지 가족들이 오래전에 이사를 갔다니, 아무래도 겸사겸사 낙양까지 가봐야 할 것 같구나. 무사해야 할 텐데…….'

초평우를 따라 동로에 들어서자 서로와는 다른 깨끗한 건물들이 줄지어 서 있었다.

초평우가 그중 한 건물로 들어갔다.

점원으로 보이는 자가 뛰어나오다 말고 멈칫, 초평우의 행색을 살펴보는 것이 보였다.

삐딱하니 고개를 꼰 이십대의 젊은 점원이, 커다란 도를 보더니 차마 내치지는 못하고 심드렁하니 얕보는 표정으로 물었다.

"무슨 일로 오셨소?"

초평우가 눈을 부라리자 휘가 한 걸음 나섰다.

"물건을 하나 팔려 하오만……."

비록 고급 옷을 입지는 않았지만, 단정한 차림에 아름답기까지(?)한 휘의 얼굴을 본 점원은 눈을 크게 뜨고는 더듬거리는 말투로 입을 열었다.

"무슨 물건이신지……?"

휘는 뒤쪽의 봇짐에서 목함을 꺼내 점원에게 내밀었다. 그리고 염소아버지에게 들었던 목함의 재질을 말해 줬다.

"철령침목이오."

점원의 눈이 어리둥절하니 목함을 보다가 휘를 다시 바라봤다.

"그냥 나무란 말씀이오?"

"그렇소."

"속에 든 것은……."

"그냥 목함이오."

"아무것도 안 든 목함?"

휘는 점원의 말에서 그가 어이없어 한다는 것을 느꼈다.

'염소아버지가 잘못 안 것인가? 분명 아버지 말로는 같은 무게의 금과

맞먹는다고 했는데…….'

"나참! 아니, 그래, 나무함을 팔려고 우리 보선원에 오셨단 말이오?"

웃기지도 않는다는 투다.

옆에 있던 초평우가 막 한 걸음 나서려 하자 휘가 손을 들어 초평우의 앞을 막았다.

"아무래도 내가 잘못 안 모양이외다. 미안하오."

얼굴이 붉어지려는 것 같아 급히 봇짐을 싸맨 휘가 막 돌아서려 할 때였다. 안쪽에서 다급한 발걸음과 함께 초로인이 정신없이 뛰어나왔다.

"잠깐! 잠깐!"

휘가 돌아보자 초로인이 휘를 바라보더니 급히 물어왔다.

"조금 전에 안에서 듣자 하니 철령침목이라는 말이 들리던데……."

휘가 고개를 끄덕였다.

"예, 한데 제가 잘못 알았나 봅니다. 저는 철령침목이 제법 값이 나간다 해서 팔려고 왔는데, 이런 고급 골동품점에선 안 사나 봅니다. 아무래도 다른 곳으로……."

휘가 말을 하며 돌아서려 하자 초로인이 젊은 점원을 향해 빽 소리쳤다.

"이놈아! 모르면 가만이나 있지!"

그러더니 휘의 앞을 막고는 최대한 선한 웃음을 지었다.

"그러지 마시고 물건을 좀……."

휘는 어리둥절한 표정으로 다시 목함을 꺼냈다. 그러자,

"헉! 목함?"

초로인이 대경하며 눈을 크게 떴다.

"세상에! 철령침목으로 목함을?"

목함을 잡아가는 손이 떨리더니 세세히 살펴가는 눈마저 가늘게 떨

린다.

한참을 살펴보던 초로인은 이음새 쪽을 엇비껴 틀었다. 순간 목함이 쩍 벌어졌다. 과연 전문가다운 손길, 아버지들은 저걸 알아내는 데만도 며칠이 걸렸었는데…….

"아!"

가벼운 탄성이 터지며 지금은 빼내 버린, 철침이 꽂혀 있던 자국을 쓸어가는 손길이 가늘게 떨린다.

그러다 결국 장사꾼이 해서는 안 되는 감탄의 말까지 내뱉었다.

"철령침목을 이렇게 세밀히 다듬어서 목함을 만들다니……."

초로인이 진정한 감탄의 눈으로 휘를 바라보았다.

"공자, 이 물건…… 내가 사겠소. 얼마면 되겠소?"

값을 알 리가 없다. 다만 염소아버지가 했던 말만 알 뿐이다.

"제가 듣기로는 금과 같다고 들었습니다."

초로인의 어깨가 바르르 떨리고, 초평우는 눈을 휘둥그렇게 떴다. 그러자 한쪽에서 시무룩하니 있던 점원이 이때라는 듯 앞으로 나섰다.

"이런! 도둑……."

하지만 초로인의 성난 눈빛에 그는 말을 접어야 했다. 초로인은 점원을 눈빛 하나로 짓눌러 놓고 고개를 끄덕였다.

"좋소! 이 정도 물건이라면 그 정도 가치는 당연한 것. 내 사겠소!"

휘나 초평우나 놀라지 않을 수 없었다. 말을 하면서도 설마 했거늘.

잠시 후, 초로인이 몇 장의 전표와 한 냥짜리 금두 삼십 개를 넣은 주머니를 가져왔다.

"공자가 쓰기 편하도록 전표와 금두로 가져왔소이다."

초로인으로부터 전표와 금원보를 받아 든 휘는 조금 어리둥절한 마음이 들었지만 일단 주는 것은 받고 보았다. 그러자 초로인이 한껏 웃음을 지으며 허리를 숙였다.

"이렇듯 귀한 물건을 저희 가게에 팔아줘서 고맙소이다. 언제든 좋은 물건이 생기거든 또 찾아주시길……."

밖으로 나서며 초평우가 아직도 놀람이 가시지 않은 얼굴로 물었다.

"형님, 그게 그렇게 비싼 거였습니까?"

"그러게 말입니다. 분명 아버지는 그게 같은 무게의 금값과 같을 거라고 했는데……. 그럼 금 삼십 냥이면 되는데 이백 냥이라니……."

그랬다. 무게는 삼십 냥 정도였다. 다만 서로 간에 오해가 있었을 뿐이다. 휘는 무게를 말했고, 주인인 초로인은 크기로 알아들었을 뿐.

단순한 철령침목이라면 조동인의 말이 맞았고, 정교하게 목함으로 가공된 것을 생각하면 초로인이 준 것이 제 가격이었을 뿐이다.

품 안이 두둑해지자 두 사람은 서로를 바라보았다.

배에선 꼬로록…….

"형님, 뭐 먹으러 갑시다."

"그럴까요?"

휘도 빙그레 웃었다. 한데, 주루를 찾아가던 초평우가 휘의 빈 옆구리를 보며 넌지시 묻는다.

"검은 안 찾으러 가도 되겠습니까?"

"어차피 처분하려 했는데요, 뭐. 그 주인 말이 다섯 냥도 나가지 않을 거라고 했으니 제가 손해 본 것은 없지요. 돈도 없이 잘도 퍼먹었다고 주인장 펄펄 뛰던 거 생각하면, 그나마 이빨 빠진 싸구려 검이라도 받아준 것이 다행이지요."

그러고 보니 옆구리에 찼던 철검이 보이지 않았었는데, 그 이유가…….

4

한중에서 염소아버지의 가족을 찾지 못하자 휘는 다음에 처리해야 할 일을 생각하지 않을 수 없었다.

낙양을 가야 한다면 어차피 '낙양 유벽혜' 라는 이름도 알아봐야 한다. 그러다 보면 시간이 얼마나 걸릴지 모르는 일, 일단은 아버지들의 일부터 한 가지, 한 가지…….

종 숙부에게 들은 대로라면, 석두아버지를 잡아 가뒀다는 임가형이 철혈성 한중 분타를 맡고 있다 했었다.

말이 분타지, 한중 분타는 철혈성의 외성이라는 말이 나올 정도로 중요시되는 곳이었다. 그리고 그곳은 한중의 동문 외곽 오 리 정도 떨어진 곳에 위치해 있었다.

동문을 나서려 하자 꾸물꾸물 몰려오는 시커먼 구름이 한바탕 비라도 쏟아 부을 것처럼 태양을 가리고 있었다.

오랜 가뭄 끝에 내리는 비는 모든 애타는 농부들의 가슴을 적셔줄 수 있을 테니 반가워해야 할 일이지만, 길을 떠나려는 사람들에게는 탐탁치 못한 손님일 뿐이었다.

'그래도 가뭄이니 비는 내려야겠지.'

비를 맞아도 어쩔 수 없다는 심정으로 걸어가는 휘의 뒤를 초평우가 휘적휘적 따라간다. 지나가던 사람들은 여전히 두 사람을 한두 번씩 쳐다보고.

안 되겠는지 휘가 물었다.

"초 형."

"예, 형님!"

"혹시 말입니다, 면구 파는 곳 아십니까?"

“면구요? 어, 가면이나 뭐 그런 것 파는 곳에서 팔지 않을까요?”

“그러니까, 그런 곳 말입니다.”

“음, 팔지 안 팔지는 모르지만, 오만잡것 다 파는 잡화점은 알고 있습니다. 가보시게요?”

초평우의 말에 휘는 즉시 발길을 휙 잡아 돌렸다.

“지금 갑시다!”

5

한중성의 남쪽은 온갖 이족(夷族)들이 다 모여 사는, 말 그대로 만향로(萬鄕路)라 불리는 곳이었다.

사는 사람이 각양각색이다 보니 물건을 파는 장사치들도 별의별 것을 다 팔고 있었다.

그곳에서는 두 사람을 바라보는 사람이 없었다. 있다면 오직 하나, 물건을 팔기 위해서 달려드는 사람들뿐. 그럴 수밖에 없는 것이 피부가 시커먼 사람부터 하얀 사람들까지 온갖 군상이 다 지나다니니, 두 사람의 인상이 특별할 것도 없었던 것이다.

오히려 지나다니는 사람들을 바라보는 휘의 눈이 휘둥그레졌다. 그걸 보고는 초평우가 빙그레 웃었다.

“여기는 사천 오지에서 몰려온 사람들, 청해 쪽에서 온 사람들, 그 밖에도 멀리 서역에서 온 사람들까지 별의별 이족(夷族)들이 다 모여 있는 곳입니다.”

“다른 곳에서는 별로 못 봤지 않습니까?”

“관에서 편하게 관리하려고 이곳에 모아놓은 것이지요. 이족들이 이곳을 나가기 위해선 특별한 통행증이 있어야 합니다.”

“통행증?”

“아무래도 군사적 요충지이다 보니 간세가 있을까 저어하는 것이지요. 뭐, 요즘에 와서야 관인들의 돈벌이 수단으로 전락했지만서도……”

별향교(別鄕橋)라는 다리를 건너자 이족들의 모습이 더욱 많아졌다. 그리고 길도 더 복잡해졌다.

얼마나 지났을까, 초평우가 이끄는 대로 골목골목을 누비던 휘가 고개를 갸웃거렸다. 그러더니 결국은 의아한 표정으로 초평우의 얼굴을 바라보았다.

“초 형, 아직 멀었습니까? 계속 맴도는 것 같은데……”

“저, 그게… 오랜만에 왔더니……”

벌게진 얼굴의 초평우가 사방을 두리번거리더니 끝내 고개를 푹 숙였다. 그는… 길을 잃어버린 것이다.

하지만 다행히도 초평우 대신 길을 안내할 사람들이 곧바로 나타났다, 두 사람을 반기는(?) 말과 함께.

“호오! 이런 험한 길에 여행객이라……. 간덩이가 머리통보다 큰 모양이군.”

지저분한 골목길에서 나타난 다섯 장한의 말에 휘는 어리둥절한 눈으로 주위를 돌아보다, 곧 그들의 말이 자신을 가리킨 것임을 알았다. 그러나 휘보다 초평우가 먼저 그들을 반겼다.

“내 간덩이는 머리통보다 작지만 네놈 간덩이는 머리통보다 클 것 같구나.”

초평우는 정말 반가웠다. 이놈들은 분명 만향로에서 기생하는 건달들일 것이다. 그렇다면 충실한 길 안내자가 될 수 있을지도.

초평우가 그들의 말을 비꼬며 한 소리 하자, 건달들 중 한쪽에서 삐딱하니 벽에 몸을 기대고 있던 빼빼한 자가 몸을 세우고는 초평우에게 다가온다.

　제법 날이 선 듯한 눈빛은 그가 그저 평범한 건달이 아닐 거라는 생각을 들게 할 정도로 날카로워 보였다.

　"만향로에 들어와서 시비를 걸 정도로 실력이 있다는 건가? 재미있군."

　싸늘한 말과 함께 스르륵, 그의 옷소매에서 한 자 길이의 짧은 단검이 모습을 드러냈다.

　순간 초평우의 미간이 꿈틀거렸다. 자신이 비록 이류에도 미치지 못하는 무사라고는 하나, 감히 건달 따위가 자신을 무시하다니. 커다란 도를 잡아가는 초평우의 눈빛이 차갑게 가라앉았다.

　건달들도 상대의 기세가 심상치 않다는 것을 눈치챘는지 허리와 등에 매달린 무기들을 꺼내 들었다.

　순식간에 싸늘한 살기가 골목 안을 뒤덮었다.

　초평우의 표정도 가볍게 변했다. 단순한 건달들이라 생각하고는 단칼에 요절을 내버릴 생각이었는데, 뜻밖에도 제법 기운들을 갈무리한 흔적이 보이는 것이다. 그는 문득 전에 들었던 이야기가 생각났다.

　만향로에서는 일류고수라 해도 함부로 칼을 빼 들지 마라.

　눈을 돌려 빼빼한 자를 향해 물었다.

　"만향로는 삼살귀(三殺鬼)가 지배하고 있다 들었는데……."

　초평우의 말에 빼빼한 자가 냉랭한 어투로 답했다.

　"알고 있다면 함부로 칼 자랑 해선 안 된다는 것도 알고 있을 텐데?"

　"그대는?"

　빼빼한 자가 단검을 입으로 가져가더니 혀로 검신을 핥으며 말했다.

　"내가 삼살귀 중 단홍귀(丹紅鬼)다."

　그 말에 초평우의 눈이 꿈틀거렸다.

"과연 소문대로인지 알아봐야겠군!"

도를 잡은 손에 힘이 들어갔다. 그러자 주위를 에워싼 자들이 무기를 쳐들더니 금방이라도 덮쳐들 듯이 허리를 숙인다. 순간,

"타앗!"

초평우의 입에서 거친 기합 소리가 터져 나오고, 커다란 도가 도집을 빠져나왔다.

휘이잉!

휘둘러지는 도세의 거센 풍압에 둘러싼 자들이 대경하며 뒤로 물러서고, 뒤따라 초평우가 한 걸음 나서며 도를 사선으로 그어간다.

차창!!

막아가는 도검들이 허공으로 튕겨 나가자 건달들의 눈에 경악이 떠오르더니, 급급히 뒤로 물러선 그들의 안색이 신중하게 굳어졌다.

생각보다 훨씬 강맹한 일도가 그들에게 충격을 던져 준 것이다. 그때 단홍귀가 입을 열었다.

"제법이군. 내공은 별 볼일 없어 보이는데 칼질만큼은 일품이군. 한데 그런 칼질을 몇 번이나 할 수 있을까?"

냉정한 판단, 흔들림없는 눈. 그는 초평우의 도세가 지닌 약점을 정확히 간파하고 있었다. 확실히 평범한 건달이 아니었다. 내공의 유무를 간파할 수 있다는 것은 적어도 그 이상의 실력이 있다는 뜻.

초평우의 안색이 신중하니 굳어져 갔다. 움켜쥔 칼이 부르르 떨었다. 오래 끌 수는 없으니 전력을 다해 상대하려는 것이다. 한데……

"뭣 좀 물읍시다."

느닷없이 휘의 한마디가 장내의 살풍경을 날려 버리며 튀어나왔다. 순간 단홍귀의 얼굴이 묘하게 일그러졌다.

휘의 위아래를 훑어보던 단홍귀가 입술을 꼬며 말문을 열었다.

"…계집 아니었나?"

초평우는 웃음이 나오려는 것을 억지로 참아야 했다. 웃었다간…

퍽!

단홍귀처럼 맞을지 모르니까.

일 장 밖으로 튕겨 나간 단홍귀가 벌떡 일어섰다. 그의 얼굴에는 자신에게 무슨 일이 닥친 것인지 모르겠다는 의문이 가득 담겨 있었다. 그러나 시뻘겋게 변한 눈두덩에서 몰려오는 격렬한 통증.

단홍귀는 손에 든 단검을 치켜 올리며 휘를 노려보았다.

"이, 계집 같은 놈이……."

말이 끝나기도 전에 휘가 한 걸음 내딛었다.

후들거리는 다리를 곧추세우는 단홍귀의 눈이 경악으로 흡떠졌다.

이번엔 확실히 느꼈다. 상대가 다가오는 것을 본 것이다. 그래서 뒤로 물러서려 했다. 한데, 미처 발을 땅에서 떼기도 전에 상대의 신형이 환상처럼 몇 개로 갈라지며 어른거리더니,

퍽!

뇌리가 멍하니 흔들려 버렸다.

퍼억!

동시에 이어진 일격. 처음에 맞은 것과는 차원이 다른 충격.

"크윽! 웩!"

아랫배가 터질 듯한 고통과 함께 아침에 먹은 우두육이 모두 기어 나올 뻔했다.

그 후 놈의 주먹질에 몇 번 더 맞은 것 같다. 전신이 무기력한 것이… 주저앉고만 싶다. 손에 들린 단검조차 한없이 무겁게만 느껴진다.

단홍귀는 입술을 깨물며 눈에 힘을 주고 고개를 들었다.

'내가… 이 딴 놈에게…….'

단홍귀가 눈을 부릅뜨고 바라보자 휘가 차분히 입을 열었다.

"뭐 좀 물어보자니까?"

고통 이전에 어이가 없었다.

'뭐, 저런 놈이 다 있어? 에라이!!'

단홍귀가 자신이 아는, 천하 최고, 최악의 욕설을 뱉어내기 위해 막 입을 열려 할 때였다.

허여멀건 한, 천년구미호 같은 놈이 손을 척, 든다.

'헙!'

순간 자신도 모르게 입술이 붙어버렸다. 그러자 휘가 조용히, 더없이 편안한 목소리로 물었다.

"어디를 좀 찾으려 하는데……."

단홍귀는 절대 입을 열지 않으려 했다. 한데… 또 척!

"어디를……."

재빨리 대답했다.

'이, 이런… 내가…….'

그의 생각이야 어떻든 휘는 초평우를 돌아봤다.

"물상만가(物商萬家)입니다, 형님!"

존경이 가득한 목소리가 골목을 울리고,

"아시오?"

한마디 물음에 단홍귀의 입이 악물렸다.

'이번에는 절대…….'

그러자 휘가 한 걸음 내딛었다. 순간 큰 소리로, 손까지 들어서…….

"쩌어기를 돌아가면!!"

척.

땅에 발을 내딛은 휘는 단홍귀가 가리킨 골목을 바라보았다. 골목을 돌아가는 곳에 제법 큰 건물의 끄트머리가 보인다. 하지만 어디에도 물상만가라는 표식은 없다.

휘는 눈살을 찌푸리며 단홍귀를 다시 돌아보았다.

"헛! 저 건물이 물상만가의 건물 끄트머리… 요."

옆에서 그 광경을 바라보던 네 명의 건달은 덤벼들 생각은 아예 꿈도 못 꾸고 몸을 부들부들 떨었다.

세상에… 삼살귀 중 한 사람이라는 단홍귀가 손짓 한 번, 고갯짓 한 번에 꼬리 만 강아지가 되다니!

믿을 수 없는 현실이었다. 공포심이 심장을 갉아대는지 가슴 두근거리는 소리가 귀청을 울린다.

'진짜… 잘못 걸렸다!'

단홍귀는 죽고 싶었다. 칠 년간 만향로를 지배해 온 자신이 귀향루의 향이보다 더 계집처럼 생긴 놈의 손에 두어 대 맞았다고 이리도 비굴해지다니…….

"크흑!"

하지만 시간이 지날수록 전신에서 몰려오는 고통은 마치 개미가 뼈를 갉아대는 것만 같았다. 다시는 경험하고 싶지 않은 고통이었다. 또 묻는다면 또 대답할지도.

그러나 그가 모르는 게 있었다. 심지어는 휘 자신조차도 자신이 흘려낸 삼령의 기운이 단홍귀의 정신을 억압하고 있다는 것을 모르고 있었으니…….

휘는 빙그레 웃으며 고개를 끄덕였다.

"고맙소. 덕분에 쉽게 찾았소. 그럼……."

휘가 걸어가자 존경의 염을 담은 눈으로 휘를 바라보던 초평우도 바삐 걸음을 옮겨 뒤따라간다.

남겨진 단홍귀는 더 이상 참지 못하고 털썩 주저앉았다. 그러자 물러서 있던 네 명의 건달이 그에게 달려갔다.

"형님!"

"끄으으, 이 단홍귀가 서너 대 맞았다고 이런 꼴이라니. 내 이놈들을 가만두면……."

핏물이 배어 나오는 입으로 이를 갈며 일어서던 단홍귀는 옆에서 부축하고 있던 수하 건달의 말을 듣고…….

"저, 형님. 서너 대가 아니라… 이십 대도 더 맞았는데요?"

"예, 맞습니다. 순식간에 눈에 보이지 않게 패는데… 머리에서 발끝까지 안 맞은 데가……. 정말 악귀 같은 놈입니다. 세상에, 이렇게 빼빼한 형님을 어디 때릴 데가 있다고, 얼굴은 향이보다 더 이쁘더만……."

끝내.

"끄으으, 어쩐지 전신이……."

다시 주저앉아야 했다.

6

물상만가라는 편액은 두 자 길이의 자그마한 목판에 새겨져 있었다. 어떻게 못 찾았는지 신기할 정도로 두 사람은 그 골목만을 피해 다녔었다.

안으로 들어가자 온갖 물건이 진열되어 있었다. 말 그대로 만물상이 따로 없었다.

서너 사람이 물건을 고르고 있다가 두 사람이 들어오자 힐끗 쳐다본다. 하지만 그뿐이었다. 각자가 자신들이 원하는 물건을 찾는 데 정신을 팔려 두 사람은 신경도 쓰지 않는 것이다.

휘는 그 점이 마음에 들었다.

더 안쪽으로 들어가자 곰방대에 연초를 쑤셔 넣고 있던 노인이 힐끔 두 사람을 바라본다. 유난히 굵은 주름, 가늘면서도 긴 백미, 코의 우측에는 팥알만한 점 하나. 노인은 곰방대를 유등에 갖다 대 불을 붙이고서 게슴츠레한 눈으로 입을 열었다.

"뭘 찾으시는가? 처음 보는 분들 같은데."

초평우가 싱긋 웃으며 말했다.

"칠 년 전쯤에 한 번 들렀었으니 처음 오는 것은 아니우."

"호? 칠 년 전?"

툭툭.

곰방대로 진열대의 모서리를 두어 번 내려친 노인이 몸을 일으키더니 두 사람에게 다가왔다. 그러자 순간적으로 노인을 바라보는 휘의 눈이 반짝였다.

'겉보기와 달리 잘 갈무리된 내기가 막힘없이 흐른다.'

노인이 잔기침을 하며 물었다.

"쿨룩! 쿨룩! 그래, 찾으시는 물건이 무엇인가?"

초평우가 휘를 돌아보며 고개를 끄덕인다. 그가 주인이라는 뜻.

휘는 노인에게 다가가 품속에서 찢어진 면구를 꺼내 보여줬다.

"혹시 이런 물건 아십니까?"

비록 찢어졌지만 매미날개처럼 얇으면서도 사람의 살결같이 부드러운 면구는 척 봐도 보통의 물건이 아니라는 것을 알 수 있을 정도였다. 한데 면구를 바라보는 노인의 가느다란 눈이 일순간 번뜩인다.

휘는 은근히 노인에 대해 신경을 쓰고 있었기에 그 눈빛을 놓치지 않았다.

"아십니까?"

다시 휘가 물었다. 그러자 노인의 입가로 슬며시 웃음이 떠올랐다.

"알긴 아네만…… 사려구? 좀 비싼데……."

초평우가 비싸다는 말에 눈을 부릅뜨지만 노인은 신경도 쓰지 않았다.

"사려면 따라오게."

그러더니 대답도 듣지 않고 안으로 들어간다. 휘는 잠깐 망설이는 듯하더니 노인의 뒤를 따라 들어갔다.

초평우는 휘를 따라가며 속삭이듯 자신이 들었던 이야기를 해줬다.

"형님, 이곳은 이상하게도 만향로의 건달들도 절대 건들지 않는다고 합니다. 말로는 이곳 주인이 전대의 고수라는 말도 있고요. 아무튼 조심하셔야 합니다."

휘의 눈이 반짝였다. 역시나 자신의 느낌이 틀리지 않았다는 생각이 들었다.

'정체를 숨긴 전대 고수?'

노인은 건물을 빠져나가더니 뒤채로 들어갔다.

뒤채로 따라 들어가자 단아한 실내가 보였다. 전면의 어수선했던 건물과 완전 딴판이었다. 사방에 걸린 품격이 묻어나는 고서화, 진열장에는 고색창연한 도자기들.

빙긋 웃은 노인이 묘한 눈빛으로 휘를 보며 말했다.

"다 가짜야."

'그럼 그렇지.'

초평우가 그럴 줄 알았다는 듯 심드렁한 표정을 짓자 노인이 또 말한다.

"진짜는 따로 넣어놨지."

휘도 빙그레 웃으며 말했다.

"손님이 여기서 고르면 진짜는 나중에 내준다. 그런 겁니까?"

“흘흘흘……..”

노인이 기분 좋은 웃음을 흘렸다.

“말하기가 쉽군. 하기사……..”

조금 기이한 뒷말을 남긴 노인이 다탁 앞에 앉으며 손짓했다.

“앉게.”

휘와 초평우가 앉자마자 마치 그들이 올 줄 알았다는 듯 시비가 찻잔을 들고 나왔다.

후르륵.

예법 따위가 무슨 소용이냐는 듯이 소리 내어 차를 한 모금 마신 노인이 휘를 보며 여전히 웃음 띤 눈으로 물었다.

“그는 잘 있나?”

무슨? 누구?

휘가 어리둥절하니 있자 노인이 흘흘 웃는다.

“그가 나에 대해서 말을 안 하던가? 아직도 화가 안 풀렸나?”

휘의 머리가 맹렬하게 돌아갔다.

‘노인이 이상한 눈빛을 보인 것은 면구를 보면서부터다. 면구는 공이연이라는 사람의 것. 노인은 그에 대해 묻고 있는 것인가?

휘가 잠깐 생각에 잠겨 있자 노인의 웃음이 서서히 엷어졌다.

“그가… 이 물건을 남에게 줄 리가 없는데? 차라리 사지 중 하나를 내놓으면 내놓았지. 자넨 누구지?”

그러다 결국, 노인의 얼굴에서 웃음이 사라지자 느닷없이 실내의 공기가 한겨울 차가운 북풍이 몰아친 것마냥 싸늘해졌다. 다탁에 있던 찻물이 순식간에 싸늘히 식을 정도였다.

노인의 곰방대에서는 뿌연 기운이 용틀임을 하며 솟아올랐다.

초평우는 뜻밖의 상황에 손이 부서져라 칼을 움켜쥐었다. 하얗게 질린 얼굴은 금방이라도 서리가 내릴 것만 같다.

하지만 휘의 얼굴에는 주위 상황에 상관없이 가벼운 웃음이 떠올랐다. 휘가 손을 맞잡고 포권을 취했다, 천양의 기운을 끌어올린 채.

"저는 진조여휘라고 합니다. 공 어른께서 요즘 바쁘신지라……."

일단 짚어보았다.

휘의 한마디에 노인의 얼굴에 다시 웃음이 떠오르더니, 북풍한설 같던 공기가 순식간에 온화하게 바뀌어 버렸다.

휘는 속으로 고개를 끄덕였다.

'그가 맞군.'

"흘흘흘, 그럼 그렇지. 도둑놈이 목숨 줄이나 마찬가지인 자기 얼굴을 남에게 줄 리가 없지."

기분 좋은 웃음을 흘린 노인이 부드러운 눈으로 휘를 바라보았다. 그러다 초평우를 눈짓으로 가리키며 물었다.

"한데, 저 멍청하게 생긴 덩치는 누군가?"

순간 벌떡, 열받은 초평우가 일어섰다. 조금 전 옴짝달싹도 못했던 기억은 어느새 내팽개치고. 휘의 눈이 일어선 초평우에게로 향했다.

움찔.

"저는… 이분의 아우가 되는 초평우입니다!"

억지로 인상을 구기며 인사를 올린 초평우가 못마땅하다는 눈으로 노인과 휘를 번갈아 바라본다.

'쳇! 영감이 나에 대해 뭘 안다고 멍청하다고 하는 거야?'

때로는 안 찍어봐도 아는 게 연륜이거늘, 초평우는 아직 그것까지는 알 수 없었다.

"그래, 공가는 잘 지낸다던가?"

노인의 물음에 휘가 고개를 저었다.

“따님 때문에 걱정이 많은 듯했습니다.”

사실이었다. 뜻이야 어떻든 그건 듣는 사람이 알아서 생각할 일이다.

“쯧쯧쯧, 그 이쁜 것이 어쩌다…….”

“방법은 있는 듯했습니다만…….”

“음, 그나마 다행이긴 하네만, 얻는다 해도 치료가 쉽지 않을 텐데……. 방법은 있는지 모르겠군.”

휘는 고개를 저으며 대답했다. 철저한 사실만.

“그건 저도 모르겠습니다, 말씀을 안 하셨으니.”

“하기는, 아참! 들었는지 모르겠지만, 그 면구는 얼마 전에 볼일이 있다고 하면서 내게서 사 간 것이야.”

“아! 그래서…….”

노인이 부드러운 표정으로 고개를 끄덕였다.

“내가 판 면구를 내가 못 알아본다면 귀응(鬼鷹)이라는 이름을 버려야 하지 않겠나.”

“헉!”

옆에서 심드렁하니 노인을 보던 초평우의 눈이 크게 뜨였다.

“귀… 응? 만시량 노선배?”

“훙! 언제부터 어린 놈이 막 불러도 되는 이름이 되었는지 모르겠구나?”

“훕! 죄송합니다.”

“됐다! 그리고 잠시만 기다리게나. 그 면구는 재료가 특수한 것이라 구하기 힘든 것이거든. 차라리 조금 손보는 것이 다른 것보다 훨씬 나을 것이야. 그래도 백 냥짜린데…….”

만시량은 휘의 면구를 가지고 나가려다가 멈칫하더니 휘를 바라보았다.

"손보는 김에 주름도 더 펴보지. 그래도 어느 정도는 그 얼굴에 맞아야지 않겠나? 흘흘흘, 그런데 설마 그 얼굴, 면구는 아니겠지? 면구면 천 냥 값어치는 되겠는데……."

"아. 닙. 니. 다!"

불끈.

하마터면 주먹이 나갈 뻔…….

이각 정도가 지나자 만시량이 휘의 면구를 들고 왔다. 어떻게 했는지 찢어진 곳이 감쪽같이 붙어 있었다. 게다가 깨끗하게 주름도 펴졌고. 연연이 본다면 '오빠! 다른 것 써!' 할 정도로 잘생긴 면구가 되어버렸다. 뭐, 휘의 마음에는 쏙 들었지만.

휘가 면구를 보며 묘한 표정을 짓고 있자 만시량이 웃으며 말했다.

"그 늙은이는 그거 말고도 다른 면구가 있을 것이니 너무 걱정할 것 없네."

누가 그걸 걱정하나?

"한데 그 늙은이, 수운곡에서 안 나올 생각인가 보구먼?"

수운곡? 아마 공이연이 살고 있는 곳을 말하는 것일 게다.

휘는 얼굴색도 안 변한 채 태연히 말했다.

"저도 잘 모르겠습니다. 온통 따님 걱정으로 가득해서……."

"하긴 뭐, 이제 쉴 나이도 됐지. 나도 이렇게 지내니 편안하기는 하다만."

휘는 노인을 바라보다가 문득 스치는 생각에 품속을 뒤져 한 가지 물건을 꺼내 들었다. 바로 무저동에서 얻은 귀면촉이었다.

"저, 혹시 이런 물건 보신 적 있으십니까?"

"음?"

만시량은 휘의 손바닥에 놓인 자그마한 귀면촉을 바라보았다. 하지만 처음 보는 물건인지 고개만 갸웃거릴 뿐이었다.

"처음 보는 물건인데, 어째 섬뜩하군."

"우연히 얻은 물건입니다. 재질도 이상하고, 쓰임도 모르겠기에 노선배님이라면 아실지 몰라서⋯⋯."

"글쎄, 나는 잘 모르겠군. 시간만 있다면 알아볼 수도 있겠는데⋯⋯. 내 아는 놈 중에 쇠귀신이 한 놈 있거든. 그놈이라면 혹 알지도 모르겠군."

"그럼 부탁 좀 드리겠습니다. 특히 귀면상에 대해서 알아봐 주십시오."

"흘흘, 걱정 말게나. 그놈이나 내가 모른다면 아마 천하에서 그걸 아는 사람을 찾기 힘들 게야."

그가 진짜 귀옹이라면 그의 말이 맞을 것이다.

휘가 사부에게서 들은 강호의 기인이사들 중 귀옹이라는 이름은 결코 가벼운 것이 아니었다. 천하삼귀 중의 한 사람이 귀옹인 것이다. 그렇다면 그가 쇠귀신이라고 한 사람은 아마 철마귀(鐵魔鬼) 서수장일 것이다. 강호에 나오자마자 귀옹을 만나고 작은 인연까지도 만들었으니, 휘에겐 행운이라 해야 할 일이었다.

휘는 문득 공이연과의 만남이 의외의 소득을 가져오자 그에 대해 고마움이 느껴질 정도였다. 나중에야 어떨지 몰라도.

휘가 귀면축을 맡기고 떠나려 하자 만시량이 섭섭한 눈빛으로 고개를 끄덕였다.

"간다면 어쩔 수 없지. 그래, 그 늙은이에게 시간나거든 한번 들르라 전해주게나."

"예, 노선배님."

만난다면야 틀림없이⋯⋯.

휘는 깊게 허리를 숙여 인사를 하고 초평우와 함께 물상만가를 나섰
다. 그 뒷모습을 보던 만시량은 고개를 갸웃거리며 아쉬운 듯 연신 곰방
대만 빨아대고.

'그런데 공가가 언제 저런 놈을 꼬셨을까? 나의 한응기(寒凝氣)를 웃
으며 견디는 걸로 봐서는 무공도 제법인데……. 좌우간 그 늙은이 재주
도 좋네. 쩝, 신영문의 앞날이 훤하게 보이는구먼. 부럽다, 부러워!'

7

휘는 난감했던 한 가지 일을 의외의 사람에게 떠맡기고 나자 염소아버
지로 인해 무거워졌던 마음이 조금은 가벼워졌다.

골목을 나가던 휘가 초평우를 보며 싱긋 웃었다.

"초 형, 오늘 뭐 먹고 싶은 것 있습니까? 제가 한턱내죠."

귀웅 만시량의 위명에 눌려 숨도 못 쉬고 있던 초평우의 입이 휘의
한마디에 함지박만하게 벌어졌다. 하지만 그 꿀 먹은 곰처럼 순박하던
얼굴이 반 각도 되지 않아서 배고픈 야차의 얼굴이 되어버렸으니…….

두 사람이 골목을 나서 만향로의 대로로 향할 때였다. 저만치 앞에 어
슬렁거리며 이십여 명의 장한들이 나타났다. 그리고 그들의 선두에는 조
금 전에 보았던 얼굴이 보이고 있었다.

휘의 이마가 살짝 찌푸려졌다. 아마도 교훈을 너무 가볍게 내린 것이
아닌가 생각되었다.

빼빼아버지 왈,

팰 때는 확실히 패라! 그래야 다시는 기어오르지 못하니까.

빼빼 마른 것이 꼭 빼빼아버지 같아서 손속에 사정을 뒀더니 아무래도
귀찮은 일이 생길 것 같다. 그렇다면…….

'확실한 것이 좋겠지!'

휘가 망설임없이 걸어가자 장한들 중에서 두 명이 앞으로 걸어 나온다.

그들을 향해 아까 보았던 얼굴들이 휘를 가리키며 뭐라 말하고 있다. 그러자 두 명의 장한 중 우측의 어깨가 떡 벌어진 삼십대 장한이 휘를 향해 말했다.

"자네가 우리 형제를 부숴놨는가?"

휘의 눈에 이채가 서렸다.

초평우의 말에 의하면 일개 건달들이라 했다. 물론 단홍귀의 예를 봐서 삼살귀가 제법 무공을 익힌 자라는 것은 알고 있었다. 그것도 그리 이상할 정도는 아니었다. 하지만 눈앞의 이자는 제법 정도가 아니다. 휘의 판단으로는 적어도 일류에 가까운 무공을 익히고 있는 자였다.

이런 자가 왜 자신의 능력을 숨기고 건달들 틈에 끼어 있는지는 모르겠지만, 아무튼 만향로의 건달들이 결코 예사 건달들이 아니라는 것은 분명했다.

휘가 생각에 잠겨 있자 뭣도 모르고 초평우가 한 걸음 나서며 소리쳤다.

"그러게 막을 사람을 막아야지! 아무나 잡고 시비를 걸면 되나?"

장한이 초평우를 바라보며 피식 웃었다.

"풍 맞은 늑대는 빠지시지."

끄억!

장한의 한 소리에 초평우의 얼굴이 야차처럼 일그러졌다. 그럼에도 초평우는 발작을 할 수가 없었다. 삼십대 장한, 그의 전신에서 쏟아지는 칼날 같은 기세는 결코 그가 감당할 수 있는 수준이 아니었던 것이다.

초평우는 그것이 한스러웠다. 일개 건달도 감당할 수 없는 자신이 한

없이 미워졌다. 그래도 한때는 기재라는 소리까지 들었던 자신이거늘.

순간적으로 오기가 솟았다. 눈앞에 보이는 자의 능력이야 어찌 됐든 자기 자신에게 참을 수가 없는 것이다.

"으아아!! 그래! 어디 미친 늑대 맛 좀 봐라!"

휘이잉!

거도가 휘둘러지며 장한의 허리를 쳐간다, 십수 년간 꾸준히 익혀온 풍절도세를 있는 힘껏 펼치며.

휘의 눈이 반짝였다.

막을까 했지만 막지는 않았다. 상대가 일류고수라면 이류도 못 되는 사람에게 처음부터 필살기를 쓰지는 않을 것이다. 또한 휘가 본 바로는 초평우의 몸이 제법 단단해 보였던데다, 충실한 수련으로 그럭저럭 한두 수의 권각은 피할 수 있을 거란 생각이 들었던 것이다.

자신이 나서는 것은 그때 가서도 늦지 않았다. 최소한 초평우의 자존심도 생각해야 하니까.

무의식적으로 펼쳐 나가는 초평우의 도세는 단순히 초식만 놓고 본다면 나무랄 데가 없었다.

문제는 내력이 실리지 않아 내공의 고수들에게는 별다른 효용을 발휘하지 못한다는 것. 그렇다면 힘만 실어준다면 충분히 발전할 수 있을 것이다.

'힘이라, 힘. 단전을 다쳤다? 단전이 아닌 곳이라고 힘을 모으지 말란 법이 있나?'

절대 아니다. 물론 기해의 중요성에 대해선 두말할 필요가 없다. 하지만 그 말은 중요하다 뿐이지 그곳이 아니면 안 된다는 것도 아니다. 그리고 결정적인 것은 휘 자신이 단전이 아닌 곳에도 기운을 지니고 있다는 것이다.

생각에 잠긴 사이 초평우의 도가 장한의 허리를 쓸어간다.

순간, 차가운 미소를 머금은 장한의 좌수가 빠르게 거도의 중간을 짚어가더니 신형은 한 걸음 앞으로 전진한다.

쩡!

좌수에 잡힌 도가 울음을 터뜨리며 멈춰 서고, 찰나간에 정적이 흘렀다.

도를 잡힌 초평우의 얼굴이 시뻘겋게 달아올랐다.

도를 좌수로 움켜쥔 장한이 차갑게 웃으며 우수로 초평우의 가슴을 밀 듯이 후려쳤다.

대경한 초평우의 몸이 뒤로 구부러지며 우수를 흘리고, 도를 잡은 손을 비틀어 장한의 좌수에서 도를 빼냈다. 그러자 흘러나오는 냉랭한 한마디,

"곰이 재주를 부리는군."

휘익.

장한이 허공으로 몸을 띄우며 뒤로 자빠질 듯 몸을 구부린 초평우의 가슴을 향해 공중제비를 돌던 그대로 회선각을 내리 찼다.

"흡!"

다급한 신음. 초평우의 몸이 빙글 돌더니, 가까스로 회선각에서 벗어나며 바닥을 두어 바퀴 더 구르다가 벌떡 일어섰다. 이어지는 장한의 비웃음 소리,

"크크크, 훌륭한 나려타곤이군! 역시 곰새끼가 가진 재주는 구르는 것뿐인가?"

벌떡 일어선 초평우의 얼굴이 벌겋게 물들었다. 이를 악물고 장한을 노려보지만 현실은 현실이었다.

'차라리 죽자! 죽어! 초평우야!'

초평우가 부들부들 떨다가 장한에게 달려가려 할 순간, 귓전을 울리는 한마디가 그의 발길을 붙잡았다.

"초 형."

멈칫.

"진짜 나려타곤이 어떤 건지 보고 싶소?"

나직하면서도 왠지 등줄기를 땀에 젖게 하는 그런 목소리. 고저장단도 없는 무감정의 목소리. 지옥사자가 자시에 찾아와 부르는 소리가 이럴까?

부르르…….

저벅저벅.

휘가 몸을 떠는 초평우의 곁을 스치며 지나간다, 한풍을 동반하며.

초평우는 처음 보는 휘의 차가운 표정에 오금이 저렸다.

'왜 저렇게 화가 났지?'

휘는 장한에게 다가가며 싱긋 웃었다. 아무런 온기도 없는 웃음을. 그리고 여전히 나직한 음성.

"우리 아버지가 그랬지. 패려거든 확실히 패라! 다시는 기어오르지 못하게!"

장한의 얼굴이 서서히 굳어져 간다. 그러나 뒤에 서 있던 자들의 입에선 대소가 터졌다. 더욱 창백해진 얼굴의 네 명만 빼고.

"하하하!! 아직 젖을 덜 먹었나 보군. 여기서 아버지를 찾다니! 꼬마야, 가서 아버지를 데려오지 그러냐?"

휘가 다시 씩 공허한 웃음을 지었다.

"데려올 필요는 없어……. 내 가슴속에 묻혀 있거든."

장한과의 거리가 일 장이 되자 휘의 걸음이 우뚝 섰다.

"삼살귀라 했던가?"

장한은 뭐라 대꾸하고 싶었지만 입이 열리지 않았다. 자신도 모르게 전신이 굳어버리는 느낌. 그는 이런 느낌을 전에도 받아봤었다.

자신보다 월등한 고수 앞에 섰을 때……. 고양이 앞의 쥐가 된 것 같은 그런… 기분 나쁜 느낌.

"나는 한상귀(恨常鬼)……."

"초평우는 나와 형제가 되었지. 나는 나의 형제를 비웃는 자에겐 자비를 베풀고 싶은 마음이 없어."

휘가 한 걸음 내딛었다.

"그러니 이해해!"

장한, 한상귀는 자신도 모르게 뒤로 몸을 날렸다. 왠지 그래야만 할 것 같았다. 그러나 미처 한 걸음을 물러서기도 전이었다. 전신을 싸늘히 식히는 기운이 허공 가득히 덮어온다.

"헉!"

한상귀의 입에서 헛바람 빠지는 소리가 새어 나왔다.

휘의 신형이 느닷없이 갈라지더니 자신의 좌우를 동시에 쳐오는 것이 아닌가!

다급히 쌍수를 휘둘러 휘의 환영을 후려쳤다. 순간,

스르르.

휘의 환영이 마치 안개가 흩어지듯이 사라지고, 자신의 몸은 마치 그물에 걸린 물고기마냥 움직일 수가 없게 되어버렸다. 오보천환에 이은 천중무가 그의 몸을 짓눌러 버린 것이다.

이어지는 충격.

쾅!

"커억!"

훌훌 날아가는 한상귀로서는 이해가 되지 않았다. 사람이 어찌 저리 움직일 수가 있단 말인가?

휘의 눈이 차갑게 번쩍였다.

한상귀가 일권에 날아가자 뒤에서 멍하니 서 있던 자들이 우르르 달려오는 것이다.

휘가 다시 일 보를 옮겼다.

"아버지가 가슴속에서 말하고 있어! 확실히 하라구!"

어른거리는 휘의 시형이 다섯으로 갈라졌다.

"엇? 뭐야?"

달려오던 자들이 놀랄 틈도 없이 휘의 환영이 그들 사이를 파고들었다. 순간 또다시 늘어나는 환영. 그리고,

퍽! 콰직! 퍼벅!

"으헉!"

"아악!"

"끄억!"

자진해서 몸을 날리는 것처럼 장한들의 신형이 사방으로 튕겨져 갔다.

개중에는 부러진 다리를 움켜쥔 자, 입으로 피를 토하며 꼬꾸라지는 자, 벽에 부딪쳐 정신을 놓아버린 자, 각양각색이었다. 그나마 도를 움켜쥐고 창백한 얼굴로 서 있던 자가 경악으로 일그러진 표정을 한 채 휘를 바라볼 뿐이다.

그가 보든 말든 휘의 신형은 다시 일어서고 있는 자들에게로 움직여 갔다.

그리고 또 한 차례 비명이 골목을 뒤흔들었다.

"아악!"

"살려줘!"

쓰러진 자들의 처절한 비명에 도를 든 장한이 새파래진 안색으로 몸을

날려 휘의 앞을 막아섰다. 일그러진 그의 입에서 떨리는 목소리가 새어 나왔다.

"너, 너는……?"

"아직 멀었는데, 인사는 조금 있다가 하지. 아! 죽이지는 않을 거야, 걱정 마."

휘가 다시 걸음을 내딛자 도를 쥔 자가 주춤 뒤로 물러서며 신중하게 도를 들어올린다, 왼팔을 늘어뜨린 채.

휘의 눈에 이채가 서렸다.

자신의 오보천환에 이은 일 수를 완전히는 아니지만 한 팔을 내주며 피한 사람이었다. 축 늘어진 왼팔은 이미 뼈가 부러졌을 것이다. 그런데도 신중한 얼굴에선 동요를 보이지 않는다.

두려움은 있되 동요는 없다. 게다가 도에서 뻗는 기운은 한상귀보다 반 수 위, 능히 일류고수라 칭할 수 있는 자였다.

일 보 주욱 나아가는 휘의 신형, 이 장의 거리가 한 걸음에 좁혀지고 휘의 좌수가 허공을 후려쳤다.

고오.

창백한 안색의 장한이 혼신을 다해 도를 내려친다.

시퍼런 도기가 언뜻 휘의 눈에 들어왔다.

휘의 눈이 깊게 가라앉더니 우권이 점을 찍듯 도를 찍어버렸다. 석 자를 격한 채.

쾅!

"크으으……."

주르륵.

물러서는 장한의 입에서 핏물이 배어 나온다. 핏발 선 눈은 여전히 다가오는 휘를 바라보며 도를 들어올린다.

휘의 우수가 들어올려지는 도를 휘어 감더니 구부린 두 손가락이 도를
비틀어 버리고.

땅!

도신이 부러지며 강력한 내력에 손아귀가 찢어진 장한이 도를 놓치는
찰나, 휘의 좌수가 장한의 옆구리에 틀어박혔다.

콰직!

"우웩!"

갈비뼈 부러지는 소리와 함께 장한의 입에서 쏟아지는 한 움큼의 선
혈.

휘가 의혹이 깃든 눈으로 장한을 바라보았다.

"뭐지? 만향로에 뭐가 있는 거지? 왜 그대들 정도의 무사가 이런 곳에
서 생활하는 거지?"

대답 없는 장한의 얼굴이 굳어진다. 휘가 차갑게 웃으며 고개를 끄덕
였다.

"하긴, 나하곤 상관없는 일……."

휘가 쓰러진 장한을 놔두고 다른 자들에게로 걸어가자 장한이 쥐어짜
는 음성으로 입을 열었다. 한데 그의 이사이로 배어 나오는 핏물 섞인 음
성에서는, 왠지 가슴을 후비는 알 수 없는 감정이 묻어나왔다.

"제, 제발, 공… 자……."

우뚝 제자리에 선 휘가 초평우를 돌아보았다.

"초 형, 당나귀들이 팔다리가 부러진 채 떼 지어 구르는 모습을 보고
싶지 않소?"

휘에게서 눈을 떼지 못하는 초평우의 안색도 새파랗게 질려 있었다.
강하다는 것은 알고 있었지만 설마 손속까지 이렇게 사나울 줄은 짐작도
못하고 있었다. 양환의 자존심을 꺾고 뒤돌아서던 때와는 또 다른 모습

이었다.

초평우는 가슴을 후벼 파는 싸늘한 한기에 몸을 부르르 떨었다.

"저, 형님."

"초 형, 나는 말입니다. 작은 힘을 믿고 남을 업신여기며 핍박하는 자들이 제일 싫습니다."

아버지들도 그래서 무저동에 갇혀야 했고, 사부님도 그래서 팔을 잘라야 했다. 휘는 그래서 이들을 용서하고 싶은 마음이 없었다.

그 누가 자신을 독선적이라 할지라도.

차갑게 굳은 표정의 휘가 엉금엉금 기어서 그를 피하려는 사람들 사이로 들어가자 초평우가 절규하듯이 말했다.

"형님! 다 제가 못나서 그런 겁니다! 제가 강했다면 이런 꼴도 안 당했을 겁니다! 그러니 오늘은… 그만……."

강호란 곳이 본래 피가 흐르는 곳이다 보니, 이 정도의 피에 별다른 감흥은 없다. 그러나 초평우는 왠지 눈앞에 벌어진 상황이 싫었다.

굳이 이유라면… 자신이 약하다는 이유로 휘가 잔인해졌다는 것이 싫어서…….

휘의 싸늘한 눈이 바닥을 기는 자들을 바라보았다.

그들의 눈에는 공포가 자리잡고 있었다. 그 어디에도 조금 전의 오만은 찾아볼 수 없었다. 오직 두 사람, 한상귀라는 자와 도를 들고 마지막까지 대항하던 자의 눈에는 공포가 아닌 처연한 눈빛이 떠올라 있을 뿐이었다. 참으로 기이한 일이었다.

휘는 문득 의문이 들었다. 일류라 할 수 있는 고수들이 이끄는 온갖 이족들이 이런 뒷골목에 모여 있는 이유가 뭘까? 그것도 건달답지(?) 않은 무공을 지니고.

"초 형, 강호의 뒷골목 건달들이 다 이렇게 강합니까?"

초평우는 자학하는 마음에 푹 숙이고 있던 고개를 번쩍 들었다.

"아닙니다! 제 생각으로도 좀 이상하긴 합니다만, 이들 정도의 고수면 강호 대문파에서도 한자리 할 수 있는데 뭐 하러 건달 짓을 하겠습니까?"

초평우의 말이 맞았다. 휘가 의문이 든 것도 그것 때문이었다.

휘는 부러진 도를 주워 집고서 겨우 상체를 세우고 있는 장한을 차가운 눈으로 바라보았다.

"말을 하고 안 하고는 그대의 자유!"

부르르 몸을 떤 장한이 머뭇거리자 휘가 고개를 돌렸다. 그리고 한 발.

"잠… 깐만……."

휘가 멈춰 섰다.

"우리는… 쫓기거나… 버림받은 사람들……."

휘의 눈이 번뜩이고, 장한이 쓰러진 사람들을 힘없이 둘러본다.

"문파에서… 부족에게서… 적에게서, 그래서 모여 사는 사람들이오."

휘가 침묵으로 지켜보자 한상귀가 나직하니 말을 이었다.

"물론 죄를 짓고 들어온 사람도 있소. 하지만 그런 사람은 얼마 되지 않소."

휘가 차갑게 말을 받았다.

"그래서 힘없는 사람들을 괴롭히는 거요?"

장한이 고개를 번쩍 들었다.

"초평우나 공자가 무인이 아니었다면 그냥 놔두었을 거요. 우리는 언제 토벌될지 모른다는 불안감에 사는 사람들이오. 그러니 무인이 들어오면 보고만 있을 수가 없었소."

휘의 눈썹이 꿈틀거렸다. 그때였다.

"그의 말이 맞네."

무거운 노인의 음성이 뒤쪽에서 들려왔다, 익숙한 음성.

휘는 천천히 돌아서서 노인을 바라보았다.

"만 노선배께서도 알고 계셨군요."

귀응 만시량, 그였다. 천천히 걸어오던 만시량이 장한을 바라보며 끌끌 혀를 찼다.

"쯔쯔쯔, 그러게 내 뭐라 했느냐? 너무 의심만 하지 말고 모든 일을 신중히 하라 했지."

한바탕 장한과 한상귀에게 면박을 준 만시량이 휘에게 눈을 돌렸다.

"어떤가. 잠시 이야기를 할 수 있겠나? 내 들려줄 이야기가 있네만."

휘는 이미 한 번 신세도 진데다 그리 나쁜 인상을 받지 않았던 만시량의 청을 냉정히 거절할 수만도 없었다. 사실 궁금하기도 했고.

"그렇게 하죠."

8

만향로의 유일한 술집이자 삼살귀의 터전인 귀향루(歸鄕樓)의 후원.

마주 앉은 만시량과 진조여휘 옆으로 삼살귀가 기죽은 얼굴로 앉아 있었다.

얼굴 한쪽이 시퍼렇게 멍든 단홍귀, 해쓱하니 질린 얼굴의 한상귀, 덜렁거리는 팔에 부목을 대 고정시키고 고개를 푹 숙이고 있는 유령귀. 마치 염라사자 앞에 앉아 판결을 기다리는 사자(死者)의 모습과도 같았다.

한쪽에선 굳은 표정의 초평우가 만시량의 이야기를 눈도 깜박이지 않고 듣고 있었다.

"…그러다 보니 이들도 살기 위해서 강해지지 않을 수가 없었네. 한데 강해져도 불안감만은 어쩔 수가 없었던 게지. 결국은 자네 같은 사람에게 걸려 혼쭐이 나고 말았지만."

이런 저런 이유로 쫓겨온 자들이 만향로에 터전을 잡은 것은 이십여 년쯤 되었다.

그동안 두어 번 이해관계가 얽힌 무림의 세력과 관군들이 합동으로 토벌을 하는 바람에 수십 명이 죽어나간 적도 있었다.

그러다 팔 년 전부터 이들은 자위할 힘을 기르기 시작했다. 그것은 삼살귀라는 제법 자질이 있는 세 사람이 들어오면서부터였다. 그리고 그들을 눈여겨본 귀옹 만시량이라는 전대 고수가 있었기에 가능한 일이었다.

만시량은 이들을 가르쳐 만향로의 치안을 잡는 데 주력했다. 그래야 관에서도 신경을 덜 쓸 테니까. 하지만 시간이 흘러도 토벌에 대한 불안감만은 사라지지가 않았다. 그러다 보니 만향로에 들어온 무인들에 대해서는 과민반응을 일으켜 가끔씩 말썽이 생기곤 했던 것이다.

만시량은 너무 신경을 쓰지 말라 했지만 그럴 수 없는 것이 또한 이들의 마음이었으니, 결국 오늘과 같은 일이 벌어지고 만 것이었다.

휘가 만시량의 말을 듣고 생각에 잠겨 있자, 만시량이 의미심장한 눈으로 휘를 바라보았다.

"이들도 열심히 하다 보니 이제는 제법 쓸 만하게 무공을 익혔다네. 그런데 말이야… 힘이란 생기면 풀어줘야 하거든. 아니면 주머니 속의 송곳처럼 튀어나갈 수가 있지. 그러다 보면 남을 찌르든, 자신을 찌르든 어떻게든 좋지 않은 상황이 생길 거야. 자네는 어찌 생각하나?"

휘는 느닷없이 만시량이 질문을 던지자 무심코 고개를 끄덕였다.

"노선배님의 말씀이 맞습니다. 솔직히 숨어서만 지내기엔 조금 강한 힘이니까요."

휘의 말에 만시량이 툭, 한마디를 던졌다.

“그럼 자네가 쓰게.”

“예?”

어리둥절한 휘가 만시량의 노안을 직시했다.

“무작정 내놓으면 한중이 시끄러워질 거고, 그렇다고 안에서만 있자니 언제 일이 터질지 모르고, 그러니 누군가가 이끌어야 하지 않겠는가?”

“그런데 왜 접니까?”

“자네가 이겼으니까.”

“이제 강호에 나온 지 며칠 되지도 않은 제가 뭘 안다고, 저 따라다니다가는 길거리에서 다 죽습니다.”

만시량은 휘의 엄살은 못 본 척하고는, 삼살귀의 대형인 유령귀를 바라보았다.

“어때? 너희들 생각은?”

유령귀는 힐끗 휘를 바라보고는 만시량에게 깊숙이 고개를 숙였다.

“저희야, 만 어른의 뜻에 무조건 따르겠습니다.”

“이, 이것 봐요!”

얼마 전 살벌하던 휘의 표정이라고는 도저히, 절대 믿을 수 없는 당황한 휘의 표정에 삼살귀들은 속으로 외쳤다.

‘속지 말자, 저 표정! 절대…… 속으면 안 된다!’

흐뭇하니 웃음을 지은 만시량이 당황하고 있는 휘에게 넌지시 말했다.

“사실 말이지. 자네에게 당해서 그렇지, 어디 내놔도 쓸 만한 사람들이네.”

사실이 그랬다. 일류고수가 초겨울 홍시 떨어지듯이 어디서 툭툭 떨어지는 것이 아닌 이상은. 거기다 익힌 무공들이 강호의 절기들이 아닌데도 일류에 다가섰다는 것은, 그 자질도 평범하지 않다는 말.

"게다가 여기저기서 모인 사람들이라 잘만 굴리면 강호 곳곳의 정보도 손바닥처럼 모을 수 있지."

음?

그 말에 휘의 귀가 솔깃하니 열렸다.

온갖 이족에 각파에서 쫓겨나거나 몰락한 문파의 사람들. 떠난 지 오래되었어도 말을 잊거나 자기가 살던 곳에 대해 잊지는 않았을 터, 충분히 가능한 일이었다. 그래도…….

"지금 무림은 폭풍 전야처럼 고요하지. 자네도 공가에게 들어 알겠지만 언제 터질지 모르는 활화산 같은 상황이 현재의 강호일세. 이럴 때 제일 중요한 게 무엇이겠는가? 바로 정보지. 아마 이들이라면 자네나 신영문에도 도움이 많이 될 거네."

'신영문? 혹, 공이연?'

휘의 표정이 살짝 이지러졌다.

"저… 만 노선배님, 사실 저는…….'"

휘는 만시량을 더 이상 속이기가 싫어서 사실대로 말하기로 작정하고, 공이연과는 그저 스치다 만난 사이라는 말을 하려 할 때였다.

만시량이 이마를 찌푸리며 한마디.

"아무래도 철혈성의 움직임이 이상해…….'"

순간 휘의 입이 다물려 버렸다.

"알 수 없는 신비 세력이 끼어들었는데, 도무지 모르겠다는 말이야. 아무래도 이들을 이용해서라도 한번 알아봐야 할 것 같은데…….'"

휘의 눈이 휘둥그레졌다.

"예? 이 사람들은 오랫동안 이곳에 있었다면서요?"

"허, 참! 내 말을 뭣 들었는가? 이 사람들은 천하 곳곳에 살던 사람들일세. 철혈성의 신비인들을 아무도 모른다는 것은 그들이 그만큼 어느 지역이든, 어떤 세력 안이든 꽁꽁 숨어 있었다는 말이 아니겠는가? 이들만큼 천하 각 지역을 잘 아는 사람들도 없을 걸세! 더구나 강호에서는 이들의 존재를 모르니 금상첨화지!"

'그 말도 맞는데… 가만? 그럼 이들을 이용하면 삼악의 무리도 찾을 수 있을까?

"어쩔 텐가? 이들을 계속 이렇게 살다가 죽게 놔둘 건가, 아니면 자네가 쓸 텐가?"

늙은 생강은 괜히 매운 게 아니었다. 휘에게서 미세한 틈이 보이자 만시량이 전력을 다해 밀어붙인다.

휘는 잠시 생각에 잠겼다가 마지못한 듯 무겁게 고개를 끄덕였다.

"좋습니다. 정 그렇다면… 대신 한 가지 약조는 하셔야 합니다."

"말해 보게."

"어떤 일이 있어도 제 말에 따라주어야 합니다."

휘의 말에 만시량이 피식 웃었다.

"저들의 표정을 보게, 안 따르게 생겼는가?"

고개를 돌리자 잔뜩 긴장한 삼살귀의 표정이 보였다. 그러자 휘의 얼굴이 와락 구겨졌다.

"저! 무서운 사람 아닙니다!"

삼살귀는 또 외쳤다. 두 눈을 꼭 감고.

'속지 말자. 속지 말자. 절대……'

모두 이백여 명.

삼살귀를 주축으로 열 명의 조장과 각 조장이 이십 명씩을 거느리고 있었다. 그 조장들은 그럭저럭 이류 정도의 무공을 지니고 있었다.

생각보다도 많은 숫자였다.

하지만 당장 움직이기에는 문제가 있었다. 지닌 바 힘이 제법 강하다 하나, 대문파에 잘못 걸리면 하룻밤 푸닥거리도 되지 않는 힘인 것이다.

그렇다고 한중에서 멋모르고 움직이다가는 한중의 터줏대감인 철혈성의 눈과 귀를 피할 수 없을 테니, 여차하면 세상에 나가기도 전에 꺾여 버릴 것이다. 아무튼 이래저래 움직이기가 힘든 상황이었다.

"일단 힘을 키워야 합니다. 잘 아시겠지만 정보를 얻는다는 것도 힘이 없이는 불가능합니다. 어차피 세상으로 나가려 생각했다면, 어느 한 분야든 최고가 되어야 합니다. 그래야 인정을 받을 테니까요."

삼살귀는 존경과 두려움이 섞인 눈빛으로 휘를 바라보았다.

세상으로 나간다? 최고가 된다?

가슴 떨리는 이야기였다. 비록 자신들의 손과 발을 아무렇지도 않게 똑.똑. 부러뜨린 무서운(?) 사람이었지만, 그런 것은 자유에 대한 대가로 치자면 아무것도 아니었다.

삼살귀가 자신을 멍하니 바라보고 있자 휘는 속으로 한숨을 내쉬었다.

'사부님이 아신다면 뭐라 하실까? 잘했다고 하실까? 아니면… 너 뭐 하냐? 하실까. 어휴…….'

그러다 무슨 생각이 들었는지 눈을 빛내며 만시량을 바라봤다.

"만 노선배님."

"음?"

"당분간 노선배님이 이 사람들을 맡아서 좀 더 강하게 만들어주서야 겠습니다."

"엉? 내가 어떻게? 아니, 내가 왜? 이제 자네의 수하들인데?"

만시량이 무슨 소리냐는 듯 손사래를 치자 휘가 빙긋 웃었다. 만시량은 그 웃음이 왠지 섬뜩하게 느껴졌다.

“만 노선배님은 누가 뭐래도 삼살귀에겐 어른이시지요. 안 그렇습니까?”

휘가 말을 하던 중 고개를 홱 돌리자 삼살귀가 큰 소리로 답했다. 이구동성으로.

“맞습니다!!”

“그러니… 이제부터는 만노선배님이 우리… 음, 만상문(萬像門)! 예, 온갖 군상들이 다 모인 만.상.문.의 태상호법이십니다! 무.조.건. 하셔야 합니다! 아니면 저도 안. 합.니.다!”

마침내 만상문(萬像門)이 한중의 구석 작은 주루에서 태동했다. 시작은 작게…….

만시량이 떨떠름한 표정으로 눈을 부릅떴다. 콧등의 점은 파르르 떨고.

“그, 그런 법이…….”

휘의 눈이 번뜩였다.

“어차피 시작을 한 이상! 만상문을 강호제일의 정보 문파가 되게 할 것입니다. 그러기 위해선 만 노선배님같이 훌.륭.한. 전대 고수가 한 분쯤 있어야겠지요. 안 그렇습니까?”

휘의 고개가 돌아가자, 또…….

“맞습니다!!”

신났다. 삼살귀는 뭔지 몰라도 신났다. 말만 들어도 신났다.

만시량의 얼굴이 십 년은 더 늙은 것처럼 구겨지자 휘가 조용히 못을 박았다.

“미래의 강호제일 정보 문파 겸, 천하를 구할 영웅들의 모임, 만상문의 태.상.호.법!”

쓰윽.

휘가 자신의 거창한 말에 멍해 있는 만시량을 직시했다.

"제가! 우리가! 그렇게 만들어드리겠습니다! 멋지지 않습니까?"

"머, 멋지긴… 멋진데……. 말은……."

말로는 뭘 못하나……. 그런 생각이 들었는데…….

만시량은 휘의 전신에서 자신조차 감당 못할 묘한 기운이 퍼져 나와 사위를 감싸자 어쩌면 휘의 말대로 될 것도 같다는 생각이 조금은, 아주 조금은 들기도 했다.

그때 휘가 다시 입을 열었다.

씨이익, 미소를 지으며.

"노선배님은 친우 분들이 많으시죠? 아마 친우 분들이라면 이 사람들을 강하게 키울 수 있을 것입니다. 그러니 당연히 이 사람들을 노선배님에게 맡길 수밖에요."

말인즉, '아는 사람들 다 끌어모아서 가르쳐라' 그 말.

만시량은 다시 구겨진 얼굴로 휘에게 물었다.

"자네… 칠패의 힘이 어느 정도인지 알기는 하나? 천하가 어쩌구저쩌구하게? 내 친구들 중 제법 쓸 만한 사람이 있는 건 사실이지만, 그렇다고 칠패의 힘에 비할 수는 없네."

휘가 어리둥절한 표정으로 되물었다.

"아니, 노선배님이 그러지 않았습니까? 폭풍 전야라고 말입니다. 칠패라고 폭풍에 휘말리지 말란 법 있습니까? 오히려 나무는 클수록 바람을 많이 타는 법이지요. 그리고 우리가 그들과 당장 전쟁이라도 치를 일 있습니까? 미쳤습니까?"

"그건 그렇지만……."

"설령, 그들과 마찰이 생겨도 아는 게 많다 보면 그들도 우리를 함부로 할 수가 없게 되는 법 아니겠습니까? 모든 건 우리가 하기 나름이지요."

“…….”

만시량이 흔들리자 휘가 무거운 목소리로 만시량을 내리눌렀다.

“그리고 살면 까짓 얼마나 살겠습니까? 사람답게! 멋지게! 좋은 일 하면서 살아야지요!”

어찌 들으면 노인에게 맞아 죽어도 싼 말이었지만, 만시량은 왠지 그 말이 그럴듯하게 들렸다.

사람답게… 사람답게라……. 삼살귀들을 보살펴 준 것도 그런 이유였지…….

그러다 문득 고개를 번쩍 쳐든 만시량은 눈꼬리를 치켜뜨고 휘를 바라보았다.

“자네… 몇 살이야?”

휘가 싱긋 웃었다.

“스물둘입니다.”

“그 나이에 그런 말재주, 어디서 배웠나?”

문득 휘의 얼굴에 쓴웃음이 스치고 지나갔다.

“사람답게 살고 싶었던… 아버지들에게요.”

한 번 시작을 했으면 끝장을 보는 게 남자다!

9

임시로 만상문이라 이름을 짓고 삼살귀와 만향로 패거리들을 모조리 만시량에게 맡겼다.

본래대로 돌아간 것 같지만, 실질적으로는 많은 것이 바뀌었다.

일전의 단순히 지켜보다가 한두 수 가르치는 것이 아닌 전격적인 수련을 통한 무공 증진에 목적을 두었기에, 만시량의 어깨가 그만큼 무거워질 수밖에 없는 것이다.

그래도 휘의 의견이 재미있다고 생각되었는지 아니면 휘의 말대로 죽기 전에 멋지게 살겠다고 마음을 먹었는지는 몰라도, 휘가 만향로를 떠나기 전에 친우들에게 부랴부랴 편지를 쓰는 만시량의 표정은 밝아 보였다.

밤새 나눈 이야기가 적지 않으니, 아마 당분간 만시량은 나이도 잊을 정도로 정신이 없을 것이다.

그리고 자신은 그사이 아버지들의 일을 마무리 지어야 했다.

훗!

휘는 이야기가 끝나갈 무렵, 공이연과 자신의 관계를 설명했을 때 놀라던 만시량의 표정이 떠오르자 웃음이 나왔다.

뭐? 그러니까 같은 업자로 만났다고?

그런 셈이죠. 그러다 제가 조금 도움을 줬지요.

그럼, 별 관계는 아니란 말이지?

그렇다니까요?

아무리 그래도 자신의 얼굴을 남에게 줄 공이연이 아닌데?

빌렸어요. 아! 공 노선배가 한 가지, 아니, 두 가지 부탁을 들어주기로 했으니까, 정 뭐하면 면구를 제가 가지겠다고 하면 되죠.

부.탁? 그 짠쟁이 공가가?

자기는 좀생이가 아니라고 하던데요?

아니긴!! 어쨌든 잘됐네. 그 부탁 절대 함부로 하지 말게. 그 늙은이가 다른 건 몰라도 신의는 있으니까, 두 가지 부탁을 적절히 이용한다면 그 늙은이에게 제법 많은 도움을 받을 수 있을 것이네. 흐흐흐.

그런데 제가 공 노선배와 상관이 없어도 괜찮겠습니까? 본래 제가 그분하고 가까운 줄 알고……

무슨 소리? 차라리 잘됐지! 그렇지 않아도 만상문이 신영문의 아래로 들어갈 것 같아 많이 망설였었는데…….

그러면서 자신이 삼살귀를 단신으로 굴복시킨 이상 아무것도 문제 될 것이 없다고 했다. 만시량이 그리 말하니 휘의 마음도 편해졌다.

우연찮게 얻은 힘이 든든한 초석이 될지, 아니면 모래성처럼 흔적도 없이 스러져 갈지는 아무도 모른다. 중요한 것은, 지금까지가 아닌 지금부터라는 점이다.

열심히 하다 보면 하늘도 도와줄 터…….

'하늘에 아버지가 셋이나 있는데 뭐!'

6장
철혈(鐵血)의 도전(挑戰)

1

동문로를 빠져나가며 휘가 하늘을 바라보자 초평우가 힐끔거리며 말을 걸었다.

"저… 형님, 천기도 볼 줄 아십니까?"

휘가 무심코 대답했다.

"비가 올 것 같은데… 걸음을 빨리해야 할 것 같습니다, 초 형."

한중의 동문 밖으로 오 리를 가자 수한진이라는 마을이 나왔다.

북쪽에 수한산을 이고 있는 수한진은 그리 큰 마을이라고는 할 수 없었으나 의외로 지나다니는 사람이 많았다. 한중에서 장안으로 가는 관도가 그리 멀지가 않았기에 잠시 쉬어가려는 사람들이 마을을 들렀고, 그러다 보니 그들을 상대하는 장사꾼들이 심심치 않게 보였던 것이다. 그리고 그중에는 철산장이라는, 철혈성의 한중 분타를 오가는 사람들도 간간이 끼어 있었다.

철혈성이 팔패의 하나로 군림할 때만큼은 아니었지만, 요즘의 수한진에는 제법 무사들의 모습이 보이고 있었다. 마을 사람들은 한편으로는 불안해하면서도, 한편으로는 그들이 흘리고 가는 돈이 곧 생활에 도움이 되었기에 불안한 마음을 억누른 채 그저 살아갈 뿐이었다.

두 사람이 수한진에 있는 단 두 개의 객잔 중 하나인 웅이루에 막 발을 디디자마자 밖에서는 소나기가 거세게 쏟아지기 시작했다.

두 달 만에 내리는 비라 그런지, 집에서 뛰쳐나오며 환호성을 지르는 사람들도 있었다. 객잔의 사람들까지도 고개를 내밀고 비가 오는 것을 구경했다. 하지만 두 사람은 비를 맞지 않은 것이 다행이라는 듯 안도의 한숨을 내쉬었다.

탁자로 다가가 의자에 앉으려던 휘가 초평우를 바라보았다.

"초 형, 내 얼굴에 뭐 묻었습니까?"

"아뇨. 존경스러워서……."

"예?"

"무공도 엄청 강한 데다 천기까지……."

'윽! 그럼 구름이 잔뜩 몰려오는데…….'

이제는 사람들이 그다지 휘를 쳐다보지 않는다. 물상만가를 떠나오며 쓴 면구가 그의 하얀 얼굴을 덮은 것이다.

그렇다고 아주 안 보는 것도 아니다. 길을 지나던 여인네들이 가끔씩은 쳐다본다. 비록 본 얼굴보다는 못하지만 면구의 얼굴도 그럭저럭 잘생겼다 말하기에 부족하지 않았으니까.

초평우는 휘가 면구를 쓰는 것을 달갑지 않게 생각했다. 얼굴 보는 재미가 없어졌다나 어쨌다나. 그러다 결국 휘에게 한 대 얻어맞기까지 했다.

휘는 식사를 하던 중에 그에게 면구를 써야 하는 두 가지 이유를 말해 줬다.

"초 형도 생각해 봐요. 여기는 철혈성의 눈과 귀가 사방에 깔린 곳이오. 한데 나는 철혈성에 볼일이 있는 사람이거든, 좋지 않은 일로. 그러니 그 일을 하다가 내 얼굴이 알려지면, 자칫 가까운 사람들이 다치지 않겠소?"

초평우는 그제야 이해하고는 고개를 끄덕였다. 그러다…….

"그럼 다른 한 가지는……?"

휘는 머뭇거리다가 초평우가 황소눈을 뜨고 바라보자 하는 수 없이 말을 해줬다.

"내 동생이… 강호가 시끄러워진다고 쓰고 다니라고……."

크게 고개를 끄덕이는 초평우.

"맞는 말이구만요!"

그러다 무슨 생각이 들었는지 얼굴이 하얗게 변했다.

'저 무시무시한 형님을 말 한마디로 꼼짝 못하게 하는 동생이라니……. 얼마나 무섭기에…….'

2

철산장(鐵山莊)은 밖에서 봐서는 그 크기를 짐작하기가 어려웠다. 수한산의 계곡 안으로 들어간 본장이 오히려 밖의 전면보다도 더 컸기 때문이다.

철산장의 입구를 지키던 수문위사 신가는 오랜만에 내리던 비가 이각도 안 되서 멈춰 버리자 서운한 표정으로 하늘을 바라보았다.

"지랄, 내릴라면 좀 더 내리지……."

“그래도 이게 어딘가?”

같은 조 조원인 오가가 그나마 다행이라는 듯 말하자 신가가 오가를 흘겨보았다.

“자네는 농사를 안 지으니 몰라서 그런 소리를 하는 거야. 이 정도 비 가지고는 밭고랑에 물도 안 고여. 적어도… 어?”

오가에게 신랄하게 한마디 하던 신가는 느닷없이 오가가 얼굴을 굳히고 전면을 바라보자 의아한 표정으로 눈길을 돌렸다.

휘는 두 명의 수문위사가 조용히 자기를 바라보자 가볍게 웃음을 지으며 정문으로 다가갔다.

철산장을 오는 동안 제법 많은 사람들이 철산장을 오가는 것을 보았다. 그것은 그만큼 철혈성의 위세가 살아나고 있다는 반증이었다.

웅이루에서 점소이에게 들은 말대로라면, 사오 년 전만 해도 철산장을 드나드는 외부인은 하루에 서너 명뿐이었다고 한다. 그런데 요즘은 하루에 수십 명이 드나드는데, 어떤 때는 한꺼번에 수십 명이 찾아오기도 한다고 했다.

사오 년 전이라면 철혈성이 신비 세력과 손을 잡은 바로 그때를 말하는 것일 터. 좌우간 본성의 위세가 살아나서인지 수문위사들의 태도에서도 제법 엄중함이 묻어 나오고 있었다.

초평우를 웅이루에 남겨두고 오기를 잘했다는 생각이 들었다. 만일 그가 따라왔다면 아마 저들의 시선이 결코 지금과 같지는 않았을 것이다.

“무슨 일로 오셨는지?”

수문위사의 말에 휘는 빙긋 웃었다.

“임가형 분타주님을 뵈러 왔소만.”

흠칫.

신가는 언뜻 보기에도 범상치 않아 보이는 자가 분타주를 뵈러 왔다고 하자 한마디 한마디 조심하며 입을 열었다.

“약속이 있으십니까?”

휘는 고개를 저었다.

“오래전 일로 한 가지 물어볼 것이 있어서…….”

“어디서 오신 누구신지?”

오가가 물었다. 아무래도 신가에게만 맡기기에는 마음이 안 놓였나 보다.

“천간산에서 왔소.”

‘천간산? 천간산이라면…….’

오가는 자신도 모르게 북쪽으로 쳐다보고는 다시 앞을 바라봤다. 한데, 앞의 잘생긴 공자가 손을 들어올리더니 가볍게 움켜쥐었다 폈다 하고 있다.

“아!”

그 모습을 본 오가의 입에서 뭔가를 알았다는 듯 탄성이 터졌다. 그리고,

“철혈검법을 권으로?”

신가의 입에서 답이 흘러나왔다. 휘는 빙그레 웃으며 고개를 끄덕였다.

“개인적인 볼일이라 미처 약속을 잡지 못하고 왔소. 말씀이라도 드려주시겠소?”

철혈검법을 권으로 펼칠 수 있을 정도면 철혈성의 사람이라는 말, 게다가 천간산에서 왔다면 철혈성의 본성에서 왔다?

품위있어 보이는 모습에 말까지도 예의가 있다. 그렇다면 보통의 일반 무사는 아니리라.

오가는 고개를 굽히며 공손히 대답했다.

"저를 따라 안으로 들어가셔서 잠시 기다리시지요?"

"고맙소이다."

휘가 안으로 들어가자 뒷모습을 보던 신가가 고개를 갸웃거렸다.

"그러고 보니 이름을 안 물어봤네? 에이, 오가가 알아서 하겠지. 한데 저게 검이야, 도야?"

안으로 들어가자 서너 채의 건물이 계곡의 입구를 막고 있었다.

'산장의 본 건물이 계곡 안쪽에 있다 했으니 아마 저 건물들을 지나야 본 전각들이 보이겠군.'

오가는 서너 채의 건물 중 왼쪽 건물, 접객당으로 휘를 안내하며 감탄이 어린 눈으로 휘의 모습을 바라보았다.

허리에 끼워 넣은 만양의 은은한 묵빛 검집이 새로 꺼내 입은 청의와 잘 어울려 보이는 휘의 모습은 누가 보아도 감탄할 정도였다.

비록 반안이네 송옥이네 하는 정도까지는 아니어도, 잘나가는 문파의 후계자 정도로 까지는 보아줄 수 있는 모습이었다.

"저, 누구시라고 전해야 할지⋯⋯."

수문위사의 물음에 휘가 사람 좋은 웃음을 지으며 말했다.

"여강두의 자식이라고 전해주시면 됩니다."

휘는 허리에 끼워진 만양을 만지작거리며 깊은 생각이 담긴 눈으로 접객당의 창문 밖 철산장의 건물들을 바라보았다.

마침내 철산장에 들어왔다. 과연 임가형은 뭐라고 할 것인가?

임가형이 석두아버지의 이름이나 기억하고 있을까?

'못한다면 기억나게 해줘야겠지!'

속으로 마음을 다 잡으며 손 안에 잡힌 만양을 내려다보았다.

웅이루에서 옷을 갈아입을 때 처음으로 꺼내 본 만양은 휘의 눈을 휘둥그렇게 만들기에 족했다. 자신이 왜 여태 안 봤을까, 후회가 될 정도였다.

자세히 보고 나서야 구 노인이 멀리서 얻었다고 했던 말이 이해가 되었다. 만양은 중원의 검과는 조금 다른 양식을 띠고 있었던 것이다.

검신은 폭이 두 치, 길이는 두 자 세 치에 불과했다. 여덟 치의 검병까지 해봐야 세 자가 조금 넘는 정도. 은은히 붉은 기가 도는 두터운 검신에서는 요요로운 기운이 서린 듯했다.

그리고 결정적으로, 검신의 폭이 끝으로 가면서 미미하게 휘어져 있다는 것이었다. 만일 양날이 아니었다면 도(刀)로 보아도 무방할 정도였다. 중원에서는 보기 힘든 모습의 검이었다.

무엇이든 쓰는 사람 마음에 달려 있으니 마음을 담아보라.

'그랬던가? 검이든 도든 마음이 문제라는 말이 이래서였던가?'

만양을 보며 생각에 잠겨 있다 보니 훌쩍 시간이 흘렀다.

이각이나 지났을까. 누군가가 방문을 열고 들어왔다. 바라보니 자신을 안내한 수문위사가 아니었다.

이십 중반은 됨 직한, 약간 커 보이는 키에 차가운 표정을 지닌 흑의청년이었다. 그를 보는 휘의 눈에 이채가 스쳤다.

'대단한 기운.'

새로 들어온 자의 전신에서는 마치 치열한 생사투 중에 느닷없이 붙들려온 사람마냥 투기가 넘치고 있었다. 등에 메인 검이 금방이라도 튀어나올 것 같은 분위기였다.

그가 휘를 바라보더니 순간적으로 눈빛을 반짝이고는 휘의 맞은편 의자에 앉았다.

묘한 상황이었다.

고요한 호수처럼 앉아 있는 휘, 금방이라도 검을 빼 들고 덤벼들 것 같은 청년. 극과 극의 두 사람이 탁자 하나를 사이에 두고 앉아 있는 모습은 누구라도 그 사이에 끼어들기가 겁이 날 정도였다.

한마디 말도 없이 그렇게 앉아 있던 두 사람이 동시에 문 쪽으로 고개를 돌린 것은, 차가운 얼굴의 청년이 들어온 지 일각여가 흐른 뒤였다.

"흠, 마침 두 분이 다 여기에 계셨군요."

들어온 사람은 삼십 중후반 정도 되어 보이는 장한이었다. 그는 두 사람들 번갈아 바라보더니 눈꺼풀을 가늘게 떨었다.

'뭐야? 저놈은 왜 저렇게 차가워? 듣던 것보다 더 하잖아?'

속마음은 놔두고… 장한은 차가운 얼굴의 청년을 바라보며 물었다.

"나는 철혈성 한중 분타의 호명걸이라 하오. 진천검문에서 오셨다는 분이 혹……?"

"내가 진천검문의 풍인강이오."

말투까지도 차가워 한기가 풀풀 날린다.

그를 보는 휘의 입가에 가느다란 미소가 걸렸다.

호명걸이 상대하기도 싫다는 듯 고개를 휙 돌리더니 휘를 바라봤다.

"그럼 귀하가 철혈성에서 오신 분이오?"

휘는 담담히 고개를 끄덕였다. 사실이니까.

호명걸은 속으로 욕을 퍼부으며 살짝 고개를 끄덕였다.

'제기랄! 한 놈은 얼음장 같고, 한 놈은 벙어린가? 말도 않게.'

"따라오시오! 분타주께서 뵙겠다고 하시오!"

말을 마치자마자 휙 돌아서는 모습이 그의 심정을 대변해 주고 있었다.

분타주가 기거하는 웅천각에 가기까지 호명걸은 뒤통수가 따가워 짜증이 날 지경이었다. 차갑게 날 선 기운이 바로 뒤에서 계속 찔러대는데 천하의 누가 마음이 편할까?

삼층으로 되어 있는 웅천각은 계곡의 한가운데에 그 위용을 드러내고 있었다. 철혈성의 외성이라는 말답게 철산장의 진실한 모습은 능히 하나의 대문파를 보는 듯했다.

과연 철혈성이 기를 쓰고 유지할 만한 장원이었다.

호명걸을 따라 웅천각의 대전 안으로 들어가자 전면에 앉아 있던 노인이 무언가를 읽다 고개를 드는 모습이 보였다. 부리부리한 눈에 떡 벌어진 어깨, 깊게 가라앉은 눈빛은 젊은 장정들이 흉내 낼 수 없는 뿌리 깊은 거목과도 같았다.

휘는 감탄하지 않을 수 없었다.

'과연 임가형!'

그가 바로 오랜 세월 철혈성을 지탱해 온 몇 안 되는 거물 중 하나, 임가형이었다.

왜 사부가 임가형을 상대하려거든 조심하라 했는지, 휘는 그를 보는 것만으로도 알 수 있었다. 그리고 그럴수록 휘의 마음은 싸늘히 식어갔다.

이렇게 대단한 자가 자식의 허물은 생각지 않고 힘없는 석두아버지 같은 사람을 무저동에 처넣었다니…….

그를 판단하고 있는 사이 풍인강이 저벅저벅 앞서 걸음을 옮긴다.

고개를 든 임가형이 다가오는 풍인강을 바라보다 손에 들고 있던 서류를 내려놓았다.

호명걸이 풍인강의 이름을 말하며 고갯짓으로 슬쩍 풍인강을 가리키자, 임가형이 고개를 끄덕이며 물었다.

"그래, 나를 만나러 왔다고?"

"그렇습니다."

"이유는?"

"빚을 받으러 왔습니다만."

"빚이라… 내가 진천검문에 빚진 게 있었던가?"

"검의 빚이지요."

냉막한 표정에서 칼 같은 눈빛이 번뜩인다. 그러나 임가형은 한 점 흐
트러짐 없이 풍인강의 눈을 직시했다.

"검의 빚은 검으로만 갚을 수 있는 것이지."

한마디 한마디에 힘이 담겨 있다. 눈이 마주친 얼음덩이 풍인강의 눈
이 잠깐 흔들릴 정도로.

그때였다. 임가형의 뒤에 있는 듯 없는 듯 서 있던 두 무사 중 한 사람
이 천천히 걸어 나왔다.

"속하에게 맡겨주심이……."

임가형이 고개를 저었다. 그러면서 풍인강에게 말했다.

"내가 왜 나를 찾아오는 사람을 직접 만나는지 아는가? 내가 아직 늙
지 않았기 때문이야. 남들은 뭐라 할지 모르겠지만."

칠십의 나이, 당연히 늙었다. 원로원에 처박혀도 진즉 처박혔을 나이
다. 그럼에도 임가형은 아직 늙지 않았다고 한다. 마음이… 마음이 아직
늙음을 인정치 못하겠다는 건가?

몸을 일으킨 임가형이 풍인강을 바라봤다.

"나가지?"

임가형이 앞장서고 풍인강이 뒤따른다.

두 사람이 하는 모습을 조용히 지켜보던 휘도 천천히 뒤를 따라갔다.

의외였다. 다른 사람이라면 당장에 호통이 터지든가, 그렇지 않으면 수하에게 맡겨 처리할 것이다. 철혈성의 한중 분타주라면 능히 그러고도 남을 자리니까.

그런데 직접 하겠단다. 그리고 어느 누구도 그를 말리지 않는다. 이미 지금과 같은 상황을 자주 접했다는 뜻. 문득 앞장서 나가는 임가형의 입가에 즐거운 웃음이 떠오른 것처럼 느껴진 것은 휘만의 착각인지…….

웅천각의 후원에는 정원이 아닌 연무장이 있었다.

깨끗하게 손질된 연무장. 먼지 한 톨 없는 검대 위의 검과 도. 그것은 누군가가 연무장을 그만큼 자주 사용한다는 뜻이다. 그리고 그 주인공은 아마 임가형일 것이고.

임가형이 검대에서 한 자루 철검을 집어 들고 돌아서더니 풍인강을 향해 말했다.

"풍산학이 나와 몇 초를 겨루었는지 아는가?"

풍인강의 눈썹이 꿈틀거리고.

"아버님께서는 십 초를 겨루기로 했다 하셨소."

"그랬지. 하나, 실질적으로는 오 초를 겨루었지."

무슨 말인지 안다. 아버님은 십 초를 겨루기로 했고, 오 초 만에 패했다.

"나는 당신과 십 초를 겨루겠소!"

임가형이 재미있다는 눈빛으로 고개를 끄덕였다.

"진천검문의 후계자라면 자격이 있지."

그러면서 중앙으로 한 걸음, 풍인강도 따라서 중앙으로 걸어갔다.

창!

맑은 검명, 두 자루의 검이 구름 사이로 내비치는 햇빛을 받아 반짝인다.

임가형의 뒤쪽으로는 두 명의 호위 무사가 담담한 눈빛을 한 채 서 있고, 풍인강의 등을 보며 휘가 무심한 표정으로 서 있다.

풍인강의 검은 검신의 길이만 석 자가 넘어 보였다. 차갑게 가라앉은 시선이 검끝을 응시한다. 마치 세상의 끝이 거기에 있는 것처럼.

임가형의 눈에서 피어오르던 웃음기가 사라졌다.

상대는 이제 이십대 중후반 정도의 젊은 청년, 그러나 흐르는 기는 삼사십대 노련한 검사의 기운처럼 차갑게 정제되어 있다.

풍인강의 검이 천천히 중단을 향하자 임가형의 검은 오히려 하단으로 내려간다.

그러다 어느 순간, 풍인강의 검끝이 슬쩍 비틀렸다.

파앗!

햇빛조차 잘려질 정도의 빠른 검격이 전면으로 향한다.

임가형의 검이 천천히 들리며 검격의 진로를 막아갔다.

쩡!

두 자루 검이 울음을 토해내며 중간에서 부딪치자 날선 기운이 사방으로 흩어졌다. 동시에 나직한 임가형의 한마디,

"좋군! 풍산학이 자랑할 만해!"

분명 너무 느려서 도저히 막을 수 없을 것 같았다. 그런데 막혔다. 그것도 중간에서. 풍인강은 일수격돌로 임가형의 검이 자신보다 위라는 것을 절감해야만 했다. 그렇다고 물러설 수는 없는 일.

스윽!

소리없이 흘러가는 바람을 가르며 한줄기 청광이 임가형의 허리를 베어간다. 일수 일검에 절체절명의 검기가 흐른다.

불필요한 동작이 일체 배제된 검격은 아차 하는 사이에 생사가 좌우된다.

풍인강의 검은 군더더기가 없이 너무 깨끗하다. 깨끗해서 정직할 정도이다. 저런 검은 약자에겐 두려움을 주지만, 강자에겐 치명적인 약점으로 작용한다. 그리고 임가형은 강자이다.

휘가 두 사람의 검을 보며 나름의 판단을 내렸을 때였다.

후웅!

임가형의 검이 원을 그리듯 쳐 올라가더니 일순간 번개가 작렬했다.

강력한 힘이 담긴 일검이 그대로 풍인강의 검로를 차단하며 올려친 기세 그대로 상대의 검을 휘어감아 버렸다.

취리링! 쩌정!

풍인강이 이를 악물고 검을 좌우로 털어냈다.

떠더덩!

순식간에 칠검이 서로의 진로를 막아가며 부딪친다.

한 발도 움직이지 않고 부딪쳐 가는 검날에서 굉렬한 검음이 일고, 미동도 않는 눈빛에선 불꽃이 인다.

휘의 눈에도 흥미로운 빛이 일렁였다.

두 발을 지면에 박고 부딪치는 검격! 요즘에는 그 어디에서도 볼 수 없는 무사들의 자존심을 건 한판 승부!

임가형이야 그렇다지만, 풍인강의 기세도 대단하다 아니 할 수 없었다.

"타앗!"

마침내 풍인강의 입에서 한 소리 기합이 터져 나오고,

쩍!

허공을 가를 듯이 혼신의 힘을 다한 일검이 머리 위에서 떨어져 내린다.

임가형의 눈에서 번쩍 신광이 쏟아졌다. 순간, 한 마리 청룡이 꿈틀대며 치솟았다.

콰!

굉음이 일고 검력이 사방으로 비산하더니 떨어지는 낙엽들을 가루로 만들어 버렸다.

쿵! 쿵! 쿵!

세 걸음을 물러서는 풍인강의 발걸음을 따라 세 치 깊이의 발자국이 찍혔다.

입에서는 한줄기 가느다란 선혈이 흐른다. 검을 잡은 손은 가늘게 떨리고 있다. 한데도 창백한 얼굴에는 만족의 미소가 떠오르고 있다.

임가형의 얼굴은 가볍게 찌푸려져 있었다. 기이한 일이었다. 분명 승부를 따지면 임가형이 이겼다. 그런데 왜? 패자는 만족하고, 승자는 불만의 표정인가?

휘는 고개를 미미하게 끄덕였다.

풍인강이 물러선 것은 내력에서 밀렸기 때문이다. 순수한 검에서는 결코 밀리지 않은 것이다. 결론은 비겼어도 상대가 임가형이라면 결코 비긴 것이 아니다. 물론 단순히 상대를 죽이기 위한 승부라면 다른 이야기지만.

"오 초… 지났습니다."

풍인강이 핏물이 배어 나오는 것도 잊고 뇌까렸다.

그러자 임가형의 찌푸려진 미간이 더욱 구겨졌다.

"오 초 남았네."

그때였다.

"그전에……."

휘의 목소리가 두 사람 사이를 파고들었다.

임가형이 불쾌한 표정으로 휘를 바라보았다.

“자네는 조금 있다가…….”

“제가 시간이 많지 않아서…….”

“조금만 기다려 주시오.”

조금은 싸늘함이 가신 음성으로 풍인강이 말했다. 하나 휘의 걸음은 그 말에 상관없이 임가형의 앞으로 옮겨졌다.

“그러고 싶지만 기다리는 사람이 있어서 말이오.”

사실은 임가형이 온전할 때 상대하려는 게 이유지만, 초평우가 기다리니 거짓도 아니다. 그 급한 성질에 무슨 일이 언제 일어날지 모르니까.

어느덧 두 사람 사이에 선 휘가 풍인강을 향해서 빙긋 웃었다. 미안하다는 듯. 그리고 임가형을 향해 눈길을 돌렸다. 언제 웃었냐는 듯 무심한 표정으로.

임가형의 눈에 이채가 떠올랐다.

별다르게 생각을 안 했던 자다. 철혈성에서 왔다기에 그러려니 했다. 가끔 철혈성에서 자신에게 청탁을 하려는 자가 오거나, 안면이 있는 사람들이 자신들의 후예를 인사시키기 위해서 보내기도 하니까.

그런데 이자는 뭔가가 달라 보였다. 자신의 즐거움을 방해하면서도 거침이 없다. 그렇다면 자신이 생각한 그런 일로 온 사람이 아니라는 뜻.

게다가 풍인강과 자신의 사이에는 알게 모르게 강한 기운이 흐르고 있다. 그 사이를 들어오면서도 마치 산책을 하는 듯한 표정. 그만큼 강하다는 말이다.

“자넨 누군가?”

끝내 참지 못하고 임가형이 휘에게 물었다.

“전갈이 되지 않았던가요?”

“나는 여강두라는 사람을 모르네.”

일순간 휘의 표정에 서리가 내려앉았다.

“당신은 기억해 내야만 하오!”

반존대, 무감정의 목소리. 참다못한 두 명의 호위 무사가 소리치며 검을 빼 들었다.

“감히! 어느 분께 함부로 지껄이는 것이냐?”

그러나 휘의 눈은 여전히 임가형을 바라만 볼 뿐이다.

“삼십이 년 전의 일이오!”

임가형의 미간에 골이 깊게 파였다.

무언가 깊게 생각에 잠긴 임가형을 놔두고 휘가 나직하게 입을 열었다.

“내 일을 방해하면… 후회할 것이오.”

옆에서 다가오던 자들이 멈칫, 걸음을 멈췄다. 머리끝이 삐죽 설 정도로 한기 서린 음성이 귀청을 떨리며 울린 것이다.

오른쪽에 있던 자가 입술을 깨물며 소리쳤다.

“감히! 여기가 어디라고……!”

소리치며 검을 내려칠…….

“조심해!”

콰직!

“크억!”

느닷없는 비명 소리에 한낮의 고요가 연무장에 내려앉았다.

뭐가 어떻게 된 건지도 몰랐다. 그저 청의청년의 신형이 흐릿해지더니 호위 무사 쪽으로 움직인다고만 생각했다. 그래서 경호성을 발했다. 한데 고개를 돌렸을 때는 비명 소리와 함께 한 명의 무사가 허공을 날고 있었고, 다른 한 명은 멍청하니 서 있었다.

아무리 임가형이 생각에 빠져 있었다고 하지만, 눈앞의 일은 자신의 눈으로조차 믿을 수가 없는 일이었다.

"자네는……?"

경악이 서린 음성. 임가형은 자신이 몇 년 만에 놀라는지 생각도 나지 않았다.

휘는 이 장여를 훌훌 날아가 땅바닥을 뒹굴고 있는 호위 무사를 바라보지도 않은 채 임가형에게 물었다.

"아직도 생각이 나지 않으시오?"

"삼십이 년 전?"

"그해 누군가가 죽었소!"

자신도 모르게 조금 전 휘가 한 말을 되뇌던 임가형의 얼굴이 서서히 굳어져 가고, 휘의 입에선 싸늘한 한풍이 새어 나왔다.

"그리고… 한 사람이 갇혔소!"

"내 아들이… 죽었다."

"무저동에……."

"너는?"

"그분의 이름이……."

"여… 강… 두!!"

마침내 기억이 났다, 한 사람의 이름이. 자신의 아들을 죽인 한이 서린 이름이!

천장무저의 늪에 가라앉은 것 같은 휘의 눈빛이 임가형의 싸늘해진 눈을 삼켜 버렸다.

"꼭 그래야만 했소?"

"네가 그의 아들이라고?"

네 개의 눈동자에서 불꽃이 튀었다.

"철혈성에서 왔다는 건 거짓이었던가?"

"거짓을 말한 적 없소. 귀하에게 거짓을 말하고 싶지도 않고."

두 사람의 말을 듣고 있던 풍인강은 세상에 자신을 얼어붙게 만드는 사람이 있으리라고는 생각도 못했었다.

남들이 오죽하면 북해에 가서 살라고 했을까. 그런데 휘의 변한 모습은 그런 자신조차 움직이지 못하게 만들고 있었다.

풍인강이 혼란을 느끼며 휘를 바라볼 때, 휘가 임가형을 향해 한 걸음 다가갔다.

순간 임가형의 검을 잡은 손에 힘이 들어가고, 검에선 새파란 검기가 아지랑이처럼 피어올랐다. 검신을 타고 죽 내려가던 검기가 검첨에서 나아갈 길을 찾아 요동을 친다.

풍인강의 눈이 파르르 떨렸다.

역시 자신은 아직 임가형의 상대가 아니다. 자신의 검기는 이제 검기출의 상태, 임가형의 검기는 검기성형의 경지. 비교가 되지 않는다.

딱딱히 굳은 풍인강이 내심 자신의 부족함을 절감하며 주먹을 움켜쥐다가 움찔, 휘를 향해 고개를 돌렸다.

츠르르.

귀청을 울리는 맑은 음향이 그의 시선을 잡아끈 것이다.

휘의 손에 잡힌 만양이 천천히 모습을 드러내고 있었다.

완전히 빠져나온 요요로운 연붉은 나신이 태양빛을 머금어 따뜻하게 빛나고,

"자식을 탓하기 이전에 자식을 해한 자를 벌주려 하는 것은 아비 된 자로서 그럴 수도 있소. 그러나 자식의 잘못을 알고도 그리 했다면, 상대의 한(恨) 정도는 받아줄 수 있다는 오만도 있었을 것! 과연 그 정도 오만을 부려도 되는지 보겠소!"

가슴을 떨리게 하는 고저가 없는 나직한 말이 끝났다 느낀 순간, 만양이 허공을 사선으로 그으며 올라갔다. 그러자 임가형의 표정이 서서히

굳어져 간다.

그는 볼 수 있었다. 만양이 사선으로 올라가며 허공이 갈라지고 있었다. 만양의 잔상이 허공에 그대로 걸쳐져 있는 것이다.

이를 악물고 혼신의 공력을 끌어올렸다. 상대는 대충 상대할 수 있는 자가 아니다.

그때였다!

휘의 입에서 나직한, 그러하기에 더 사람을 긴장시키는 음성이 연무장을 울렸다!

"나! 여강두의 자식이 철혈의 도전법에 따라 철혈성의 한중 분타주 웅패검 임가형에게 도전하는 바이오!!"

쿵!

임가형의 벌어진 입이 다물리지 않았다. 가슴이 벌떡거렸다.

얼마만인가!

철혈의 도전이라니!

세상에, 지금도 철혈의 도전법에 따라 도전을 한다는 사람이 있다니!

휘의 말이 계속 임가형의 가슴을 울린다.

"따라서 이 싸움에는 그 누구도 관여할 수 없음을 선언하는 바이오!!"

명확한 철혈의 도전이다.

임가형은 자신도 모르게 벌건 얼굴로 크게 소리쳤다.

"나 철혈성의 임가형! 그대의 도전을 받아들이는 바이다! 오늘의 도전에서 생기는 모든 일에 대해서는 본인이 책임을 지는 바, 누구도 관여하지 않을 것임을······."

잠깐 멈칫한 임가형이 이를 지그시 깨물고 말했다.

"철혈성의 이름으로 약속한다!!"

십수 년 만의 철혈의 도전! 임가형의 가슴이 거세게 뛰었다.

옆에 서 있던 풍인강이 놀란 얼굴로 휘를 바라보았다.

참으로 가슴 뛰는 일이었다.

그도 어릴 때 말은 들었었다. 섬서의 무인들치고 그 말을 모르는 사람은 없다. 다만 십수 년 전에 사라진 말일 뿐.

공연히 가슴이 두근거리는 것을 느낀 풍인강은 조용히 연무장의 한쪽으로 물러났다. 철혈의 도전을 하고 받은 이상, 누구도 관여해서는 안 되는 것이다. 그것이 철혈의 도전법이었다.

무사들의 피 끓는 가슴이 식기도 전이었다. 휘가 천천히 한 걸음을 내딛는다. 만양이 중단으로 내려왔다.

임가형이 검기가 뭉친 철검을 들어올려 중단에서 멈췄다. 두 차루의 검이 서로 이빨을 드러내고 마주 본다.

이 장의 간격, 지나가던 나비 한 마리가 진저리를 치며 도망갔다.

임가형의 검이 슬쩍 비틀리더니 시퍼런 검기가 꿈틀대며 요동쳤다. 동시에 나아가는 일검이 쏘아진 화살처럼 휘의 가슴을 향해 시퍼런 이빨을 들이댔다.

순간, 부드러운 햇살이 쩍 갈라지더니.

쾅!

벼락 떨어지는 소리가 연무장을 울렸다.

사방으로 퍼지는 검기의 파편. 마른 대지에서 피어오르는 먼지구름.

주르륵.

네 걸음을 물러서는 임가형의 두 눈이 경악으로 부릅떠졌다.

상대의 검이 햇살을 가르며 상단으로 늘어지는 듯했을 때, 자신의 검은 정확히 가슴을 파고들었다. 한데… 늘어지던 검이 벼락이 되어 자신의 검을 내려쳤다. 그 충격에 검첨에 형성되어 있던 검기의 덩어리가 산산이 부서져 버렸다.

그러나 놀란 마음을 가라앉힐 사이도 없이 임가형은 검을 들어올려야
만 했다. 전신의 내력을 끌어올린 채.

단천락의 일 초를 내려친 휘의 신형이 스윽, 임가형을 향해 미끄러져
간다. 나아가던 신형이 언뜻 흔들린다 느껴지는 순간, 휘의 우수에 들린
만양이 허공에 원을 그렸다.

요요로운 만양의 그림자가 햇살에 반사되며 빛의 화살이 되어 비산한
다.

"흡!"

임가형의 입에서 다급한 신음이 터지고, 좌우로 휘둘러지는 철검에서
시퍼런 검기가 그물처럼 뻗어 나온다.

일순간, 나아가던 휘의 신형이 다섯으로 갈라졌다.

"타앗!"

대경한 임가형의 신형이 허공으로 튕겨져 올라가자, 휘의 환영도 회오
리치는 바람을 따라 올라간다.

허공에서 검을 휘돌린 임가형이 몸을 뒤집으며 검을 내질렀다.

웅명검기 가득한 백웅파(百熊破)!

휘도 만양을 좌우로 빗살처럼 엇갈려 내쳤다. 유성칠격사에 광섬의 검
결을 담아!

햇살이 광란하며 터져 나간다!

쩌저정! 콰광!

떨어지는 힘까지 더해 내려치는 임가형의 웅혼한 검격이 휘의 일격에
흩어져 버리자, 다시 튕기듯이 삼 장 밖으로 날아가는 임가형.

내려서는 순간 그의 두 눈이 홉떠졌다.

"헛!"

화려한 한 송이 붉은 꽃망울이 그의 두 눈동자에 맺혔다.

만양이 허공에 한 송이 꽃을 그리자 검첨에서 붉은 꽃망울이 맺혔다가 튕겨진 것이다.

고오오.

검첨을 벗어난 선홍빛 꽃망울이 임가형의 일 장 앞에서 꽃을 피운다. 그의 눈동자에서도 꽃이 피어난다.

화아악!

적루몽(赤淚夢)의 화려한 초현!

혈련삼화의 아름다움에 손에 땀을 쥐고 바라보던 사람들조차 넋을 잃어버렸다. 하지만 임가형은 넋을 잃을 시간조차 없었다.

그에게는 적루몽의 아름다움이 공포였다. 찰나간에 다가오는 적루몽의 살기가 전신의 신경을 곤두세우고 있었다.

이를 악물고 철검을 내질렀다.

붉은 연화의 화심(花心)을 향해! 혼신의 힘으로!

"야핫!!"

시퍼런 검기가 구슬처럼 뭉치더니, 뭉친 구슬이 연화의 중심에 부딪쳐 갔다. 검기탄의 경지, 웅패진멸!

한데,

화아악! 콰르르.

만개한 붉은 연화가 구슬을 삼켜 버리는 찰나, 휘의 손이 미묘하게 흔들렸다. 입에서는 나직한 일성.

"탄!"

순간, 구슬을 삼키고 주춤하던 혈련화가 번갯불처럼 쏘아지더니 임가형의 가슴에 붉은 꽃을 수놓아 버렸다.

"커윽!"

전신을 바르르 떨며 물러서는 임가형의 눈이 고통으로 일그러진다. 일

보 일 보에 땅이 세 치 깊이로 패인다.

찰나간에 벌어진 일. 믿을 수 없는 현실이었다.

가슴에서 피어난 혈련화가 점점 꽃잎을 벌리고 있다, 진한 혈향을 날리며.

다물어지지 않는 입으로 임가형이 물었다.

"이, 이게… 대체 무슨……."

휘의 무감정한 목소리가 임가형의 귀청을 두들기고,

"적루몽!"

임가형의 눈에서 참을 수없는 감탄이 떠올랐다.

"정말… 멋진……."

"아직 끝나지 않았소."

"물론……."

휘의 신형이 주욱 나아간다.

'시작을 했으니 끝을 본다!'

임가형은 검을 늘어뜨리고 눈을 반개한 채 휘가 다가오는 모습을 바라봤다.

그의 말대로 끝난 것이 아니다. 가슴에 일검을 맞았지만, 자신의 검기에 위력이 많이 약해져 있던 상태. 충격은 받았지만 절망적이지는 않을 정도였다.

진실로 절망적인 것은, 도대체가 오십여 년 강호 생활에 눈앞의 젊은 이가 펼치는 것 같은 검격은 한 번도 보지 못했다는 것. 바로 자기 자신에 대한 회의였다.

스윽.

들어올리는 검에서 검기가 아른거린다.

임가형은 이제 승부에 대한 미련을 버렸다. 실질적으로는 이미 승부가

났다. 남은 것은 서로 간에 풀어야 할 한(恨)!

들어올린 검에 서린 모든 미망을 버렸다.

검에 대한 집착도 없었다. 그저… 다가오는 검에 마주할 뿐이었다. 혼을 담고 마음을 담아.

주욱 나아간 휘의 우수가 허공으로 들리고, 한줄기 벼락이 만양의 끝에서 굼실거렸다. 단천락!

쾅!

굉음이 연무장을 덮었다.

휘의 눈에 이채가 서렸다. 가벼운 놀람.

'다르다. 좀 전과는 또 다르다. 무슨……?'

임가형의 가슴은 희열로 타올랐다.

'그거였던가? 모두를 버려야 했던가? 버려야 얻을 수 있는 것이었던가?'

그러나 시간이 없었다. 이십여 년 자신을 괴롭히던 벽이 무너지는 것을 봤는데…… 이제야 벽을 무너뜨리는 방법을 깨달았는데……. 빛살이 광란의 파도가 되어 밀려오는 것이다.

절혼광!

만양의 빛이 쏟아지는 햇빛을 가르며 밀려온다.

임가형은 초연한 마음으로 검을 들었다. 영롱한 파란 기운이 검을 감싸며 광란의 파도에 부딪쳐 간다.

콰르르. 쩌저적!

"커억!!"

굉음에 이은 답답한 신음. 영롱한 기운이 빛살에 잘려 나갔다.

주르륵.

밀려난 임가형의 가슴에 혈선이 그어졌다.

혈련화에서 가지가 뻗는가 싶더니 그곳에서 시뻘건 잎사귀가 자라난다.

그러나 휘의 무심한 눈빛은 임가형의 눈에 고정되어 있었다.

임가형은 핏물이 흐르는 것도 잊은 채, 웃음을 지으며 휘에게 물었다.

"봤나?"

휘가 대답했다.

"봤소! 훌륭한 검강이었소."

임가형이 툴툴거리며 웃는다.

"크크, 이제야 봤는데… 이제야……. 고맙군, 자네 덕분이야."

천천히 무릎이 구부러지는 임가형을 바라보며 휘가 고개를 저었다.

"그 검강은 당신의 것이오. 나에게 고마워해야 할 이유가 없소."

"그런가?"

한마디 말을 남기며 쓰러져 가는 임가형의 얼굴에 환한 웃음이 피어났다.

가슴의 붉은 연화보다 더 환한 웃음이.

주위에는 언제 모여들었는지 십여 명의 무사들이 둘러서 있었다. 그러나 누구도 입을 열지 못했다. 침묵만이 철산장의 대지를 짓누르고 있었다.

철혈성 한중 분타주이자 섬서의 호랑이라 불리던 응패검 임가형이 쓰러졌다. 그것도 한중 분타의 한가운데서, 철혈의 도전을 받고.

만일 이 사실이 알려지면 강호가 들끓어 오를 일이었다.

하지만 이 일이 밖으로는 알려지지 않을 가능성이 컸다. 설령 알려진다고 해도 그저 임가형이 패배했다는 정도일 뿐일 것이다. 철혈의 도전은 공식적으로 폐기되었으니까.

그러나 세상을 집어삼키는 겁화도 불씨 하나에서 시작이 되느니…….

휘가 걸어간다. 쓰러진 임가형을 뒤로하고 걸어간다.

말을 잊고 굳어 있던 무사들이 좌우로 갈라졌다. 그들은 암묵적으로 임가형이 철혈의 도전을 수락한 사실을 인정하고 있었다. 자신들이 존경했던 임가형의 마지막 자존심을 지켜주기로 한 것이다.

자신들의 능력을 떠나서 휘를 막지 않았다. 그것은 또한 그들의 가슴을 울린 철혈의 도전이 아직 가라앉지 않았기에 그러한 것이었다. 그러나 다 그런 마음을 가지고 있는 것은 아니었다. 특히 비응대주 호명걸 같은 사람은.

"모두 뭐 하는 건가? 저놈을 막지 않고?!"

몇 명의 무사가 호명걸의 말에 휘의 앞을 가로막았다. 그러자 휘가 무심한 눈으로 호명걸을 보며 말했다.

"그대가 막지 그러나?"

"헉!"

호명걸은 자신도 모르게 두 걸음을 물러났다.

"나는 임가형 분타주와 철혈의 도전법에 따라 비무를 치렀다! 철혈성의 이름을 걸고. 이곳은 철혈성의 대지가 아니던가?"

휘의 전신에서 상대를 억압했던 기운이 알게 모르게 흘러나오자, 한마디 한마디에 호명걸의 안색이 시시각각으로 변해갔다.

휘는 그를 뇌두고 둘러싼 사람들을 바라보았다.

"오늘의 일전에 불만이 있는 사람은 나에게 도전하라! 철혈의 도전법에 따라! 그렇지 않고 뒤에서 노리는 자는……."

우수의 검지가 붉게 물들었다.

"저렇게 될 것이다."

붉은 혈루가 검지 끝에 맺혔다가 튕겨졌다.

삼 장을 쏘아가던 피보다 더 붉은 구슬이 어느 순간 확, 피어났다. 그리고,

팍!

오 장 밖에 있던 정원석의 한가운데 틀어박혔다. 한 송이 아름다운 연화를 세 치 깊이로, 주먹만하게 그려내며.

"약속하지!"

단호한 한마디를 내뱉고 걸음을 옮겼다.

주춤.

앞을 막았던 자들이 물러선다. 휘가 멈추지 않고 계속 걷자 막아섰던 자들은 끝내 물결이 갈라지듯 쫙 갈라져 버렸다.

저벅저벅.

그 사이로 거침없이 걸어나간다.

누구 하나 휘의 앞을 막을 생각도 못하고 바라만 봤다.

뒤쪽에 처져서 두근거리는 가슴을 누르고 있던 풍인강이 묵묵히 그의 뒤를 따라갔다.

호명걸이 붉어진 얼굴로 주위를 돌아보았다. 그러다 두 명의 호위 무사가 임가형을 끌어안고 있자 화난 얼굴로 소리쳤다.

"왜 안 막는 거요? 당신들은 분타주님의 직속 호위 무사가 아니오?"

호위 무사가 굳은 표정으로 고개를 저으며 말했다.

"분타주님은 그에게 약속했소, 철혈성의 이름으로. 설마 호 대주는 철혈성의 이름으로 한 약속을 파기할 생각이란 말이오?"

"그, 그건… 철혈의 도전이 사라진 지가 언젠데……."

"철혈의 도전은 사라졌을지 몰라도 철혈성은 건재하오. 막으려거든 호 대주가 막으시오. 우리는 분타주님을 의원에게 데려가야겠으니."

호명걸의 눈이 파르르 떨렸다.

휘는 벌써 웅천각을 돌아가고 있었다. 그럼에도 아무도 나서지를 않는다. 물론 호명걸은 혼자서 나설 생각 따위는 추호도 없었다.

'제기랄! 미쳤냐? 분타주도 깨졌는데 내가 어떻게 막냐?'

정문을 나서기까지 아무도 막지를 않았다.

신가와 오가는 그때까지도 정문을 지키고 있었다. 교대 시간이 넘었음에도 교대조가 오지 않는 것을 원망하며.

휘는 정문을 나서며 두 사람을 향해 빙긋 웃음을 지어주었다.

"덕분에 일은 잘 처리했소. 수고하시오."

"아! 잘되었다니 다행입니다. 안녕히 가십시오!"

휘가 신가와 오가의 깍듯한 인사를 받으며 유유히 걸어나가자, 뒤따라가던 풍인강은 어안이 벙벙해졌다.

저자들은 안에서 무슨 일이 일어났는지 알고나 있을까? 아마 모를 것이다. 만약 알았다면?

쿡!

냉면한풍의 대명사 풍인강의 얼굴에 웃음이 떠올랐다. 그리고,

'헉! 내가 웃다니!'

스스로 놀라 버렸다. 진천검문이 무너진 지 이 년 만에 처음으로 웃은 것이었으니…….

수한진에 들어서던 휘가 뒤를 돌아보며 물었다.

"내게 볼일이 있소?"

풍인강이 자신도 모르게 입을 열었다, 딴에는 냉랭하게.

"당연히! 당신이 나의 오 초를 가로채지 않았소?"

"그래서, 지금 하자는 거요?"

움찔.

풍인강은 하늘을 올려다봤다.

"아직은, 솔직히 아직은 안 된다고 생각하오. 하지만 언젠가는 받아낼 것이오!"

주먹을 움켜쥔 풍인강의 눈이 가늘게 떨렸다.

그 모습을 보며 휘는 그의 가슴이 생각보다는 차지 않을 것 같다는 생각이 들었다.

'얼굴은 영락없이 얼음판인데……'

"맘대로 하시오, 나도 지쳤으니까."

풍인강은 미미하게 고개를 끄덕였다.

'임가형 같은 고수하고 전력을 다해 한판 했으니 안 지치면 그게 이상한 거지.'

오해는 자유였다. 휘의 말은 떼쟁이를 상대하는 데 지쳤다는 뜻이었거늘……

웅이루에 다가가자 초평우가 보였다.

밖에 나와 서성거리고 있던 초평우가 휘를 발견하고는 득달같이 달려왔다.

"형님!"

"초 형, 왜 나와 있습니까?"

초평우가 주먹을 불끈 쥐었다.

"그거야, 만일 무슨 일이 있으면 철산장으로 쳐들어가려고……"

휘가 빙그레 웃었다.

"다 잘됐습니다. 흠, 별일없으면 떠납시다."

초평우가 힐끔 풍인강을 바라보고는 휘에게 물었다.

"저 사람은 뭡니까? 얼음으로 깎아 만든 것 같은 얼굴을 하고……."

"그럴 일이 있습니다. 신경 쓰지 마시고 갑시다. 아무래도 지금부터는 바빠질 것 같으니까."

휘는 초평우에게 말하며 서쪽을 바라보았다.

'불씨는 던져졌다. 철혈성이여! 어디 덤불을 안고 굴러봐라!'

3

탕!!

손바닥을 내려치자 한 자 두께의 원목 탁자가 금방이라도 부서질 듯이 요동을 쳤다.

"무슨 소린가? 임가형이 비무에 져서 쓰러졌다니?"

철운성의 노한 외침이 철혈대전의 대들보를 뒤흔들었다.

근래 들어 보기 드문 일이었다.

승승장구하며 세력을 키워 나간 철혈성이었다. 그렇기에 분타주급 이상의 고수가, 그것도 웅패검 임가형이, 다른 이유도 아닌 비무로 인해서 무너졌다는 것은 충격일 수밖에 없었다.

비록 절정의 고수는 아니라 하나, 철혈성을 통틀어 능히 열 손가락 안에 들어가는 고수였다. 그런 그가 비무에 져서 쓰러졌단다. 무공을 잃고 가까스로 목숨만 건진 채.

"대체 누가 감히 한중에서 본 철혈성에 칼을 들이댄단 말인가?"

철운성의 음성이 낮게 깔릴수록 대전 안의 공기도 싸늘히 식어갔다.

한중은 철혈성의 본거지와도 같다. 한중이 무너진다면 철혈성의 코앞에 적이 얼굴을 들이댄 것과도 같다, 그러니 모두가 긴장할 수밖에. 그러나 풍혈단주 육광의 이어진 보고에 비하면 지금까지의 놀람은 시작에 불과했다.

육광이 머뭇거리다 나직이 말했다.

"이름도 모르는 젊은 자였다 합니다."

"젊은 자?"

철운성의 눈이 번뜩였다. 그리고 마침내 이어진 육광의 한마디.

"한데… 그가 철혈의 도전법에 따라 임가형에게 도전을 했다 합니다."

쿠궁!

"뭣이?!"

"무슨 소리요?"

모여 있던 단주급 간부들의 눈에 어이없다는 빛이 떠올랐다. 황당하다는 표정으로.

의자에 깊숙이 몸을 파묻으며 조용히 손을 들어올리는 철운성의 눈에서도 불꽃이 일었다.

"자세히… 자세히 말해 보시오!"

육광이 한중 분타에서 전해온 기나긴 전서에 적힌 이야기를 하나도 빠짐없이 해나갔다. 시간이 지날수록 사람들의 얼굴에는 놀람이, 의아함이, 결국에는 경악이 자리잡고,

"뭐요? 육 초? 그걸 지금 말이라 하시오?"

철군명이 벌떡 일어서 질책하자 육광의 얼굴이 일그러졌다.

"그럼 소성주께선 내가 지금 거짓을 보고하고 있단 말이시오?"

"그만!"

철운성이 일갈을 내질러 두 사람의 말다툼을 막고는 고개를 돌려 옆의 흑의인을 바라보았다.

"곡 총령은 어찌 생각하시오?"

곡중헌이 특유의 음울하면서도 무거운 음성으로 입을 열었다.

"천하에는 고수가 많습니다, 우리가 생각하는 것보다도. 얼마 전에 서령각을 침입했던 자만 보아도 그렇고 말입니다. 젊은 자라 해서 고수가 없으란 법은 없습니다. 문제는 그가 누구고, 무슨 목적으로 임가형을 쳤는지, 그게 중요하겠지요. 보고대로라면 임가형과 개인적인 일이라 했습니다만……."

"게다가… 철혈의 도전을 했단 말이지……."

철운성의 눈이 붉게 타올랐다, 분노의 불길이.

자신이 폐지한 철혈의 도전을 들먹이며 임가형을 무너뜨렸다. 그것은 자신에 대한 명백한 도전이었다. 철혈성의 성주로서, 철운성은 그것을 용서할 수가 없는 것이다.

"육광!"

"예! 성주!"

"지금 즉시 모든 정보력을 총가동해서 놈의 행방을 찾아라! 철혈성의 적은 천하의 어디에도 발을 붙이지 못함을 만천하에 알릴 것이다!"

"존명!"

육광이 철운성의 기세에 무릎을 꿇고 복명하자, 일어서 있던 철군명이 철운성을 바라보았다.

"아버님! 소자가 철혈단을 이끌고 놈을 잡아오겠습니다."

철운성이 불길이 이는 눈으로 철군명을 직시했다. 상대는 임가형을 육초에 무너뜨린 자다. 사실이든 아니든.

'과연 군명이 그를 잡을 수 있을까?'

그러나 생각은 길지 않았다. 어차피 자신의 뒤를 잇기 위해선 세상을 알아야 한다. 도검난무의 강호를. 설사 잘못된다 해도 손자가 있지를 않은가?

"가라! 그러나 잡지 못하면 돌아올 생각을 하지 말아야 할 것이다!"

철군명의 두 눈이 가늘게 떨렸다. 설마 그 정도로까지 집착할 줄은 몰랐다는 눈빛이다. 철군명은 이를 지그시 깨물었다.

철운성은 철군명의 표정을 외면하고 우측으로 눈을 돌렸다.

"곡 총령!"

"말씀하시지요."

"총령의 힘을 좀 빌려야겠소."

철운성의 말에, 곡중헌은 희미하게 웃으며 고개를 끄덕였다.

임가형이 그리 당했을 정도면 그저 몇 명의 고수를 보낸다고 해결될 일이 아니다. 그렇다고 많은 수의 고수들을 내보낼 수도 없다. 만일 철혈성과 적대 관계인 문파들이 본다면 절호의 기회로 볼 터, 철운성은 소수의 살수를 원하는 것이다.

"이번에 온 아이들을 보내지요."

'어둠의 혼백을 지닌 아이들을……. 후후후, 성공하든 못하든 본 궁이 움직일 기회가 될 수 있겠어. 대공자께서 좋아하시겠군.'

철운성은 천천히 고개를 끄덕이며 전면을 바라봤다. 그리고 한마디 한마디 칼로 자르듯이 말했다.

"철혈의 도전은 폐기되었다! 오직 그것만이 진실이다! 모두 명심하도록!!"

"존. 명!"

석양이 뭉게구름을 핏빛으로 물들이며 서산 너머로 넘어갈 무렵, 흑마전이라 이름 붙여진 전각의 내전.

곡중헌의 앞에는 온통 어둠으로 물든 흑의인이 무릎을 꿇고 있었다.

"암인(暗刃)."

“예, 영주!”

“풍혈단이 정보를 줄 것이다. 아이들을 데리고 움직여라. 철군명보다 먼저 놈을 잡아야 할 것이다. 대공자의 위신이 걸린 만큼 실패는 허락치 않겠다.”

흑의인의 눈에서 어둠이 흘러나오고,

“대공자의 뜻대로…….”

“가라!”

곡중헌의 나직한 일갈에 흑의인이 그림자도 남기지 않고 어둠 속으로 사라졌다.

철군명은 앞에 앉은 네 명의 대주를 바라봤다. 차갑게 가라앉은·그의 두 눈에선 살기마저 번뜩일 정도였다.

“아버님께선 나에게 모든 것을 걸라 하셨다. 결국 이번 일이 시험대라는 말이겠지. 흥! 본 단주는 보기 좋게 놈의 목을 가져올 것이다. 그러기 위해선 그대들의 힘이 절대적으로 필요하다. 모두 목숨을 건다는 각오로 이 일에 임하도록!”

철군명의 말에 황의의 청년이 대답했다.

“너무 걱정하지 마십시오, 사형! 듣자 하니 젊은 놈이라 하던데, 당금 천하에서 저희들이 어찌하지 못할 젊은 자가 몇이나 있겠습니까? 저희도 이번 일을 단단히 벼르고 있습니다.”

“사공민, 만에 하나라도 실패한다면 최악의 경우 우리는 성으로 돌아올 생각을 버려야 할지도 모른다.”

부르르.

사공민을 비롯한 네 명의 대주가 자신도 모르게 몸을 떨었다. 그러자 철군명이 한마디를 덧붙였다.

“성공할 것이다가 아니라 꼭 성공해야만 한다!”

‘그래야 신마천궁에 나의 입지를 굳힐 수 있다. 흑마령주가 어둠의 아이들을 움직인 이상은…….’

단순히 살인자를 잡는 일이라 생각했다. 해서 이번 일을 그저 경험을 쌓는 정도로 생각했었다. 한데, 그게 아닌 듯하다. 철군명이 저렇게까지 신경을 쓰는 것이.

생각보다 상황이 심상치 않음을 느낀 철혈대주들의 표정이 침중하니 굳어져 가고, 영호련 역시 아름다운 아미가 찌푸려졌다.

‘자칫하면 나락으로 떨어진다. 아무래도 기분이 좋지 않아…….’

건너편을 바라보니 웅경의 눈도 깊게 가라앉아 있었다. 그 역시 불길한 예감을 느낀 것인가?

대주들의 마음 따위는 상관도 없다는 듯 철군명이 나직이 으르렁거렸다.

“나를 위해서도, 너희들 자신을 위해서도, 놈을 꼭 우리 손으로 잡아야 할 것이다!”

4

만향로 물상만가의 안채에는 자시가 넘었음에도 굵은 황촛불이 실내를 밝히고 있었다.

“뭐? 임가형을 어쨌다고? 어쩐지 철혈성에서 한중 일대를 뒤지고 있다는 소문이 돌더라니…….”

만시량이 입을 쩍 벌리며 놀라 부르짖었다.

“역시 빠르군요. 하지만 아직 걱정하실 정도는 아닙니다. 면구를 쓰고 행동했으니 아직 저에 대해서 알아낸 것은 별것이 없을 것입니다.”

“그래도 조심해야 하네.”

“이미 저의 흔적은 초 형과 함께 한중의 외곽으로 향하고 있습니다.”

“음?”

“좀 이상하게 만나긴 했지만, 저를 대신해서 놈들의 추적을 혼란시키고 있는 사람이 있습니다. 물론 그는 자신이 뭘 하고 있는지도 모르고 있지만 말입니다.”

만시량을 어느 정도 안심시킨 휘가 태연히 입을 열었다.

“그건 그렇고, 노야께 부탁드릴 일이 있습니다.”

“부탁?”

‘명령이 아니고? 능구랭이 같은 놈.’

그래도 말은 묵직하게.

“뭔가?”

“철혈성의 움직임을 철저히 주시해 주십시오.”

“그거야 당연히……. 설마, 신비 세력?”

만시량이 눈을 부릅뜨자 휘가 고요히 가라앉은 표정으로 고개를 끄덕였다.

“예, 놈들이 움직일 겁니다. 아니, 어쩌면 벌써 움직였는지도…….”

“음…….”

만시량의 눈이 긴장으로 굳어졌다. 자칫 불똥이 튀면 만향로는 피로 뒤덮인다.

휘도 잘 알고 있는 일이었다.

“저들은 당분간 저로 인해서 정신이 없을 겁니다.”

“자네……?”

“물론 언젠가는 이곳을 알지도 모릅니다. 그전에 이곳 사람들을 옮길 곳을 물색해 주십시오. 어차피 언제까지 이곳에 있을 수는 없으니까요.”

"음, 자네가 저들을 끌고 다니는 건 너무 위험하네."

"너구리를 잡기 위해서는 일단 굴에서 끌어내야겠지요. 누가 됐든 말입니다. 일단 태백산으로 놈들을 끌어들일 생각입니다. 산이 깊을수록 놈들의 눈도 어두워질 테니까요."

만시량이 심각한 표정으로 휘를 바라본다. 휘도 무거운 표정으로 만시량의 노안을 응시했다.

"저, 그렇게 만만한 놈 아닙니다. 철혈성의 뒤에 있는 놈들, 저 잡으려다가 온몸에 골병 좀 들 것입니다."

"끙, 말이나 못하면……."

휘가 무거움을 털어내 버리고 빙그레 웃었다.

"조심하시고 사람들이나 강하게 만들어놓으세요, 태.상.호.법.님!!"

축시가 지나가는 시각.

휘는 어둠을 달려 만향로를 벗어났다.

철저히 혼적을 숨기고 들어왔다 하지만, 하늘의 별도 달도 보고 있었다. 면구를 쓴 얼굴을 아는 자가 없으니 누가 그를 본다 해도 알아보지는 못할 것이다. 그래도 수상쩍은 사람을 찾다 보면 쥐가 소 발에 밟히는 수도 있는 법, 무조건 조심이 최상책이었다.

한중에서 북동쪽 삼십여 리 떨어진 연정산 초입, 어둠에 묻혀 달빛조차 보이지 않는 송림 속으로 하나의 그림자가 스며들었다.

빠르게 나아가던 그림자는 오십여 장을 더 전진한 다음, 한 채의 목옥이 나타나자 걸음을 멈추었다.

"초 형?"

그림자가 부르는 소리에 덜컥, 나무 문이 열리더니 초평우가 모습을 보였다. 그곳은 초평우가 초가보의 눈을 피해 숨어 지낼 때 사용했다는 목옥이었다.

"형님!"

그의 심정을 대변하듯, 반가워하는 그의 얼굴에는 아직도 초조한 표정이 남아 있었다.

안으로 들어가자 한쪽에서 조용히 앉아 눈을 감고 있는 풍인강이 보였다. 아무리 구박을 줘도 말없이 따라오는 그를 초평우로서는 떨쳐 낼 재간이 없었을 터였다.

휘로서도 나름대로의 생각이 있었기에 그냥 놔두었다. 아마 철혈성이 조사를 하다 보면 휘와 같이 나간 풍인강의 움직임까지 관심을 둘 테고, 그러다 보면 풍인강의 흔적이 곧 휘의 흔적이라 생각하고 뒤쫓을 것이다.

결국은 알게 모르게 풍인강이 휘를 도와준 꼴이 된 것. 게다가 그로 인해서 만향로의 사람들이 안전해질 수 있다면 일석이조라 할 수 있었으니……

풍인강은 그대로 놔둔 채 굳은 표정의 휘가 초평우를 향해 입을 열었다.

"철혈성이 움직이기 시작했습니다. 아직은 우리를 쫓는 자들이 없습니다만, 아마 내일이 지나면 우리의 흔적을 발견하고 쫓기 시작할 것입니다. 살얼음판을 걷는 것과 같은 상황이 계속되겠지요. 한데……"

잠시 말을 멈추자 초평우의 표정이 굳어진다.

"초 형은 따로 갈 곳이 있습니까?"

"…없습니다."

고개를 푹 숙이는 모습에 휘가 나직이 말했다.

"저와 다니면 매우 위험할 것입니다. 죽을지도 모릅니다."

"헤어져도 마찬가집니다."

잠시 생각에 잠겨 있던 휘가 초평우에게 말했다.

"잠깐 뒤돌아 앉아 보겠습니까?"

초평우가 조심스럽게 돌아앉았다, 두근거리는 가슴으로. 그러다 휘의 손이 명문에 닿자 몸이 부르르 떨렸다.

그도 안다, 휘가 무엇을 하려는지. 초가보에 있을 때 많은 사람이 행했던 일이었으니까. 비록 나중에는 다들 포기했지만.

명문혈을 통해 천양의 기운을 밀어 넣던 휘의 반개한 눈에서 은은한 열기가 어렸다. 무언가 실마리를 찾았다는 듯.

"초 형, 강해지고 싶지요?"

번쩍.

초평우의 고개가 들렸다.

"무, 물론입니다."

정좌한 채 얼음으로 만든 부처처럼 앉아 있던 풍인강도 슬쩍 실눈을 뜨고 휘의 입을 바라본다.

휘가 신중하게 입을 열었다.

"고통이 뒤따를 것입니다. 성공한다 확신하기도 어렵고……. 그래도 하시겠습니까?"

초평우가 입술을 깨물었다.

"어떤 고통이 따른다 해도 하겠습니다. 아시잖습니까, 형님도?"

휘가 천천히 고개를 끄덕였다. 그도 들어서 안다, 초평우가 직면한 상황을. 초평우는 죽을 확률이 열에 아홉이라고 해도 달려들 것이다. 그만큼 절실하니까.

"일단 내기를 키워야 합니다. 훌륭한 외공이 없는 것은 아니나 외공에는 한계가 있습니다. 금강석처럼 몸을 단단히 한다 해도 공격이 약하다면 반쪽짜리밖에 되지 않습니다."

"단전을 다쳤는데, 어떻게……?"

초평우의 얼굴이 일그러졌다.

"단전이 다쳤다 해서 내공을 익히지 말란 법은 없습니다. 물론 일반적인 방법과는 많이 다를 것입니다. 사실 어느 정도의 고통이 따를지 저도 확실히는 모릅니다. 다만 척추를 불로 지지는 고통이 있을 거라는 것이 저의 생각입니다."

"고통은 상관없습니다. 설사 죽는다 해도……."

초평우의 죽음을 도외시한 각오에 풍인강의 어깨가 흠칫 떨렸다. 그저 우직하기만한 곰 같은 자인 줄 알았더니 그것만도 아닌 것 같다는 눈빛이다.

휘가 침중하게 가라앉은 눈으로 초평우를 직시했다.

"길을 가는 도중 틈틈이 초 형의 기맥을 다스리겠습니다. 처음에는 제가 길만 잡아드릴 것입니다. 나중에는 초 형이 직접 움직여야 합니다, 아무리 힘이 들더라도."

"알겠습니다. 죽기를 각오하고."

휘가 빙그레 웃었다.

'도사할배, 속에 불을 담고 있는 사람입니다. 잘 좀 봐주세요. 세상에 나와 처음으로 저와 맺어진 사람이니까요.'

7장
태백산의 밤

1

섬서성제일의 대산이자 진령의 태두, 태백산(太白山).

수많은 설화와 전설이 담긴 신산(神山)답게 웅장한 산세는 동서로 수백 리를 뻗어 서(西)로 천대산, 동(東)으로 종남산과 맞닿아 있었다.

그러한 동부 내륙의 제일거산 태백산 남쪽 줄기에 위치한 평자현에 세 사람이 들어선 것은 연정산의 목옥을 떠난 지 나흘 만의 일이었다.

단순히 길만 재촉했다면 이틀이면 가능한 길이었다. 그러나 틈틈이 초평우를 위해 시간을 내야 했기에 발걸음은 더딜 수밖에 없었다.

초평우는 이 나흘간, 태어나 지금까지 겪었던 고통보다도 더 많은 고통을 하루에 세 번씩 겪어야 했다. 오죽했으면 죽기를 각오했다는 사람의 입에서 차라리 죽는 게 낫다는 소리가 나왔을까.

천양의 기운을 이용해 강제로 독맥의 혈에 길을 낸다는 것은, 그만큼 지독한 고통이 수반되어야만 했다. 사실 말이 그렇지, 천양의 기운이 담긴 손바닥으로 전신을 가격당하는 고통은 이루 말할 수가 없었다. 뼛속 깊이 천양의 열기가 파고들며 신경이란 신경은 모조리 태워 버릴 듯한데 어찌 고통스럽지 않을까.

하지만 어찌하겠는가. 휘가 아는 방법이라곤 석두아버지가 가르쳐 준 것—두들겨 패서 선천적인 본능 끌어내기—밖에 없는 것을.

무식한 방법이긴 해도 단시간에 효과를 보는 데는 그만한 방법이 없다는 것이 휘의 생각이었다.

그래도 이를 악물고 견딘 덕분에, 이제는 휘가 두들겨 패도 기절은 하지 않을 정도까지는 되었다. 겨자씨만한 천양의 씨앗도 생성되었고.

그러나 초평우에게는 그 고통보다도 더 견디기 어려운 것이 있었으니, 바로 천양의 법문을 외우는 것이었다.

나흘간 두들겨 맞으며 외운 법문이 이제 겨우 일 할 정도인 도입 부분, 아직도 가야 할 길은 까마득한 것이다. 다 외울 수나 있을지…….

그나마 다행이라면 아주 미약한 기(氣)였지만, 기가 형성되자 그의 도가 이름 그대로 풍절도의 도세를 조금씩 찾아가고 있다는 것이었다.

신이 난 초평우는 고통도 잊은 채 길을 걷는 내내 시간만 나면 도를 휘둘러 댔다. 풍인강을 슬슬 건들면서.

"이봐! 한판 하자니까?"

그렇게 평자현에 들어설 때쯤 초평우의 모습은 완전히 변해 있었다. 곰 같던 덩치가 단 나흘 만에, 이제는 그저 키 큰 늑대 정도로 보일 뿐이었다. 풍 맞은 늑대가 아닌, 눈에서 광기가 번들거리는 진짜 광랑(狂狼).

휘는 계속 따라오는 풍인강의 사정에 대해서는 아무것도 묻지를 않았다. 그러자 이틀째 되던 날, 풍인강이 무뚝뚝한 한마디 말로 자신의 입장을 밝혔으니…….

"나도 혼자요."

누가 물어나 봤나? 쌀쌀 맞기는.

그렇게 길을 가다 보니 휘의 오른쪽에서는 미친 늑대가 눈에서 광기를 번들거리고, 왼쪽에서는 얼음덩이가 냉기를 풀풀 날리며 걷고 있었다.

휘는 평자현에 들어서자, 보다 못해 두 사람에게 강력한 경고를 주었다.

"마을에 들어가면 그 표정들 바꾸세요. 만일 사람들 표정이 이상하게 변하면… 저 혼자 갑니다."

그 말에 초평우가 미소를 지었다, 토끼를 앞에 둔 늑대의 미소를.

풍인강도 뒤질세라 입술을 살짝 비틀었다, 쪼개진 얼음 조각처럼.

두 사람의 괴상한 표정을 바라본 휘가 머리를 저었다.

'도대체가 멋대가리라고는……. 어휴, 앞날이…….'

그저 한숨만 나온다. 그나마 두 사람 덕분에 칼날같이 곤두섰던 긴장이 완화된 것에 위안을 삼는 휘였다. 어쩔 수 없다는 표정으로 쓴웃음을 지은 휘는 오십여 리 떨어진 곳에 웅장한 자태를 드러내고 있는 태백산을 바라보았다.

'마침내 태백산이군. 저렇게 멋진 산을 피로 물들여야 하다니…….'

2

준양을 지나 대고평의 능선에 오르면 저 멀리 태백산의 위용이 한눈에 들어온다.

그 모습이 어찌나 장관이던지, 태백산을 바라보며 술 한잔을 하기 위해 대고평의 태백객잔에 들르는 사람이 하루 수백에 이를 정도였다.

해가 서서히 서산으로 기울어가는 신시 말, 태백객잔에는 십여 명의 사람이 술잔을 기울이며 태백산의 아름다움을 이야기하느라 열을 올리고 있었다.

칠녀봉(七女峰)이 어떻고, 상반사(上盤寺)가 어떻고… 석해(石海)를 보지 않은 사람은 태백산을 올랐다 말하지 말라는 둥…….

그러나 창가 한쪽의 탁자에서만큼은 다른 곳과 다르게 고요한 냉기만이 흘러나오고 있었다.

백색의 비단 장포를 멋지게 차려입은 삼십 초반의 장한을 중심으로 둘러앉은 삼남 일녀. 바로 철혈성을 떠나온 철군명 일행이었다.

백의를 입은 철군명이 이마를 찌푸리며 앞에 앉은 날카로운 인상의 청년을 바라보며 물었다.

"조국령, 놈들의 현재 위치는?"

"풍혈단의 보고에 의하면 이곳을 떠난 지 세 시진, 지금쯤이면 평자현에 들어섰을 거라 추측하고 있습니다."

"추측?"

철군명의 눈빛이 새파랗게 빛나자 청년의 표정이 창백히 굳어졌다.

"확실합니다, 단주!"

철군명이 우측의 커다란 덩치의 청년에게로 고개를 돌렸다.

"웅경, 우리가 곡 총령의 아이들보다 놈들을 먼저 발견할 수 있을까?"

"모든 것은 소성주의 마음에 달려 있지 않겠습니까?"

웅경의 대답에 철군명이 희미하게 미소 지었다.

"내 마음이라……. 나는 조금 두고 봤으면 하네만."

"무슨 이유라도 있으신지?"

좌측의 키가 큰 청년, 사공민이 이마를 찌푸리며 반문하자 철군명이 차갑게 코웃음 쳤다.

"흥! 총령의 아이들이 대체 얼마만한 능력이 있는지 알고 싶거든."

"곧 알게 될 거예요."

철군명이 흥미가 동한 눈길로 묘한 말을 내뱉은 영호련을 바라보았다.

"그리 단정하는 이유는?"

영호련이 반쯤 감은 눈으로 창밖을 응시하며 조용히 말했다.

"여기까지 오는 동안에 그자의 흔적을 너무나 많이 봤어요. 그건 세 가지 정도로 생각할 수 있겠지요. 첫 번째는 그가 멍청하거나 무신경해서, 두 번째는 신경 쓸 필요가 없을 정도로 자신에 대한 강한 자부심이 있어서, 그리고 다른 하나는……."

영호련이 말을 하다 말고 창밖에서 불어온 바람결에 휘날린 머리를 쓸어 올렸다. 순간,

"아!"

느닷없는 탄성이 객잔을 울렸다. 그러자 영호련의 눈이 날 서린 비수처럼 반짝였다. 마치 '어떤 놈이!' 하는 눈빛이다.

'나를 무사로 보지 않고 여자로 보는 놈들은…….'

하지만 영호련은 눈빛을 접고 입술만 잘근 깨물어야 했다. 네 명의 남자 모두가 입을 벌리고 있었던 것이다.

한 사람이라면 어떻게 해보겠지만, 넷을 닦달한다는 것은 그녀로서도 무리일 수밖에 없었다. 더구나 철군명까지…….

'제기랄! 달린 것들이란!'

"험, 그래, 다른 하나는?"

철군명이 무안한지 재빨리 질문을 던졌다. 다른 사람들도 살았다는(?) 듯한 묘한 표정을 지으며 그녀의 입만 쳐다보았다. 하는 수 없이 영호련은 눈빛을 죽이고는 입을 열었다.

"다른 하나는 그가 일부러 그렇게 했다는 것이지요."

"일부러?"

"고의로 행적을 드러냈다고?"

사공민과 웅경이 놀라 소리치자, 철군명이 무겁게 가라앉은 목소리로

영호련에게 물었다.

"그렇게 생각하는 이유는?"

"간단해요. 한중 분타에 자연스럽게 들어가 임가형 분타주를 무너뜨리고 유유히 빠져나온 자가 너무 쉽게 발견되고, 너무 많은 흔적을 남겼거든요."

사공민이 눈살을 찌푸리며 물었다.

"그 정도만으로 어찌?"

"꼭 찍어서 먹어봐야 아나요?"

영호련의 비꼬는 말에 사공민의 표정이 와락 구겨졌다. 그러자 영호련이 말을 이어갔다.

"생각해 봐요. 한중 분타에 들르기 이전의 그에 대해서 아는 사람이 있나요?"

"……."

아무도 없다. 심지어 풍혈단조차 그것에 관해선 아직 모를 것이다.

모두가 말을 못하고 입만 벌리고 있자 영호련이 마지막 못을 박았다, 네 사람의 눈을 하나하나 직시하며.

"그렇게 철저했던 사람이 어느 날 갑자기 멍청하게 행동한다? 그렇게 생각한 사람들이 멍청한 것 아닌가요?"

'바로 당신들 말이야' 하는 그런 눈빛으로 바라본다.

네 사람이 졸지에 멍청이가 되어버렸다. 하지만 누구도 반박을 할 수가 없었다.

그제야 일의 심각성을 눈치챈 철군명의 눈이 번질거렸다.

그저 개인적인 원한으로 임가형을 죽인 젊은 고수, 그렇게만 생각했었다.

며칠간 조사한 바에 의하면, 그는 그 어떤 세력과도 접촉이 없었고, 따로 만나는 사람도 없었다. 철저한 혼자였다. 지금 그의 곁에 있는, 그저 그런 두 사람만 빼면. 그런데 영호련의 말을 듣다 보니 문득 의문이 들기 시작했다.

철군명은 처음부터 생각해 봤다.

느닷없이 하늘에서 떨어졌는지, 땅에서 솟았는지 모르는 젊은 자가 철혈성에서 왔다며—나중에는 거짓일 거라 결론지었지만—한중 분타에 찾아왔다.

옛날의 원한을 갚는다며 임가형을 상대로 철혈의 도전을 했다.

그리고 임가형이 무너졌다.

그 후 평범한 걸음으로 동북진을 하더니 태백산 자락까지 왔다.

철혈성에선 자존심 회복을 위해 고수들을 동원했다. 그런데도 그의 행동은 여전히 유유하다. 대체 무슨 똥배짱으로!

"놈은 무언가를 노리고 있다."

철군명이 침음성을 흘리며 말했다.

"문제는 그게 무엇인지를 모른다는 것이겠죠."

영호련이 말을 받자 웅경이 눈을 빛냈다.

"우리가 너무 급했던 것 같습니다."

"그렇다고 처음부터 다시 조사한다는 것도 이제는 늦었어요."

"맞다! 이제는 늦었다!"

영호련의 말에 철군명이 고개를 끄덕였다.

"놈은 앞에 있고, 총령의 아이들은 움직이기 시작했을 테니까."

"결국은 둘 중 하나로 결론이 나겠죠. 그자가 죽든가, 총령이 보낸 사람들이 죽든가. 제 느낌은 후자일 것 같지만."

영호련이 단언하듯 말하자 철군명의 입가에 희미한 잔소(殘笑)가 걸렸다.

"본인의 생각도 영호 대주와 같다. 아니, 그렇게 되어야 하겠지. 그래야만 우리에게 더 좋은 기회가 올 테니까."

철군명이 천천히 자리에서 일어났다.

"조 대주는 풍혈단의 정보를 계속 점검하도록."

"알겠습니다, 단주!"

"사공민, 웅경, 단원들에게 현 상황을 철저히 숙지시켜라. 상대가 얼마나 강할지 알 수 없는 만큼, 과장을 해서라도 긴장감을 늦추지 않도록 해야 할 것이다."

"예, 단주!"

"세 시진 후에 출발할 것이다. 그때까지 충분한 휴식을 취하도록. 움직이기 시작하면 쉴 시간이 없을지도 모르니까."

3

태양이 태백산을 벌겋게 물들여 갈 때, 휘와 두 사람은 평자현을 빠져나왔다.

약간의 건량까지 준비한 세 사람은 빠른 속도로 반 시진 가까이 달리다가 태백산 준령이 굽이치다 끊어진, 부근 사람들이 막산(幕山)이라 부르는 곳의 울창한 원시림으로 들어섰다.

길은 초평우가 앞장서고 있었다. 수림 사이로 난 소롯길을 잘도 찾아가는 것으로 봐서 자주 다녀본 길인 듯하다.

"형님, 십 리 정도만 더 들어가면 됩니다."

목적지는 초평우가 알고 있다는 사냥꾼들의 쉼터. 휘는 그곳에서 손님을 맞이할 생각이었다.

아주 반갑게… 붉은 인사를 나누며.

굽이굽이 산자락을 두어 번 돌아가자 석양이 서산에 반쯤 걸쳐진 채 붉게 타오르고 있었다.

구름도, 나무도, 바위도, 모든 것을 물들이며 시뻘건 핏빛으로 타오른다.

"저깁니다! 휴, 어두워지기 전에 도착해서 다행입니다."

초평우가 가리킨 곳에는 굵은 나무를 덧대어 제법 운치있게 지어진 한 채의 목옥이 서 있었다. 사냥꾼들이 임시로 묵어간다는 목옥에 인기척은 전혀 느껴지지가 않았다.

"조금 있으면 우기라 현재는 사람들이 없을 것입니다. 잘못하면 고립되거든요."

초평우의 말대로 기거하는 사람들은 없었다. 그러나 안으로 들어가자 사람들이 기거했던 흔적들이 여기저기 남아 있었다.

부드러운 마른풀을 두텁게 깔아놓은 침상이며, 엷은 먼지가 쌓여 있는 투박한 탁자. 그리고 구석의 화덕에는 피운 지 얼마 되지 않은 듯 검은 재가 수북이 쌓여 있었다. 초평우가 그걸 보더니 자신있게 말했다.

"닷새 정도 된 것 같은데요?"

"초 형, 이곳에 사냥꾼들만 아는 비밀 피신처가 있다 했지요?"

"예, 형님."

휘는 다른 말은 하지 않고 묵묵히 고개를 끄덕였다. 그곳에 숨어 있으라고 지금 말해 봐야 씨알도 먹히지 않을 거라는 것을 누구보다도 잘 알고 있었으니까.

어둠의 장막이 하늘에 드리워지자 근처에서 나무를 주워와 화덕에 불을 지폈다.

잔잔한 불빛이 목옥의 구석구석을 어루만지며 밝게 타오른다.

해시에 접어드는 시각, 산속의 밤은 생각보다 시끄러웠다. 언뜻 생각하면 너무 고요해 지루할 것 같지만, 그것은 산을 모르는 사람들의 이야기였다.

나무 위에서는 야조들이 밤새도록 울어대고, 지상에서는 온갖 동물들이 밖으로 기어 나와 돌아다닌다. 그러다 싸우고, 정들고, 잡아먹으려 하고, 도망 다니고. 그야말로 온갖 각축이 벌어지는 때가 바로 산속의 밤인 것이다.

밤 부엉이가 울어대는 삼경, 멀리 산사에서 삼경을 알리는 타종 소리가 들려온다. 은은히 울리는 범종의 청량한 울음에 밤새조차 조용해지고, 천지가 고요에 젖어 들었다.

목옥 안의 풍인강과 초평우는 최근 며칠간의 배움을 소화시키기 위해서 자신만의 세상 속으로 침잠해 들어갔다.

휘 역시 고요한 산속의 대지에서 피어오르는 맑은 기운를 음미하며 조용히 삼령의 법에 대해 참오하는 시간을 흘려보내고 있었다.

그렇게 시간이 흘러 삼경이 다 지나갈 때쯤이었다.

휘이잉!

자그마한 나무 창문으로 바람이 들어오자 화덕의 불이 꺼질 듯이 흔들리며 춤을 춘다.

창밖 하늘엔 구름이 잔뜩 끼더니 별도 달도 잠들어 버리고, 사위가 고요 속에 풀벌레 소리조차 들리지 않는다.

그때였다.

휘의 두 눈이 슬며시 뜨였다. 가느다랗게 뜨여진 그의 눈에서 한줄기 신광이 번뜩이더니, 옆에 놓여진 만양이 그의 손 안으로 빨리듯 들어갔다.

‘왔군. 하나, 둘, 셋… 아홉. 아니, 열이다. 하나는 더욱 은밀하다.’

문득 이상한 기미를 눈치챈 풍인강이 실눈을 뜨고 휘를 바라본다. 휘가 다급히 전음을 보내 경고를 주었다.

“풍 형, 적입니다. 하던 그대로 있으십시오.”

휘의 전음에 풍인강의 눈이 번뜩였다. 그러자 휘가 다시 전음을 보냈다.

“제가 움직이고 나면 초 형이 아는 피신처로 가십시오.”

풍인강이 미간을 찌푸리며 대답했다.

“나도 싸우겠소.”

“풍 형이 나서면 초 형까지 나설 것입니다.”

“……”

“초 형을 부탁하겠습니다.”

초평우를 지키기 위해서 나서지 말라는 뜻. 풍인강은 아쉽긴 하지만 자신의 뜻을 접지 않을 수가 없었다.

그러나 휘의 마음은 풍인강 역시 나서지 않기를 바라고 있었다.

그가 느낀 적들의 기운은 그만큼 강렬했다. 두 사람에게 신경을 쓰면서까지 싸울 여유가 없을 듯했다.

어둠에 동화된 적들의 기운에 산속의 동물들이 머리를 처박고 침묵으로 떨고 있는 것이다.

초평우도 완전 무감각은 아니었다. 뭔가 알 수 없는 기운이 사방을 조여오는 듯하자 번쩍 눈을 뜨더니 휘를 바라본다.

“형님……”

초평우가 미처 말을 끝내기도 전이었다.

스윽!

휘의 좌수가 바닥을 밀쳤다. 순간, 별다른 움직임도 없이 휘의 몸이 그대로 허공으로 치솟았다.

"초 형! 풍 형과 함께 피신하세요!"

초평우의 귓전을 파고드는 전음만을 남기고, 우수의 만양이 검집째 휘둘러졌다.

쾅!

부서진 천장의 나무 파편이 폭죽처럼 하늘로 퍼져 나가자, 비산하는 파편들 사이로 휘의 신형이 솟구쳤다.

스으으.

어둠 속에서 솟구치는 휘를 향해 살기가 쏘아져 온다.

"흥!"

차갑게 웃은 휘의 신형이 허공에서 휘돌았다. 흩어지듯 늘어나는 환영.

슈슈슈.

몇 개의 소전(小箭)이 휘의 환영을 뚫고 지나가는 찰나,

번쩍! 휘리링!

암흑의 하늘에서 붉은 만월이 생겨났다. 만양이 뽑히며 암흑을 둥글게 도려내 버린 것이다.

동시에 터져 나온 산을 울리는 일성!

"폭(爆)!"

휘의 일갈에 붉은 만월이 터져 나가자 어둠에 신형을 감추고 바람결에 실려 다가서던 자들이 썰물처럼 물러나는 것이 보인다.

눈에 보이는 자들만 네 명, 아직 몇 명은 움직이지 않고 있다. 그들을 보는 휘의 눈이 깊게 가라앉았다.

'진퇴가 자유롭다. 역시…….'

전신에 느껴지는 감각이 강력한 경고를 발하고 있다.

하나하나가 고수들. 게다가 어둠에 동화되어 움직인다. 극한의 실수 훈련을 받은 자들인 듯하다.

'어둠 속에서도 자유롭다? 그래, 좋아! 누가 더 어둠과 친한지 보자구!!'

치솟았던 나뭇조각들이 떨어져 내리자 휘의 신형이 나뭇조각을 내차고 허공을 유영한다.

허공에서 뒤집힌 휘의 환영이 겹겹이 쌓이더니 지붕의 끝에 모습을 보였다.

목옥의 지붕에 내려서서 어둠 속을 바라보는 휘의 눈이 무저의 빙동처럼 차갑게 식어간다. 별빛조차 없는 완벽한 어둠. 가라앉은 두 눈이 그곳을 향했다.

"승부에는 자비가 남을 수 있지만 전장에는 자비가 없는 법! 나를 원망하지 마라!!"

나직한 말을 흘리며 우수를 흔들었다.

츠츠츠츠.

어둠 속에서도 확연히 드러나는 연붉은 기운이 만양에서 뿜어져 나온다.

암객들의 마음은 혼란 그 자체였다.

어떻게 된 것이 어둠의 자식이라는 자신들보다 어둠을 더 잘 알고 있다.

자신들이 쏘아낸 소전이 빗나가더니, 허공에서 터져 나간 붉은 파편들이 정확히 자신들을 향해 쏘아져 온 것이다. 그것은 상대가 자신들의 위치를 알고 공격했다는 것. 조금만 늦었어도 참담한 상황이 닥쳤을 것이다. 그런데도 자신들은 상대의 움직임조차 제대로 잡아낼 수가 없다.

문득 그가 자신들을 쳐다본다. 눈이 마주치자 전신이 오그라드는 충격이 전해져 온다.

대체 너는 누구냐?

의문을 가질 틈도 없이 나직한 말이 바람을 타고 들려왔다.

"나를 원망하지 마라!!"

찰나!

쩌억!!

암흑의 공간이 갈라졌다. 요요로운 연붉은 서기만을 남긴 채!

스스스.

어둠 속에서 암객들이 움직이기 시작했다. 은밀하면서도 빠르게!

하지만 암객들은 꿈에도 모르고 있었다, 휘보다 어둠에 익숙한 사람은 세상 그 어디에도 없다는 것을. 심지어 어둠 속에서 무공을 익혀온 자신들보다도.

그걸 모른 것이 암객들의 최대 실수였다.

바람을 타고 어둠을 유영하던 암객팔호의 눈이 경악으로 홉떠졌다.

목표의 머리 위로 접근할 때였다. 문득 자신과 함께 건너편에서 목표를 향해 떨어져 내리는 암객육호가 보이는가 싶더니, 붉은 서기가 그의 허리에 걸쳐진 것이 눈에 들어온다.

순간 한줄기 무엇인가가 허리에서 분수처럼 뿜어진다. 그것은 시뻘건 혈우!

미처 놀랄 사이도 없이 자신의 몸도 붉은 서기가 일으킨 동선에 놓여졌다. 그것은 어둠을 가르는 한줄기 핏빛 번개!

대경하며 본능적인 움직임으로 몸을 뒤집었다.

'흡!'

뇌리에서 경고를 발하기도 전에 붉은 번개가 어깨를 훑고 지나간다. 불로 지지는 듯한 뜨거움!

이를 악물고 뒤로 몸을 튕겼다. 이 장을 물러선 그의 눈이 잘게 떨렸다. 저만치 무언가가 땅으로 떨어지고 있는 것이 보였다.

맙소사! 저것은 내 팔!

'크읍!'

뒤늦게 그의 목구멍에서 소리없는 신음이 터져 나왔다.

두 명을 베어낸 휘의 신형이 지붕을 박차고 소리없이 솟아올랐다.

적들이 암흑의 공간을 누비며 원을 그리고 있는 것이 보인다. 두 명이 순식간에 당하자 쉽게 다가오지 못하고 기회를 노리는 듯. 휘의 무표정한 얼굴에 가는 웃음이 떠올랐다.

'후후후! 어둠은 내 친구! 최대한 빨리 끝낸다!'

어둠 속의 흑의인들 중 남은 자는 여덟. 최대한 빠른 시간 안에 숫자를 줄여야 한다. 아직 오지 않은 자들이 얼마나 되는지 모르는 상황이니까.

암인의 눈에 허공에 떠오른 목표가 흐릿하니 보였다.

손을 들어 목표를 가리키고는 자신도 신형을 날렸다. 허공에 떠 있는 상황이라면 절호의 기회. 좌우에서 암객들이 소리없이 날아올랐다. 손에는 어둠에 물든 흑색의 검을 들고.

흐릿하던 휘의 신형이 한순간 다섯으로 갈라졌다. 날아오르던 암객들의 눈에 당황이 떠오른다.

휘가 허공을 힘있게 내딛자 어둠의 대기가 비틀리며 일그러지는 암흑의 공간에서 강력한 힘이 일었다. 천중무!!

가장 먼저 휘에게 다가가던 암객 삼호의 두 눈이 홉떠지더니 가슴을 짓누르는 충격에 절로 입이 벌려졌다. 휘가 내딛는 천중무의 일 보에 두 명의 암객이 피를 토하며 뒤로 튕겨지고.

우르르릉.

우렛소리가 산중을 울리며 어둠을 부숴 버리자, 천붕신권의 권력에 휩

쓸린 세 명의 암객이 훌훌 날아간다.

휘의 환영이 날아가는 암객들의 뒤를 쫓아 움직였다. 이어지는 붉은 그림자. 유성낙월에 이은 유성난산분!

달빛을 자르듯 암객구호의 검과 팔을 한꺼번에 잘라내고, 흐르던 만양의 그림자가 암객사호의 목을 스쳐 지나갔다.

그때 땅에 내려서자마자 등 뒤로 다가오는 바늘 끝 같은 살기. 죽음을 도외시한 암객들의 광기 서린 일격이 다가온다.

빙글.

몸을 돌린 휘의 눈에 일 장 앞에 접근한 두 명의 암객이 보였다.

츠윽!

땅을 끄는 기이한 소성이 울리더니 휘의 신형이 앞으로 한 걸음, 일순간에 여섯 자로 좁혀진다.

암객들의 차가운 눈빛이 격하게 흔들리는 찰나,

번쩍!

찔러오는 검날에 만양이 달라붙었다.

휘링!

한 번 휘돌리자 방향이 틀어지고, 휘의 신형이 좌우로 갈라졌다.

암객들의 뾰족한 첨검이 휘의 그림자를 난도질하며 지나가지만 빈 허공만 베고 지나간다. 대경한 암객들의 신형이 번개처럼 돌아섰다.

그때 하늘에서 벼락이 떨어졌다!

붉은 벼락이! 허공에 두 줄기 피비를 뿌리며!

목이 반쯤 잘린 암객들이 힘없이 나뒹굴자 휘의 앞 이 장의 거리를 두고 암인의 신형이 우뚝 멈춰 섰다.

무저갱의 늪처럼 어둠에 잠겨 있는 휘의 눈이 암인을 바라보고.

툭!

들고 있는 만양에서 한 방울의 피가 맺혀 떨어졌다.

순간 암인의 분노에 찬 외침이 막산의 이름 없는 계곡에 울려 퍼졌다.

"이, 이놈!!"

난생처음 느끼는, 참을 수 없는 두려움이 깃든… 그런 외침이었다.

다섯이 죽고, 하나는 어깨가 잘린 채 쓰러져 꿈틀거린다.

꿈에도 생각을 못했던 상황. 임가형이 육 초 만에 무너졌다고 했을 때만 해도 설마 했었다. 설사 그것이 사실이라 해도 자신이 있었다.

자신들이 누구인가? 신마천궁의 암객들이 아니던가! 그런데 그런 자부심이 이름도 알 수 없는 중원의 청년 고수 하나에게 무너져 나뒹굴고 있다.

파르르 떨리는 암인의 눈에서 불길이 피어오른다.

이제 죽고 사는 것이 문제가 아니다.

남은 것은 오직 하나! 암객들의 자부심을 무참히 짓밟아 버린 저자를 죽여야 한다! 처참하게!!

손에 들린 검날 끝이 휘어진 기형검이 피를 구하며 요동을 치자 암인의 입이 가늘게 열렸다.

"지옥에 같이 가자!!"

흐릿한 잔상만을 남긴 채 암인의 신형이 사라졌다. 그 모습을 바라보는 휘의 눈은 더욱더 깊게 가라앉고…….

어둠이 출렁이는가 싶더니 정수리를 향해 송곳 같은 살기가 떨어져 내린다. 좌우와 뒤쪽에서도 소리없는 살기가 접근하고 있다. 넷 모두가 동귀어진을 각오하고 공격해 온다.

휘의 입가에 하얀 미소가 걸렸다.

전격적으로 인정사정 보지 않고 친 계획이 성공했다. 동료의 죽음에 이성을 잃은 채 오직 자신만을 공격하고 있다. 바라던 바였다.

자신이 강하다 여기는 자일수록 자존심이 무너지면 견디기가 더욱 힘든 법!

"그래! 와라!!"

쿠르르릉.

만양의 검면이 빙글 도는 휘의 신형을 따라 휘돈다!

대기가 요동치고, 정수리를 향했던 살기가 목표를 잃고 비틀거린다. 휘돌던 휘의 신형이 어둠 속에서 갈라지더니 사방으로 퍼져 나간다. 다섯, 오보천환의 일 보에 갈라진 환영들이 모두 만양을 치켜들었다.

차갑고 무심한 다섯의 진조여휘!

연붉은 다섯 자루의 만양!

암객들의 두 눈이 부릅떠졌다.

따다다당!

만양이 허공에서 방향을 틀며 짓쳐들던 암인의 기형검을 튕겨 버리고, 비어 있는 좌수의 검지가 허공에 점을 찍어버렸다.

쩡! 쾅!

어둠을 찢고 튕겨지는 지력에 암객일호의 검이 허공에서 산산이 부서졌다. 순간 만양의 요요로운 그림자가 어둠을 갈라 쳐버렸다!

'크읍!'

소리없는 신음!

머리통이 허공으로 튕겨지며 뿜어지는 피 분수!

머리 없는 암객일호를 쳐다보지도 않고 암객십호의 시커먼 도신이 휘의 환영 하나를 잘라냈다.

허공에는 튕겨진 암인이 다시 떨어져 내리며 환영의 머리에 소검을 쑤셔 넣고, 뒤에선 암객칠호가 날린 세 대의 소전이 환영의 머리를 뚫고 지나갔다.

다섯의 환영이 사라졌다.

암객들의 눈에서 당황의 빛이 어렸다. 목표는 어디에?

전장에서 이 장을 벗어난 채 어둠 속에 녹아 있던 휘의 가라앉은 눈에 붉은 열기가 찰나간에 떠올랐다. 천양의 기운이 척추를 타고 전신으로 퍼져 가더니 만양의 연붉은 나신이 더욱 붉게 달아오른다.

화르르르!!

빙글 돌며 허공으로 날아오른 휘의 신형이 순식간에 세 바퀴를 돌더니 암객들의 머리 위에 불꽃을 쏟아냈다. 유성낙화우!

“하앗!!”

만양이 어둠을 십자로 갈라 버렸다. 유성십자참!!

정신없이 뒤로 물러서는 암객들을 향해 검기가 불화살이 되어 쏟아져 간다. 유성탄비격!!

콰광! 떠더덩!!

땅에 내려선 휘의 신형이 옆으로 주욱 일 장을 미끄러졌다. 암객십호의 눈이 크게 뜨였다. 흑색도신을 들어올려 휘를 베어온다.

휘의 입가에 차가운 웃음이 떠오른 순간 만양이 어둠을 양단했다. 단천락!!

쾅! 챙그랑!

도가 터져 나가며 암객십호의 이마가 쩍, 갈라져 버렸다.

결과는 보지도 않고 휘의 신형이 허공으로 스며들었다.

소전 하나가 발 밑을 스치며 지나간다. 휘의 발이 소전을 내차며 허공을 유영하고, 방향이 틀어진 소전이 암객십호의 갈라진 이마에 박혀들었다. 동시에 만양의 검첨에 맺힌 붉은 구슬!

일그러진 암객칠호의 눈이 암울한 절망으로 물들었다.

“피해!!”

그는 암인의 다급한 외침에도 움직일 수가 없었다.

어둠 속에서 한 송이 붉은 꽃이 피어나는 게 보였다.

붉은 꽃이 눈동자를 가득 메웠다. 온 세상이 붉게만 보인다. 그리고 그의 이마에 혈련의 낙인이 찍혔다. 적루몽!!

"으아아!!"

암인이 형제들의 죽음에 절규하며 달려든다.

시커먼 검기가 넘실거리는 한 자 반 길이의 소검에 혼을 담고서.

목숨 따위는 내던져 버리고.

휘의 차갑고도 하얀 눈빛이 암인의 눈동자에 틀어박혔다. 천천히 들어 올려지는 만양의 연붉은 빛이 어둠을 길게 가르며 쓸어간다. 천양의 힘이 실린 절혼광!!

대기가 비명도 지르지 못하고 잘려 나갔다.

스으으… 쩌억!!

시커먼 검기덩어리를 무우 베듯이 베어버린 만양이 암인의 가슴에 붉은 그림자를 남기고 사라졌다.

우뚝.

다섯 자 앞에서 암인의 신형이 멈추어 섰다.

파르르 떨리고 있는 눈동자. 그의 기형검끝이 휘의 어깨에 맞닿은 채 멈춰 있다. 그가 핏물이 넘어오는 입을 열어 휘에게 묻는다.

"대체… 어떻게… 우리보다 어둠을 잘 안단 말인가?"

휘가 고저없는 나직한 목소리로 차갑게 입을 열었다.

"차라리 완벽한 어둠이 아니었다면, 이렇게 쉽게 이기지 못했을 거야. 나는 어둠 속에서 태어나고 자랐지. 어둠은 나의 가장 가까운 친구. 너희들은 그걸 알아야 했다!"

밤하늘을 조용히 울리는 휘의 목소리, 천천히 무너져 가는 암인의 눈에 어이없다는 빛이 떠올랐다.

"크크크크, 웃기는… 그것도 모르고……. 하지만 아직 끝난 것은……."

그의 말이 끝나갈 때쯤 어깨가 잘린 채 한쪽에 널브러져 있던 암객팔호의 손에서 신호전이 어둠을 밝히며 쏘아졌다.

휘의 눈이 잠시 신호전의 꼬리를 쳐다보더니, 암인의 감겨져 가는 눈을 향해 말했다. 지옥을 가는 도중에도 잊지 말라는 듯.

"물론! 아직 끝나서는 안 되지! 후후후!"

감겨가던 암인의 눈동자가 거세게 떨렸다. 무슨 뜻이지?

휘는 자신의 몸을 돌아보았다.

허리 쪽의 옷이 찢어져 있다. 그곳에서 가는 피가 새어 나온다. 암객의 일도가 스치고 지나간 곳이다.

어깨 쪽에서도 따끔거리는 통증이 전해져 온다. 암인의 검기에 하마터면 뚫릴 뻔했던 곳이다.

움직일 때는 미처 몰랐는데 싸움이 끝나고 보니 제법 자잘한 상처가 많이 나 있었다. 만일 놈들이 무기에 독이라도 발랐다면? 그랬다면 이기고도 지는, 그런 결과가 나왔을 것이다.

'경험 미숙인가?'

전쟁에서는 그 어떤 경우라도 용납이 된다. 속임수든, 독이든, 그 어떤 암수든……. 당하지 않으려면 오직 조심하는 수밖에 없다. 전쟁과 철혈의 도전, 양쪽을 다 수행해야 하니까.

휘가 쓰러진 암인의 곁을 지나서 목옥 쪽으로 가려 할 때였다. 목옥의 뒤쪽으로 다가오는 수많은 기운이 느껴진다. 한두 명이 아닌 것으로 보아 결코 초평우나 풍인강의 기운이 아니었다.

또 다른 적들이다!

휘의 가라앉은 표정에 가느다란 웃음이 걸렸다. 그리고 그 순간,

"초 형! 조심!"

쩌정!

풍인강의 목소리와 함께 검이 부딪치는 소리가 들려온다.

"흠?"

목옥의 반대편, 풍인강과 초평우가 있는 곳. 휘의 신형이 허공에 떠오르더니 어둠 속에 녹아들어 갔다.

4

초평우와 풍인강은 싸움이 끝났다는 것을 알고 목옥의 뒤에 있는 고목의 아래 피신처에서 빠져나왔다.

그런 초평우의 표정은 참담하게 일그러져 있었다. 약하기에, 너무 약해서 적에게 이용당할까 봐 이렇게 피해 있어야 한다는 것이 그를 못 견디게 하고 있는 것이다.

풍인강을 바라보았다. 그의 얼굴도 차갑게 굳어 있었다. 자신의 마음과 비슷한 것일까? 아니다, 풍인강은 자신에 비교할 수 없이 강하다. 그럼 자신을 지키느라 싸우지 못해서 그런 걸까?

"이봐, 풍가, 너무 실망하지 말라고."

풍인강이 초평우를 돌아보았다.

"대체 저 사람은 뭐지? 어떻게 저리 강할 수가 있는 거지?"

피신처에 나 있는 구멍으로 흐릿하게나마 싸우는 것을 보았다. 정면대결을 빼고는 다른 싸움을 생각해 본 적이 없는 풍인강에게 휘와 암객들

의 싸움은 충격이었다.

생존의 전쟁! 자비도 없고 법도 없다! 죽이지 못하면 죽는다!

"후우."

한숨을 내쉬고 휘가 있는 곳으로 몸을 돌리려던 풍인강의 발걸음이 멈칫했다. 일순간 그의 눈이 번쩍 빛을 발하더니 검을 잡아갔다.

"초 형, 조심!"

일갈을 내지르며 검을 빼 들어 내질렀다.

쩌정!

한 자루 비수가 허공으로 튕겨졌다. 그러자 풍인강이 싸늘한 눈으로 숲을 바라보며 소리쳤다.

"누구냐?"

어둠에 잠긴 숲은 고요하기만 했다, 최소한 겉으로 보기에는.

풍인강은 한시도 눈을 떼지 않은 채 숲을 주시했다. 그러자 어느 순간 숲의 어둠을 뚫고 냉랭한 목소리가 들려왔다.

"쥐새끼가 제법이군."

눈매를 꿈틀거린 풍인강이 어둠을 직시하고 소리쳤다.

"숨어 있는 놈이 쥐새끼 아닌가?"

풍인강이 그답지 않게 농담조로 말하며 소리치자 숲의 오른쪽에서 나직한 한 소리가 흘러나왔다.

"조 대주! 말싸움하려고 온 것이 아니다. 잡아라."

"단주님의 명이시다. 잡아라!"

순간.

촤아악!

숲이 갈라지며 네 명의 무사가 뛰쳐나왔다. 그들은 나오자마자 풍인강과 초평우를 향해 검을 휘둘러 갔다.

풍인강의 눈도 차갑게 가라앉았다. 자신이 비록 인간 같지도 않은 진조여휘에 비해선 약하다 하지만, 그렇다고 아무한테나 무시당할 정도는 아닌 것이다.

"와라!"

철군명의 눈이 싸늘히 빛나고 있었다.

멀리서 지켜본 바람에 정확하게 볼 수는 없었지만, 어둠 속에서 벌어진 싸움은 멀리 떨어진 그의 가슴을 서늘하게 하기에 부족함이 없었다.

흐릿한 잔상 속에 피어나는 절제된 살기. 한 점의 망설임도 없는 살수. 게다가 암인의 검과 몸을 동시에 갈라 버린 엄청난 마지막 일검!

과연 자신이라면 막아낼 수 있었을까?

'이 자리서 죽여야 한다! 지금 죽이지 못한다면, 어쩌면……'

떨리는 속마음을 감추고 옆에 서 있는 세 명의 대주를 바라보았다. 그들의 눈도 충격으로 굳어 있었다.

문득 웅경이 철군명을 바라본다. 휘가 아닌 그의 동료로 보이는 자들을 공격하라는 철군명의 명령을 이해할 수 없다는 눈빛이다.

웅경이 입을 열려 하자 철군명이 냉랭히 말했다.

"수단과 방법을 가리지 말고 죽여야 한다. 굳이 이유를 설명을 할 필요는 없겠지?"

웅경의 눈이 흔들렸다. 불만이 있지만 지금 그것을 말할 수는 없다. 우선은 이기는 것이 중요하다는 것을 그도 알고 있으니까.

웅경의 흔들리는 마음은 본체만체 철군명은 냉랭한 목소리로 명을 내렸다.

"저 두 놈은 조국령에게 맡기고 세 명의 대주는 목표를 공격한다. 가라!"

휘는 목옥의 지붕에 오연히 내려서서 상황이 둘러보았다.

초평우와 풍인강이 다섯 명의 무사에게 둘러싸여 있었다. 숲에서 튀어나온 자들은 두 사람을 사로잡으려는지 당장 살수는 쓰지 않고 있었다. 그걸 보자 휘의 눈이 차분히 가라앉았다.

'저 정도도 견디지 못한다면 어차피 다른 상황에서도 힘들 터……'

휘는 고개를 돌려 숲 속을 바라봤다. 순간 숲 속에서 십여 개의 그림자가 튀어나온다. 소리없이 움직이는 그들을 바라보던 휘의 눈에 기광이 번뜩이더니, 입가에 하얀 웃음이 맺혔다.

선두에 여인으로 보이는 무사가 한 자루 짧은 검을 들고 몸을 날리고 있었다. 한데 그녀는?

'영호련이라 했던가? 후후후.'

그녀의 뒤에 커다란 덩치의 웅경이 보이자 휘의 웃음이 더욱 짙어졌다. 그러다 어느 순간, 휘의 웃음에서 차가운 한기가 피어올랐다.

웅경의 뒤에 키가 큰 무사가 수하들을 대동하고 조심스레 다가오고 있었던 것이다. 사공민, 바로 그였다. 순간 피가 끓어오른다. 가슴 저 깊은 곳에서 용암보다 더 뜨거운 피가!!

'그렇군! 네가 왔구나! 네가… 철.군.명! 네가!!'

철혈단의 대주들이 모두 모습을 드러냈다. 결국 철혈단 전체가 움직였다는 말, 그렇다면 당연히 그도 있을 것이다. 뜻밖의 일이었다. 철군명이 직접 움직였다니.

휘의 입이 천천히 열렸다. 웅혼한 음성이 태백산의 이름 없는 계곡을 울린다.

"철군명! 겁이 나는가? 왜 나오지 않는 것이지?"

일갈에 계곡의 공기가 가라앉았다.

느닷없는 휘의 외침에 다가오던 무사들은 주춤 걸음을 멈추고, 영호련과 웅경은 놀란 표정을 지었다.

놈은 우리들을 알고 있다!

역시 영호련의 말대로 자신들을 유인한 것인가?

그러나 누구보다도 가장 놀란 것은 철군명이었다. 놈이 자신을 알아볼 이유가 없다. 강호행을 거의 하지 않은 자신을 알아볼 사람이 과연 몇이나 될 것인가. 더구나 아직 모습도 보이지 않았거늘…….

철군명의 가슴이 싸늘히 식어갔다. 대체 저놈은 누구인가?

숲 속에서 아무런 대답이 없자 휘의 하얀 웃음에 서리가 맺혔다.

"게으른 주인을 나오게 하는 법을 하나 알고 있지. 원한다면 보여주지!"

가볍게 일 보를 내딛었다. 주욱 나아가던 휘의 신형이 이 장을 미끄러지다가 그대로 꺾어져 내렸다.

목옥을 에워싸고 있던 무사들이 긴장한 표정으로 자신을 바라보고 있었다. 그 눈에는 영호련과 웅경의 눈도 있었다. 언뜻 휘의 입가에 묘한 미소가 걸렸다.

'거기!'

'계집도 아니면서 면사는 왜 쓴 거지?'

제법 마음에 들었던 사람들이다. 말투나 행동이나. 하지만 지금은 추억을 되새길 때가 아니었다. 해야 할 일이 있으니까.

휘의 신형이 땅에 내려서자 세 명의 무사가 달려들었다. 절제된 검격에는 한 치의 틈도 보이지 않는다.

'철혈관을 나온 자들인가?'

휘의 좌수가 한 자 앞까지 다가온 검 하나를 순간적으로 후려쳤다.

쩡!! 우웅!!

“크윽!”

검면을 가격당한 무사가 검은 놓치지 않은 채 뒤로 주르륵 물러서고, 휘의 신형이 어둠 속으로 사라져 버렸다.

“헛!”

휘의 등에 회심의 일격을 가하며 내심 득의한 표정을 짓던 무사가 당황하며 사방을 둘러보는 순간,

“허공이다! 피해!”

누군가가 외치는 소리와 함께 가공할 경력이 머리를 짓누른다.

“크억!”

눈이 뒤집어지며 쓰러지는 자를 뇌둔 채 다시 세 명의 무사가 허공으로 몸을 띄웠다. 그러자 휘의 신형이 허공에서 천천히 떨어져 내리며 걸음을 옮겨간다. 천중무!

묵직한 기운이 내리누르자 날아오르던 무사들의 안색이 하얗게 질려 버렸다. 그러더니 신음과 함께 날아오르던 것보다 더 빨리 떨어져 내렸다.

“우욱!”

“커윽!”

“물러서!”

보다 못한 웅경이 일권을 내지르며 소리쳤다. 영호련도 입술을 잘근 깨물며 소검을 앞세우고 신형을 날렸다.

휘가 상황에 어울리지 않게 빙그레 웃음을 지었다.

웅경의 권력이 다가오자 그 힘을 이용해 이 장을 더 올라갔다. 순간 간발의 차이로 영호련의 소검이 발 밑을 스치고 지나간다.

허공으로 치솟아오른 휘의 신형이 한 바퀴 회전을 하더니 일순간 그의 모습이 어둠 속으로 사라졌다.

"조심!!"

땅에 내려서서 허공을 바라보던 웅경이 놀라 소리쳤다. 어둠에 녹아든 휘의 종잡을 수 없는 움직임은 상대에게 두려움을 안겨주고 있었다. 그것은 웅경 자신도 예외가 아니었다.

웅경이 급박하게 소리칠 때, 휘의 신형은 이미 사공민의 일 장 앞에 내려서고 있었다.

휘의 손이 만양을 잡아간다. 뽑혀 나온 만양의 나신이 연붉은 빛을 흩뿌리며 좌우로 쓸어간다.

"헉!"

사공민의 입에서 경악의 신음이 흘러나왔다.

휘는 그의 얼굴에 바짝 만양을 내밀며 씩 웃었다. 반갑다는 듯.

사공민은 대경하며 뒤로 몸을 날렸다. 하지만 휘와의 간격은 조금도 멀어지지가 않는다.

"이런!"

싸움을 단원들에게만 맡긴 채 미처 검을 뽑지도 않고 있던 사공민이었다. 그가 이를 악물고 검을 빼려 할 때였다.

"검을 빼면 죽는다! 결정은 네가 해라!"

고막을 울리는 전음에 사공민의 표정이 시커멓게 죽어버렸다.

그가 망설이는 사이, 휘의 좌수가 피보다 더 붉은 혈련화를 어둠 위에 그렸다. 급히 몸을 틀어 피하려 하지만 눈이라도 달린 듯 휘어지며 가슴을 파고든다.

검을 빼지도 못하고 내력을 있는 대로 끌어올려 좌장을 내쳤다. 순간 좌장의 한가운데가 뻥 뚫리고,

팍!

질려 있는 사공민의 가슴에 한 송이 혈련화가 피어났다.

"크윽!"

뒤로 튕겨지는 사공민의 얼굴이 사색으로 굳어지자 휘의 얼굴에 짓궂은 표정이 떠올랐다.

'사공민, 나중에 정식으로 무릎을 꿇려주마. 그때까지 나의 흔적을 잊지 말거라. 후후후.'

사공민이 몇 수 만에 튕겨 나가자 주위를 에워싸고 있는 무사들의 표정이 해쓱하니 굳어버렸다.

휘는 천천히 고개를 돌려 웅경과 영호련을 바라보았다. 잔뜩 공력을 끌어올린 그들의 얼굴에서 단호한 표정이 보인다.

어찌 그러지 않으랴. 자신들과 별 차이가 없는 사공민이 단 몇 수에 당해 버렸다. 아무리 어둠 속이라지만 자신들도 일류고수라 할 수 있었다. 그런데 몇 수 견디지도 못하고 당했다. 암객들과의 싸움을 보고 자신들보다 강할 거라 생각은 했지만, 현실은 그 정도가 아니었다. 차이가 나도 너무 난다. 결국 목적을 달성하기 위해선 목숨을 걸어야 하는 것인가.

두 사람이 휘에게 한 걸음 다가가자 철혈단원들도 굳은 얼굴로 휘를 에워싸 간다.

휘는 다가오는 사람들에게서 눈을 돌려 풍인강 쪽을 바라보았다.

풍인강은 조국령과 일전 혈투를 벌이고 있었다. 한 치도 물러섬 없는 그의 검격에 조국령의 얼굴도 딱딱하니 굳어 있었다.

두 사람의 전신에는 크고 작은 상처가 나 있었다. 다행이라면 두 사람의 싸움에 다른 무사들이 끼어들지 않고 있다는 것이었다.

아마 조국령의 자존심이 작용했으리라. 게다가 충분히 제압할 수 있으리라 생각하고 있을 테고. 사실이 그러했으니까. 그러나 정면 대결로는 쉽게 밀릴 풍인강이 아니었기에 아직도 승부는 나지 않고 있었다.

문제는 초평우가 조국령의 대원 한 사람과 격전을 벌이며 정신없이 밀리고 있다는 것이었다. 다른 네 사람은 초평우와 대원의 싸움을 바라보며 상황을 즐기고 있을 뿐이었다. 이미 그들의 손아귀에 들어왔다는 듯.

휘는 그런 두 사람을 그대로 놔두었다. 풍인강이 밀리긴 해도 금방 끝날 싸움이 아니었고, 저들이 초평우를 죽이려 하지 않는 이상, 오히려 저런 격전은 초평우의 발전에 도움이 될 수도 있는 상황이었다. 너무 심한 상처만 입지 않는다면 말이다.

'초 형이 오늘의 일을 견딘다면 적지 않은 발전이 있을 것이다.'

휘는 생각을 갈무리하며 주위를 에워싼 사람들을 돌아보았다.

죽이려 한다면 어렵지 않은 일이다. 그러나 신비 세력의 무사들과는 달리, 철혈성의 무사는 함부로 죽일 수가 없다.

특별한 사정이 없는 한 사부님과의 약조를 어길 수는 없으니까.

철혈성과의 문제는 오직 철혈의 도전을 통해서만 해결한다!

그리고 또 한 가지, 훗날 자신의 생각대로 된다면 자신의 손발이 될지도 모르는 자들이 아니던가.

문득 영호련의 눈과 마주쳤다. 휘의 입가에 자신도 모르게 웃음이 지어졌다. 휘가 말했다.

"거기! 물러선다면 보내주지!"

영호련이 아미를 치켜세웠다.

"흥! 누가 누구를 보낸단 말이냐?"

"나는 철혈의 도전을 했을 뿐이다. 이렇게 쫓길 이유가 없다. 거기도 철혈성의 무사라면 그것을 모르지 않을 텐데?"

휘의 말에 영호련의 반달 같은 눈매가 가늘게 떨렸다. 어찌 모를까. 성에 무사로 들어오며 숱하게 들었던 말이거늘. 하지만…….

"철혈의 도전은 사라졌다. 그걸 모르고 본성의 무사를 공격했단 말인가?"

“훗! 임가형은 자신의 자존심을 걸고 나와 싸웠다. 거기가 왈가왈부할 일이 아니지. 저 숲 속에 숨어 있는 그대의 게으른 주인처럼 인질이나 잡겠다는 생각을 한다면 몰라도 철혈성의 사람이 철혈의 도전을 마다하다니…….”

말끝마다 거기, 거기다.

영호련이 입술을 지그시 깨물었다, 금방이라도 튀어나갈 자세를 하고. 그때였다. 숲 속에서 나직한 목소리와 함께 철군명이 걸어 나왔다.

“폐지된 철혈의 도전을 들먹이며 임가형 분타주를 쓰러뜨린 것은 중죄지. 결코 본성의 분노를 피할 수 없을 것이다.”

‘나왔다!’

마침내 그가 나왔다, 철군명이.

아마 풍인강과 초평우가 자신들에게 거의 잡히다시피 한 이상 휘가 쉽게 움직이지 못하리라 계산했을 것이다. 게다가 휘 역시 세 명의 대주를 비롯해 철혈단의 무사 십여 명에게 둘러싸여 있으니, 제아무리 고수라도 일시지간 자신을 어찌할 수 없을 것이라 생각했을 터였다.

휘의 눈이 깊게 가라앉았다, 불길을 담은 눈이.

“마침내 게으른 주인이 나왔군.”

철군명의 눈이 분노로 불타올랐다. 그러나 쉽게 움직이지는 않았다. 아직은 자신의 패가 유리하니까.

“후후후, 네놈의 동료를 생각한다면 쉽게 말을 뱉어선 안 될 것이다.”

“글쎄…….”

휘가 하얀 웃음을 지었다.

“누가 누구를 생각해야 하는지 모르겠군.”

말이 끝남과 동시에 휘가 일 보를 내딛었다. 순간적으로 그의 신형이 흔들렸다.

"엇!"

철군명이 놀라며 다급히 물러섰다. 앞에 철혈단의 무사들이 휘를 에워싸고 있지만 안심할 수가 없었다. 지금까지 그가 보여줬던 움직임을 생각한다면.

아니나 다를까, 휘의 신형이 좌우로 갈라지더니 다섯의 환영이 생겨났다.

"막아!!"

잔뜩 웅크리고 있던 영호련의 가느다란 고성이 울려 퍼지고,

"억!"

단말마와 함께 두 명의 무사가 뒤로 튕겨졌다. 그 사이로 휘의 환영이 춤을 추듯이 빠져나간다. 극한의 빠름!

휘의 환영을 향해 영호련과 웅경이 덮쳐 갔다.

철군명은 다가오는 휘의 환영을 바라보며 검을 잡은 손에 힘을 주었다. 휘의 환영이 일 장 앞에 이르자 그의 검이 뽑혀져 나왔다.

일순, 벼락같은 일검이 휘의 환영을 양단해 갔다.

"놈!!"

팍!

환영 하나가 허공에서 사라지자 철군명의 검이 다시 좌우를 베어간다, 뭉실거리는 검기를 가득 실은 채.

휘의 신형이 검기가 가득 실린 철군명의 검을 타고 옆으로 흘렀다. 찰나,

번쩍!

만양이 뽑히며 붉은 번개가 철군명의 검을 내려쳤다!

쾅!

"윽!"

물러서는 철군명을 한 번 바라본 휘가 빙글 돌아섰다. 눈앞에 웅경과 영호련의 얼굴이 보인다. 빙긋 웃은 휘의 신형이 두 사람 앞에서 어른거렸다. 또다시 갈라지는 휘의 환영.

웅경이 사방을 향해 권력을 난사하고, 영호련의 소검이 새파란 검기를 동반한 채 갈지자로 허공을 그어간다. 순간!

스르륵.

어둠 속에서 휘의 형체가 사라져 버렸다!

"조심해! 놈이 사라졌다!"

웅경의 대갈이 어둠을 울리고!

째쟁!!

"커억!"

"우욱!"

엉뚱한 곳에서 느닷없는 비명이 터져 나왔다. 다급히 고개를 돌린 그들의 눈에 어이없는 광경이 들어왔다.

십 장 밖, 초평우를 공격하던 무사가 피를 토하며 튕겨지고 있었다. 둘러서 있던 네 명의 무사가 힘겹게 검을 들고 정신없이 물러서고 있는 모습이 보인다.

풍인강마저 혼신을 다해 조국령의 검을 떨치고는 휘의 옆으로 물러서 있다.

조국령은 감히 휘의 곁으로 갈 생각도 못하고 눈치만 보고 있다. 그 모든 일이, 자신들이 휘의 환영에 헛손질을 하는 사이 벌어진 일이었다.

'대체 언제……'

휘가 천천히 걸음을 옮기며 철군명을 바라봤다, 두 눈에 끓어오르는 용암을 담고.

"아직도 그대가 유리한가? 어디 다시 시작해 보자구!"

철군명의 안색이 딱딱하게 굳어졌다. 휘가 일 보를 옮기자 불에 덴 듯 뒤로 주르륵 물러섰다. 그러더니 일그러진 표정으로 명령을 내렸다.

"모두 쳐라!"

차마 철군명의 명령을 거역할 수 없는 무사들이 모두 신형을 날렸다.

나아가던 휘의 신형이 또 갈라진다. 그러나 이번엔 다섯이 아니다. 다섯이 다시 다섯으로 갈라진다.

허공을 가득 메운 휘의 환영이 자신들의 정면을 가로막자 대경한 무사들은 자신도 모르게 멈춰 서버렸다.

스르륵.

또다시 안개가 스며들듯 휘의 환영이 어둠 속으로 파고들었다.

"으악!"

"어억!"

"커억!"

순식간에 일곱 명의 무사가 사방으로 튕겨졌다. 바로 옆에 동료가 있는 상황, 그들로선 검을 휘두를 수도 없다. 급급히 피하는 무사들 사이로 휘의 환영이 빠르게 흘러갔다.

영호련의 당황한 모습이 보인다. 휘가 씩 웃으며 그대로 영호련의 머리를 타 넘었다. 순간 웅경의 쌍권이 강력한 권력을 일으키며 달려들자 휘의 좌권이 웅경의 권력에 정면으로 일권을 내질렀다.

쿠궁!!

주르륵 뒤로 세 걸음을 물러선 웅경의 눈이 크게 뜨였다.

'이, 이, 이 권세는?'

놀랄 사이도 없이 휘의 그림자가 철군명을 덮쳐 간다.

철군명은 이를 악물고 검에 혼신의 내력을 주입했다. 놈이 어둠을 뚫고 날아오고 있다. 폭풍처럼! 어둠을 타고!

검신을 타고 내력이 폭발할 듯이 넘실거린다. 그러다 한순간, 검끝에 파란 기운이 뭉치더니 한 자가량을 죽 뻗어 나갔다. 지금껏 어느 누구에게도 보여주지 않았던 검강의 경지였지만, 지금은 이것저것 가릴 상황이 아니다.

빠르게 다가가는 휘의 눈이 깊게 가라앉았다.

철군명이 이 장 앞에 있다. 찰나간의 거리, 한데 그의 검에서 검강이 형성되었다. 미처 생각하지 못한 상황, 그렇다고 망설일 시간도 없다. 힘에는 힘!

파앗!!

만양이 어둠을 연붉은 빛으로 물들이고,

번쩍!

허공이 갈라졌다.

콰콱!

미끄러지듯이 물러서는 철군명의 안색이 창백하게 변해 버렸다. 주춤 멈춰 선 휘의 눈빛도 신중하게 굳어졌다.

일시지간에 끌어올린 기운이 제대로 검에 실리지를 못했다. 그래선지 별다른 타격을 주지 못한 듯하다.

'상대를 경시하다니……. 어리석은!'

후웅!

가볍게 만양을 휘돌렸다.

만양의 끝에서 피어오르는 연붉은 아지랑이.

화르륵.

붉은 강기가 검날을 달려 뻗어 나간다.

"다시 한 번 받아봐라!"

스윽.

미끄러지며 다가간 휘, 만양이 어둠을 찢어버리며 붉은 강기를 떨구어 냈다.

화르르. 콰과과과!!

뒤로 주르륵 물러선 철군명이 검을 중단으로 끌어올렸다. 가공할 기운에 절로 눈을 부릅뜬 철군명.

'제기랄! 할 수 없다.'

그때였다. 뭔가 결심을 굳힌 듯 이를 악문 철군명의 눈이 암흑으로 물들어간다. 그러더니 끝내는 흰자위조차 사라져 버렸다.

순간 그의 검끝에서 묵빛 암흑의 기운이 실처럼 뻗어 나오더니, 악마의 이빨을 들이대며 달려들었다. 그러자 휘의 만양에서 생성된 강기가 한줄기 붉은 번갯불만을 남긴 채 어둠을 양단했다.

콰과쾅!!

"크윽!"

이 장 밖으로 튕겨진 철군명의 머리가 풀어 헤쳐져 날리고, 입에서 가느다란 피를 흘리며 몸을 일으키는 그의 눈은 믿을 수 없다는 눈빛으로 홉떠졌다.

휘도 세 걸음을 물러서서 놀라움이 담긴 차가운 눈으로 철군명을 바라보았다.

첫 번째 검격과는 천양지차의 기세였다. 뭔가 알 수 없는 어둠의 기운, 만양에 잘려지면서도 끈끈하게 버티던 그 기운은 결코 철혈성의 무공이 아니었다.

사이하면서도 파괴적인 힘. 암울한 암흑의 마기. 그 힘이 휘의 내부를 흔들어 버렸다.

휘는 목구멍으로 넘어오는 핏물을 그대로 삼켜 버리고, 철군명의 흰자위가 보이지 않는 시커먼 눈을 바라보았다.

"마공인가?"

휘의 말에 철군명의 눈이 어둠으로 일렁인다.

"흐흐흐, 네놈이 상관할 일이 아니지……."

"하기는, 내가 상관할 건 없겠지."

차갑게 말을 맺은 휘가 우수에 들린 만양을 가볍게 흔들었다. 순간적으로 붉은 기운이 넘실대며 피어오르다가 검첨에 맺혔다.

철군명의 두 눈에서도 시커먼 암흑의 기운이 흘러나오고 있었다.

천천히 들어올려진 휘의 만양이 허공에 한 송이 꽃을 그려간다. 그걸 보며 철군명의 눈이 괴이하게 일그러졌다.

"뭐 하는 짓……."

휘가 씩 웃으며 혈련화의 마지막 꽃잎을 그려가고, 순간 보통 때보다 더 커다란 혈련화가 허공에서 꽃잎을 벌렸다. 그리고…….

"직접 봐! 가라!!"

휘의 입에서 터진 나직한 외침에 둥실, 허공에 떠 있던 혈련화가 철군명을 향해 벼락처럼 튕겨졌다.

혈련삼화의 두 번째, 몽여화(夢餘花)! 그 초현이었다!

고오오오.

"헉!!"

철군명의 시커먼 두 눈이 걷잡을 수 없이 흔들렸다.

혈련화에서 전해지는 강렬한 천양의 기운에 암흑의 기운이 비명을 지르며 격렬하게 몸부림을 치고 있는 것이다!

"으아아!!"

솟구치는 마기를 참을 수 없는지 괴성을 내지른 철군명이 혼신의 힘으로 혈련화를 향해 암흑의 마기가 서린 검을 내질렀다.

일순간 혈련화와 암흑의 기운이 허공에서 부딪치고 엉켜들다가 끝내 터져 버렸다!

콰르르르. 콰쾅!!

"크어억!"

"으음……."

터져 나간 두 가지 기운에 대기가 비명을 지르고, 두 사람이 튕겨져 나갔다.

"쿨룩! 웩!!"

이 장 밖으로 나가떨어진 철군명이 한 움큼의 선혈을 토해내며 떨리는 무릎을 세웠다.

주르륵.

네 걸음을 물러선 휘도 창백하게 굳은 안색으로 기혈을 가라앉혔다. 그런 그의 두 눈에 진한 갈등이 어렸다.

본시 휘는 사부와의 약조가 어겨지더라도 철군명만은 철저히 응징을 하려 했었다.

이놈은 사부의 팔을 자르게 만든 놈! 이놈만큼은 죽여야 한다! 죽여야 한다! 죽여야 돼!

그런데 뭔가 껄끄러운 그 무엇이 자꾸 휘의 마음을 잡아당기고 있었다.

철군명에겐 암울한 어둠이 깃든 무언가가 있다. 철혈의 세상이 뒤틀려 버린 근원에 접근할 수 있는 그 무엇이. 어쩌면 뭔가를 알아낼 수 있을지도…….

그래! 죽이는 것만이 능사가 아니다. 그냥 죽인다는 것은 놈을 너무 편하게 해주는 거다. 좋아, 철군명! 더 커라! 더 커서 어둠 속에 웅크린 놈들을 모조리 세상 밖으로 끌어내거라!

'철군명! 너는 이제부터 미끼다! 미끼는 싱싱할수록 좋다 했으니…….

오늘은 보내주마!'

휘가 갈등을 풀어버리고 마음을 굳히는 사이, 두 사람의 격돌을 보며 질려 있던 웅경과 영호련 등이 재빨리 철군명의 앞을 가로막았다.

그러자 다른 철혈단의 무사들도 떨리는 검을 치켜세운 채 휘를 에워쌌다.

하늘의 달도 구름 사이로 슬쩍 고개를 내밀었다. 사위가 달빛을 받아 밝아져 온다. 일그러진 보름달이 무슨 일인가 하고 고개를 내밀자 상황이 달라졌다.

휘는 깊게 숨을 들이쉬며 내기를 가라앉히고 주위를 둘러보았다.

달빛조차 없을 때는 절대적으로 유리한 상황이었다. 그러나 밝은 달빛이 있는 상황에서는 결코 승리를 장담할 수 없다. 적들은 미처 그 차이를 깨닫지 못하고 있지만, 휘는 충분히 깨닫고 있었다.

어둠이라는 원군이 없는 이상, 계속 싸운다면 이길 수는 있어도 많은 손해를 감수해야 할 것이다. 그래서는 아무런 이득도 없다. 휘의 목표는 눈앞에 있는 이들 따위가 아니니까.

휘는 만양을 검집에 집어넣고 차갑게 입을 열었다.

"오늘은 여기까지 하지! 따라온다면 막지는 않는다. 그러나 죽음을 각오해야 할 거야!"

그리고는 철군명의 두 눈을 직시했다.

"철군명, 다음에는 좀 더 강해져 있기를 기대하겠다! 비겁하게 인질 따위를 이용하지 않고도 나를 상대할 수 있어야 하지 않겠나?"

일갈을 내친 휘가 돌아서 걸어간다. 하지만 아무도 막지를 않았다. 막아섰던 자조차 길을 비켜줬다. 웅경이 무엇인가 질문을 던지려다 입을 다물었다.

'그 일권은 분명 그때의 일권과 같았다. 그는 누구고, 그대는 누구인가?

철군명은 아무렇지도 않게 등을 보이는 휘를 살기 가득한 눈으로 쏘아보았다. 휘의 말 한마디, 동작 하나하나가 송곳이 되어 가슴을 후비고 있었다. 부들부들 온몸이 사시나무처럼 떨려왔다.

비겁하다고? 더 강해지라고?

'놈! 이놈! 죽이리라! 아버님의 명이 아니더라도 네놈만은 죽이리라! 감히, 감히 나를 무시하다니⋯⋯. 나를 땅바닥에 나뒹굴게 하고 돌아서다니⋯⋯. 내 혼을 팔아서라도 네놈을 죽일 무공을 익히리라! 천하 만인 앞에서 네놈을 꺾어 무릎을 꿇리리라!'

그러나 영호련만은 다른 사람과 달리 기이한 눈으로 휘의 등을 쳐다보았다. 그러다 고개를 저으며 철혈단의 무사에게 명을 내렸다.

"사공 대주를 모시고 다른 단원들의 부상을 살펴봐라!"

철혈단의 무사들이 부산하게 움직이며 쓰러진 단원들을 한곳으로 모았다. 사공민을 위시해서 칠팔 명이 걷지도 못할 정도로 다치긴 했지만 죽을 정도의 중상자는 없었다.

영호련의 눈이 다시 저만치 멀어진 휘를 바라보았다.

'총령의 아이들은 모두 죽였으면서 왜 우리들은 하나도 죽이지 않았단 말인가? 그대는 살귀인가, 아니면 철혈을 아는 진정한 무사인가?'

하지만 그녀는 떨칠 수 없는 의문을 가슴속 깊이 담은 채 고개를 돌릴 수밖에 없었다. 철군명이 이를 갈며 명령을 내리고 있었으니⋯⋯.

"으드득! 일단⋯ 돌아⋯ 간다⋯⋯."

휘가 풍인강을 쳐다보고는 빙긋 웃었다. 그러자 그가 철군명 쪽을 바라보고는 나직이 묻는다.

"괜찮겠습니까?"

후환을 말하는 듯. 휘가 슬머시 웃으며 대답했다.

"이 정도 일로 고민할 것 같았으면 세상으로 나오지도 않았습니다."

그러고는 초평우를 바라보았다.

여기저기 옷이 찢겨지고 제법 많은 상처를 입긴 했지만 그의 얼굴만큼은 밝아져 있었다.

초평우가 벙긋 웃는다, 마치 '나 어땠수?' 하고 묻는 것처럼. 휘가 웃으며 잘했다는 듯 고개를 끄덕였다.

"갑시다. 이곳에서의 일은 끝났으니까."

거세게 흔들어놨으니 정신이 없을 것이다. 철혈성이나 신비 세력이나 어떤 식으로든 움직이지 않을 수가 없을 터, 나머지는 만시량에게 맡겨놓으면 되었다.

미끼는 던져졌다!

5

곡중헌은 불길이 이는 눈으로 바닥에 이마를 대고 있는 흑의인을 쳐다봤다.

"그래서, 모두 죽었다?"

"속하가 확인한 바로는……."

"암인을 비롯한 암객 열을 단신으로 죽일 수 있는 자가 몇이나 될 거라 생각하느냐? 달빛도 없는 밤에 말이다."

"속, 속하도… 믿을 수가……."

곡중헌의 눈 깊은 곳에서 암흑의 기운이 일렁거렸다.

"천하에 그러한 능력을 지닌 자는 스물을 넘지 않는다. 그렇다면 그가 그 정도의 능력을 지녔단 말인가? 아직 젊은 자라 했거늘."

“철혈단도 물러섰다 합니다, 령주!”

“후후후, 철군명이 아직 본색을 드러내지 않은 이상은 어쩔 수 없었겠지.”

“저, 그게…….”

흑의인의 미적거리는 말에 곡중헌의 웃음이 그쳤다. 그러자 흑의인의 고개가 더욱 깊이 숙여졌다.

“속하들이 자세히 조사한 바로는, 그곳에서 암흑마령의 흔적이…….”

와직!

곡중헌이 태사의 팔걸이를 움켜쥐며 눈을 부릅떴다.

“그게 사실이냐?”

“부서져 나간 나무에서 생기가 말라 버렸습니다. 그것은…….”

“으음, 암흑마령기(暗黑魔靈氣). 그가 암흑마령을 끌어올려야 할 만큼 다급해졌었다는 말인가? 그러고도 실패를 했다?”

곡중헌이 눈을 감고 깊은 생각에 잠기자 흑의인은 조용히 곡중헌의 부름만을 기다렸다.

일각 정도의 시간이 지나자 곡중헌의 눈이 뜨였다. 그가 흑의인을 바라보며 나직한 음성을 흘렸다.

“너희가 본 것을 당분간 아무에게도 알리지 말아라.”

“존명!”

“곧 궁에서 사자가 올 것이다. 그에게도 알려서는 안 된다.”

“하오나…….”

“이곳의 책임자는 나라는 것을 명심해야 할 것이다.”

“명.심.하겠습니다, 령주!”

흑의인을 내보낸 곡중헌의 눈에서 어둠의 기운이 출렁였다.

“암혼.”

그의 나직한 부름에 옆의 휘장 뒤에서 음울한 답이 들려왔다.

"예, 령주."

"들었겠지? 암인과 그 형제들이 당했다. 원인이 뭐라 생각하느냐?"

"그들에겐 이번 일이 첫 번째 임무였습니다, 령주."

"그러니까 경험 미숙이다. 그 말인가?"

"속하가 보기에는……."

"흠, 어쨌든 암객 일 개 조가 모두 당했다는 것은 그만큼 상대가 강하다는 말이겠지. 암혼, 네가 가라. 가서 그의 모든 것을 지켜보며 명을 기다려라."

"알겠습니다, 령주."

나직한 대답과 함께 암혼의 기척이 사라지자 곡중헌의 이마에 깊은 골이 패었다.

'철군명이 암흑마령을 끌어올리고도 실패했다니……. 왠지 불길한 느낌이 드는군. 음.'

6

철운성은 자신의 앞에 무릎을 꿇고 있는 철군명을 싸늘한 눈으로 내려다봤다.

자신이 비록 잡지 못하면 돌아오지 말라 했지만, 철혈단 전체가 달려들고도 어찌하지 못했다면 철군명만의 잘못도 아니었다.

게다가 총령의 아이들은 모두 죽었다 하지를 않는가.

"대체 그놈이 누구이기에 그리도 강하더란 말이냐?"

침음성이 섞인 철운성의 말에 철군명은 이를 갈았다.

"놈이 누구든 소자가 죽일 것입니다!"

"철혈단이 다 달려들고도 못 죽였거늘, 어찌 죽인단 말이냐? 너는 손을 떼거라. 내 따로 사람을 보낼 것이다!"

철군명이 두 손을 피가 나도록 움켜쥐며 말했다.

"소자, 신마천궁의 사람이 되겠습니다."

순간 철운성의 표정이 딱딱하니 굳어졌다.

"네 말이 무슨 뜻인지 아느냐?"

"어차피 명분뿐인 제자이긴 하나 저 역시 신마천궁주의 제자입니다. 이번 기회에 아예 정식 제자로 들어가겠습니다."

그 말에 철운성이 한마디 한마디 칼로 끊듯이 말했다.

"그리되면… 철혈성의 후계권이 박탈될 것이다."

철군명은 고개를 들었다. 그라고 모르는 바가 아니다. 단순히 무공을 익히는 것과 신마천궁주의 정식 제자로 그곳의 후계권을 가지게 되는 것과는 천지 차이였다. 약한 곳이라면 복속시킬 수라도 있지만 더 강한 곳에는 오히려 잡아먹히게 될 터, 어느 누가 그를 철혈성의 후계자로 인정하려 하겠는가. 심지어 철운성조차 반대할 것이다.

그는 눈에서 불길을 내뿜으며 아버지 철운성을 바라보았다.

"놈을 죽이지 않고는… 저도 없습니다. 아버님, 놈을 꺾어서… 제 앞에 꿇려놓고 죽일 것입니다!"

철운성은 자신의 아들을 말리기에는 이미 늦었다는 것을 알았다. 자존심이 꺾이는 것을 극히 싫어하는 아들이었다. 어릴 때부터 자신이 그리 키워왔으니 어찌하겠는가. 떠나겠다 마음먹었다면 분명 떠날 것이다. 그나마 위안이라면 손자가 남아 있다는 것. 생각이 씨가 되어버렸다.

"네가 그리 마음먹었다면 어쩔 수 없겠지. 하나 한 가지만은 명심해야 한다. 너의 뿌리는 철혈성에 있음을 잊지 말아야 할 것이다!"

"명심… 하겠습니다, 아버님."

철군명의 고개가 깊숙이 숙여졌다.

'어쩌면 아버지라 부르는 게 이번이 마지막이 될 것 같습니다. 오랫동안 겪어왔던 마음의 고통도 이제는 정리해야 할 때가 된 것 같으니까 말입니다.'

8장
낙양행

1

"형님, 어디로 가실 겁니까?"

초평우가 물어오지만 휘는 바로 대답을 할 수가 없었다.

태백산의 능선을 타고 사흘째, 종남산이 저 멀리 보이고 있었다. 북쪽으로는 장안이 코앞이고, 동북쪽으로는 여산이 이어진다. 그리고 동쪽으로 쭉 가다 보면 하남성이 나올 것이다.

문제는… 휘가 그걸 모른다는 것이다. 뭘 알아야 대답할 것이 아닌가?

휘는 초평우를 바라보았다. 그의 시선은 북쪽으로 향해 있었다. 아마도 초가보가 있다는 장안이 그쪽인가 보다.

"가보고 싶습니까?"

흠칫.

초평우가 어색한 표정으로 고개를 저었다.

"나중에요. 제가 더 강해지면… 그때 가겠습니다."

풍인강을 바라보았다. 무뚝뚝한 표정이 어디를 가든 상관없다는 태도다.

"그럼 이렇게 하죠. 일단은 낙양으로 가겠습니다. 제가 그곳에서 알아볼 것이 있으니까 말입니다. 그런데……."

말을 하다 말고 휘가 초평우를 보며 조용히 물었다.

"어디로 가야 낙양입니까?"

초평우가 손가락으로 동쪽을 가리켰다. 그리고 뚱한 목소리.

"형님, 일단은 간단한 중원의 지리부터 배우셔야……. 안 그래, 풍가야?"

풍인강이 무심한 눈으로 초평우를 바라보다가 슬쩍 손을 들어올렸다.

"저쪽으로 가야 낙양이라고요? 그럼 저쪽은?"

초평우가 풍인강의 눈과 손끝을 번갈아 보더니, 끝내 늑대의 이빨을 박박 갈았다.

"…장! 안!"

젠장할! 대체 그 나이 먹도록 뭐 한 거야?

*　　　*　　　*

진령산맥(秦嶺山脈) 동쪽의 종남산(終南山). 중원 불교의 성지이며 또한 도교의 성지로서, 북으로 장안을 품에 안고 있어 수많은 사람의 발길이 끊이지 않는 명산이었다.

그러나 무인들에게 있어서는 그 무엇보다도 구대문파의 하나인 종남파가 있기에 더욱 유명한 산이었다. 그러다 보니 무인들이 종남산을 찾는 이유는 대문파 종남과 어떤 식으로든 연관이 있게 마련이었다. 하지만 꼭 그렇지 않은 사람도 있게 마련.

석양이 서산머리에 살짝 머리를 걸치고 온 세상을 붉게 물들이던 시각, 종남의 남쪽 작수(柞水)현에 들어선 세 사람이 바로 그런 사람들이었다.

온통 먼지를 뒤집어쓴 세 사람은 언뜻 봐도 떠돌이 낭인무사처럼 보였다. 더구나 도검까지 차고 있는 것으로 봐선 당연한 생각이 들 지경이었으니……. 자칭 작수제일의 점소이 괄삼도 그들을 낭인이라 생각할 수밖에.

다만 그중 두 사람의 인상이 조금 싸늘하다고나 할까, 더럽다고나 할까. 좌우간 보는 이로 하여금 눈동자를 저절로 돌리게 만드는 그런 인상이 조금은 마음에 걸리는 괄삼이었다.

그렇다고 괄삼이 기가 죽을 이유는 없었다. 이곳은 누가 뭐라 해도 종남의 영역이었고, 낭인 따위가 까불 수 있는 곳이 아니었으니까. 그래도…….

"어섭셔!!"

인상이 더러운 사람한테는 약간의 양보심을 발휘해야겠지?

"먼 길을 오셨나 봅니다. 이쪽으로……."

참으로 투철한 직업 정신의 괄삼이었다.

객잔에 들어가기 전, 가볍게 먼지를 털어낸 세 사람이 괄삼의 안내로 자리에 앉자 그때부터 괄삼이 자신의 최대 장기를 선보이기 시작했다.

"저희 용호객잔으로 말씀드릴 것 같으면, 온갖 진귀한……."

"만두!"

차가운 한마디. 괄삼의 인상이 살짝 구겨졌다. 어디서 감히 자신의 말을 끊는단 말인가. 하지만 인상이 너무 싸늘하니 일단은…….

"헤헤, 손님, 저희 용호객잔의 음식 중에서도……."

"오리 구이."

와락.

괄삼의 인상이 조금 더 심하게 구겨졌다. 누가 낭인 아니랄까 봐 생긴 것도 꼭 늑대 같은 놈이…….

'씨벌, 눈빛도 꼭 늑대새끼 같네.'

"알겠습니다요. 만두하고 오리 구이, 곧 올립죠."

획 돌아선 괄삼이 막 주방을 향해 소리치려 할 때였다.

"나는……."

아! 하나 더 있었지? 그럭저럭 잘생긴 작자.

"예! 저희 용호객잔에선 음식 하나를 해도… 주절주절… 조잘조잘……."

마침내 한참에 걸쳐 자신의 장기를 다 발휘한 괄삼이 득의의 표정을 지으며 잘생긴 자를 쳐다보았다. '뭘로 드시겠습니까?' 하는 눈빛으로.

"나도 오리 구이."

괄삼이 벌건 얼굴로 뒤돌아가자 늑대 눈빛 초평우가 휘에게 물었다.

"저 친구 어디 아픈가 본데요? 얼굴이 빨간 것이."

휘가 대답했다.

"아마 화병이 좀 있나 봅니다. 침 맞으면 나을 텐데……."

침묵을 지키고 있던 얼음 낯짝 풍인강이 조용히 말했다.

"눈도 빨갛던데, 눈병도 있나 봅니다."

끄덕끄덕.

순간 주방으로 다가가던 괄삼의 발걸음이 휘청, 하마터면 탁자 모서리에 정통으로 이마를 찧을 뻔…….

식사를 마치고 방으로 들어가자 휘는 따뜻한 물부터 부탁했다.

잠시 후, 따뜻한 물이 들어오자 목 부분의 이음매를 조심스럽게 뜯어내고는 면구를 벗겨냈다. 오랜만에 면구를 벗어서인지 시원한 느낌이 기분 좋게 느껴졌다.

만시량의 말에 의하면, 최소한 열흘에 한 번은 면구를 벗고 이물질을 씻어내야 한다고 했다. 아무래도 땀이 나다 보면 때가 낄 테고, 그러다 보면 면구의 틈이 벌어져 남들이 쉽게 알아볼 테니까. 게다가 수염은 면구를 쓰는 데 큰 걸림돌이었다.

얼굴을 씻은 다음 수염까지 깎고 면구에 낀 먼지를 닦아내고 있을 때였다. 누군가가 방문을 두드렸다.

"들어가도 되겠습니까?"

풍인강이었다. 휘는 무심코 대답했다.

"들어오세요."

덜컹.

방문이 열리고 풍인강이 들어왔다. 그는 방으로 들어서며 휘에게 다가서다가 무슨 일인지 우뚝 걸음을 멈추었다. 그러자 휘가 어리둥절한 표정으로 물었다.

"왜?"

순간,

"당신 누구야?! 왜 이 방에 있는 거지? 진 형은? 아!"

그러다 무슨 생각을 했는지 풍인강이 후다닥 돌아섰다. 그리고 안에다 대고 큰 소리로,

"죄송합니다, 진 형! 여자가 있는 줄도 모르고……."

픽!

느닷없는 충격에 풍인강은 바닥의 단단함을 이마로 직접 느껴봐야만 했다.

한참 만에 풍인강이 정신을 차리고 앞을 보자 그 여자(?)가 미안한 표

정을 짓고 있는 것이 보였다. 그리고 초평우는 그 옆에서 재미있다는 듯 킬킬거리고 있었다.

"이거… 나도 모르게 손이 나가서……."

휘의 목소리에 풍인강이 멍한 표정으로 휘를 바라보았다.

"그러니까… 진… 형?"

풍인강도 진 형이라고 부른다. 진조여 형은 아무래도 발음이 어려운가 보다. 다들 그러는 것이…….

"크크크……."

초평우가 재미있어 죽겠다는 표정이다.

"형님의 얼굴을 보면 다들 한 번씩은 그런 오해를 하지. 그리고 한 대씩 맞고 말이야."

"세상에……."

휘가 면구를 보여주자 그제야 이해를 했다는 표정으로 풍인강이 말했다. 여전히 싸늘하게…….

"그 면구, 꼭 쓰고 다니십시오."

"그 정도로 보기가 안 좋습니까?"

휘의 어색한 표정에 풍인강이 그답지 않게 고개를 설레설레 흔들었다.

"살인납니다, 살인……."

이제는 면구를 벗어도 될 줄 알았는데, 아무래도 더 쓰고 다녀야 할 것 같다는 생각에 휘의 표정이 침울하게 흐려졌다. 그러자 초평우는 새삼 삼살귀의 심정을 알 수 있을 것 같았다.

'삼살귀들 두들겨 팰 때나, 태백산에서 귀신같던 놈들을 죽일 때는 눈도 깜짝하지 않더니……. 저 표정은 보는 것만으로도 안쓰럽게 느껴지니… 속지 말아야지…….'

어쨌든 휘는 다시 면구를 쓸 수밖에 없었다. 오해를 받는 것보다는 차

라리 조금 귀찮은 게 낫겠다는 생각이 든 것이다. 다만,

"수염이 자라면 조금 괜찮을 것도 같습니다만……."

풍인강의 조언은 조금 생각해 보기로 했다.

아침이 밝아오자 세 사람은 객잔을 나섰다.

오랜만에 씻고 수염까지 정리한 초평우와 풍인강이 찢어진 옷까지 새 것으로 갈아입자, 객잔에 들어갈 때에 비하면 거지가 공자가 되어 나온 것 같았다. 심지어는 괄삼이 몰라보고 일장 연설을 하려다가, 초평우의 '만두하고 오리 구이 좀 싸줘' 라는 한마디에 허탈한 표정을 지을 정도였다.

2

작수현을 벗어나 종남산의 동북쪽을 돌아가는 길은 장안과 여산으로 통하는 길이다 보니 관도가 제법 넓게 뚫려 있었다.

세 사람은 아침의 맑은 기운을 마시며 관도를 따라 양구령을 넘어가기로 했다. 시간이 일러서인지 관도에는 사람이 그다지 많지를 않았다.

길을 가는 중에도 초평우는 계속 중얼거리며 천양의 법문을 외우기에 정신이 없었고, 풍인강은 휘가 가르쳐 준 오보천환의 기초를 익히느라 가끔씩 좌우로 몸을 흔들어대고 있었다.

너무 정면 승부만을 고집하는 풍인강이었다. 생사의 전장에서 살아남기 위해서 그에게 꼭 필요한 것이 신법이었지만, 어이없게도 그는 진천검결에 따른 보법 이외에는 따로 익힌 신법이 없다고 한다. 해서 휘가 오보천환의 기본적인 움직임을 가르쳐 준 것이었다.

그러나 길을 가면서까지 무공을 연마한다 해서 두 사람의 표정이 변한

것은 아니었다. 그저 중얼거리는 늑대와 흔들리는 얼음덩어리라고나 할까.

그렇게 세 사람이 양구령을 넘어갈 때였다. 저만치 오십여 장 밖, 굽이도는 양구령 정상의 한쪽에 상당한 숫자의 사람들이 모여서 쉬고 있었다.

마필만 해도 대여섯 필은 되어 보이는데다 마차까지 있는 것이, 결코 적지 않은 인원이 있음을 짐작케 했다.

아니나 다를까, 가까이 가서 보자 근 이십에 달하는 사람들이 휴식을 취하고 있었다.

문득 마차를 바라보던 초평우가 가벼운 탄성을 내질렀다. 정확히는 마차 지붕에 꽂힌 깃발을 보고.

"아! 백풍표국!"

휘가 초평우를 바라보았다, 설명을 기다리는 눈빛을 하고. 초평우가 지체없이 입을 열었다. 이미 요 며칠간 한두 번 본 눈빛이 아니었으니.

"하남의 삼대표국 중 하나로 정주에 기반을 두고 있는 표국입니다. 국주는 종남의 속가제자로 섬광일검 이자현이라는 사람입니다. 개국한 지 이십여 년 만에 백풍표국이 하남의 삼대표국에 끼일 만큼 성장한 데는 그의 능력도 능력이지만, 종남이 음양으로 많은 도움을 주었다는 것이 정설입니다."

순식간에 줄줄 이야기를 늘어놓은 초평우의 말을 들으며 휘는 백풍표국의 사람들을 살펴보았다.

표국은 일반적으로 귀중한 물건들을 안전하게 수송해 주는 그런 일을 한다고 아버지들에게 들었다. 아마 저들도 뭔가 모를 물건을 운반하고 있을 터였다. 그리고 그 물건은 마차에 있는 듯했고.

문득 휘의 눈에 한 사람이 들어왔다. 사십대로 보이는 청의인, 그는 마차에서 조금 떨어진 바위 위에 앉아 있었다. 절제된 기운, 고요히 가라앉은 자세, 언뜻 보아도 범상치 않은 고수로 보이는 자였다. 다른 사람들과는 확연히 구분될 정도로.

주위의 다른 자들도 그의 곁에는 쉽게 접근을 하지 않다가, 혹시라도 지나칠 때에는 공경의 자세를 취하고 있었다. 한데 언뜻 그의 눈이 휘와 마주친 듯 느껴졌다. 매우 깊어 보이는 눈이었다.

청의의 중년인 유현명은 두어 굽이 아래쪽에서 올라오고 있는 세 명의 무사가 보이자 안력을 돋우어 그들을 살펴보았다. 걸음걸이가 안정되어 보이는 것이 제법 기초가 튼실한 자들인 듯 보였다.

"적상."

유현명의 부름에 한쪽에서 동료들과 이야기를 나누고 있던 자가 고개를 돌렸다.

"저쪽에 오고 있는 자들, 어찌 생각하나?"

오적상은 유현명의 말에 고개를 올라오고 있는 세 사람을 유심히 바라보았다.

"특정 문파의 특징이 보이지 않는데다 각기 다른 무기들, 낭인들 같습니다. 제법 괜찮아 보이는데요?"

어느덧 거리가 이십여 장이 되자 더욱 자세히 살필 수 있었다. 잠시 더 세 사람을 살피던 유현명이 조용히 말했다.

"기세가 제법이다. 쓸 만할 것 같은데……. 한번 물어나 봐라."

휘의 눈에 이채가 떠올랐다.

이십여 장의 거리가 되자 그들 중 몇몇이 세 사람을 바라보고는 뭐라 쑥덕이는 것이 보인 것이다.

비록 관도이고 종남의 앞마당이긴 했지만 도검을 차고 지나다니는 이는 그리 쉽게 볼 수 있는 모습이 아니었던 터에, 약간 특이한(?) 기운을 지닌 세 사람의 모습이 아무래도 그들의 신경을 건드린 듯했다.

십여 장의 거리로 가까워 오자 쑥덕거리던 자들 중 하나가 일어서더니 세 사람에게 다가온다. 휘가 옆의 초평우에게 물었다.

"표국 사람들이 원래 저리 무사들만 다닙니까?"

초평우가 그제야 깨달았다는 듯 고개를 갸웃거렸다.

"그러게 말입니다. 쟁자수도 없고 전부 무사들만 있군요. 뭐, 물건이 작다거나 아니면 가끔 있는 일입니다만, 사람을 보표할 때는 그럴 수도 있습니다."

그 말에 휘가 고개를 끄덕일 때였다. 다가온 자가 말을 걸어온다.

"나는 백풍표국의 장호라 하는 표사외다. 한 가지 묻고자 합니다만……."

휘가 초평우를 바라보자 초평우가 앞으로 나섰다.

"무슨 일이오?"

날카롭게 보이는 초평우의 기세에 장호라는 표사가 약간 인상을 찌푸리더니 물었다.

"세 분은 어디서 오신 분들이신지?"

"작수에서 오는 길이오만."

"이해를 잘못하신 듯하군요. 내 말은 사문이 어찌 되냐는 말이외다."

"그걸 꼭 말해야 하오?"

여전히 날카로운 말투에 장호의 눈살이 찌푸려졌다.

"이곳은 종남산이오. 그리고 우리는 종남의 속가인 백풍표국의 표사들이오. 칼 차고 다니는 사람이라면 우리가 묻는 이유를 짐작할 만도 할 것이라 생각하오만."

그 말에 초평우의 표정이 굳어가자 휘가 먼저 한마디를 툭 던졌다.

"그러니까 쉽게 말해서, 종남산에선 종남파의 말을 들어야 한다, 그 말이오?"

직설적인 휘의 말에 이 번엔 장호의 표정에 당황이 떠올랐다.

"그건 아니고……."

"그리고 너희들 수상한 사람 아니냐, 그걸 묻는 것이오? 그렇다면 말해 주겠소. 우린 그냥 지나가는 사람일 뿐이오. 됐소?"

"그게……."

일순간 어찌할 바를 모르던 장호의 인상이 와락 구겨졌다.

"꽤나 자신만만하군! 그대들이 수상한 사람인지 아닌지, 그대의 말만 듣고 어찌 믿는단 말인가?"

"물론 믿고 안 믿고는 그대가 알아서 할 일이오. 우리는 갈 길을 가면 되는 것이고. 초 형, 갑시다."

휘가 장호를 무시하고 가려 하자 저만치에서 한 사람이 또 일어나더니 그들에게 다가왔다.

"장호! 물러서라!"

삼십대 초반으로 보이는 그자에게선 제법 삼엄한 기세가 풍겨져 나오고 있었다. 그는 휘의 앞으로 오더니 가볍게 포권을 취하며 말했다.

"장 표사가 무례를 범한 것 같소."

'그래도 이자는 좀 나은 것 같군.'

휘가 바라보자 그가 말을 이었다.

"나는 백풍표국의 표두, 오적상이라 하오. 사문을 물은 것은 귀하들에게 한 가지 물어볼 것이 있어서요."

휘는 오적상을 바라보다가 그의 말에 별다른 악의가 없는 듯하자 순순히 고개를 끄덕였다.

"특별히 사문이라 할 곳은 없습니다. 그냥 낭인이라 생각하시면 됩니다."

"흠, 역시……."

그럴 줄 알았다는 듯 고개를 끄덕인 오적상이 다시 입을 열었다.

"그렇다면 따로 가시는 곳이 있으시오?"

"낙양으로 가는 길입니다만……."

휘의 말에 오적상이 슬쩍 옆을 돌아보았다. 휘의 눈도 그가 바라보는 곳을 향했다. 청의의 중년인이 미미하게 고개를 끄덕이는 것이 보인다. 아마도 오적상이 움직인 것은 그의 명에 따른 것인 듯했다. 오적상이 정색하며 말했다.

"그렇다면 우리와 동행하지 않겠소? 우리도 낙양을 거쳐 갈 생각이오."

뜻밖의 제의였다. 표행에 잘 알지도 못하는 타인을 합류시킨다는 것은 웬만한 일로는 생각하기 힘든 일이었다. 강호 경험이 없는 휘가 생각해도 오적상의 제안은 아주 예외적인 일이었다.

"의외로군요. 이유를 알 수 있겠습니까?"

"말 못할 것도 없소. 우리는 지금 표행을 하는 중이오. 한데 그만 뜻밖의 일이 생겨 한 가지 일을 더 맡게 되는 바람에, 길을 가던 중 일행이 갈라져야 하오. 그러다 보니 인원을 보충해야 하는데, 종남에 사람을 보내 도움을 청하기에는 시간이 없소이다. 해서 귀하들이 낭인이라면 임시로 고용할까 하는 것이오."

"우리를 고용한다고요?"

"그렇소. 대우는 섭섭지 않게 해주겠소."

이들은 자신들을 어떻게 믿고 표행에 합류를 시키겠다는 걸까? 그러나 말투로 봐서 그냥 하는 말 같지는 않았다.

휘는 잠깐 생각을 하는 듯하다가 고개를 끄덕였다.

"그것도 나쁘지는 않겠군요. 어차피 낙양에 가던 길이니……."

휘의 대답에 오적상이 웃음을 지으며 중년인에게 고갯짓을 하자 초평우가 넌지시 휘를 바라보았다.

"형님, 표행과 같이 움직이다 보면 제약을 많이 받을 텐데요."

"정 안 되겠으면 따로 가지요. 뭐, 돈 벌면서 가는 것도 괜찮지 않겠습니까?"

공돈이 생길 일을 어찌 피해 가랴! 그 말이었다.

오적상은 세 사람을 중년인에게로 데리고 갔다.

그들이 표사들 사이로 지나가자 모든 사람들의 시선이 세 사람에게 집중됐다. 그러나 신기한 듯 여기저기 둘러보는 휘, 날카로운 눈빛의 초평우, 얼음장 같은 표정의 풍인강, 세 사람의 표정은 여전히 한 점 변함없이 전(前)과 동(同)이었다.

"사숙, 데려왔습니다."

"음, 수고했다."

중년인은 고개를 끄덕이고는 세 사람을 바라보았다.

"나는 표행을 맡고 있는 유현명이라 하네. 오 사질에게 대충 말은 들었을 것이네. 흠, 사문은 그렇다 치고, 이름 정도는 말해 줘도 상관없을 듯하네만."

휘가 고개를 끄덕였다.

"조휘라 합니다."

휘가 조동인의 성으로 이름을 말하자 두 사람도 자신의 이름을 말했다.

"초평우요."

"풍인강이오."

"음, 가서들 쉬게. 곧 출발할 것이네."

유현명의 말에 세 사람이 한쪽 구석으로 가자 오적상이 유현명에게 작은 소리로 물었다.

"유 사숙, 저들이 꼭 필요하겠습니까?"

유현명이 천천히 고개를 끄덕였다.

"저들 중 두 사람은 오 사질보다 강하다. 일이 안 터지면 안 터지는 대로 좋겠지만, 만일의 경우 상당한 도움이 될 것이다. 아무래도 이번 일, 마음에 좀 걸리는 게 있어……."

오적상이 굳은 표정으로 유현명을 바라보았다. 조금 전 저자들의 무공이 제법 강하다는 말을 사숙이 할 때만 해도 그저 하는 소리라 생각했었다. 한데 이제는 자신보다 강하다고 한다.

오적상은 믿을 수가 없었다. 그렇다고 믿지 않기도 그랬다. 유현명이 비록 사숙들 중 나이는 제일 적다고 하나, 무공까지 그런 것은 아니라는 것을 누구보다 잘 알고 있었다. 종남십검의 이름은 거저 얻어지는 이름이 아닌 것이다.

오적상은 새삼스런 눈으로 휘 일행을 돌아다보았다.

'두고 보면 알겠지.'

일각 후 표행이 출발했다. 새로운 세 사람의 식구를 맞이한 채.

뒤쪽에 처져서 따라가던 휘의 눈이 흥미로운 빛을 띠고 반짝인 것은 출발한 지 반 시진가량이 지난 후였다.

휘도 마차에 짐이 실리지 않았다는 것은 익히 짐작하고 있었다. 마차에는 사람이 타고 있었으니까. 넌지시 오적상에게 물어본 바로는 표행의 목적 중 하나가 그 마차에 있다 했다. 초평우의 말대로 이들은 보표를 하고 있었던 것이다. 하지만 한 번도 밖을 나오지 않았으니 휘는 마차 속에 누가 타고 있는지는 알 수가 없었다. 다만 안에서 들리는 목소리로 여인이라 짐작할 뿐. 그러다 마침내 마차가 서더니 안에서 사람이 나오는 것이다. 천하없어도 소변까지 마차 안에서 해결할 수는 없었으리라.

마차에서 내려오는 사람은 두 명의 여인, 삼십 중반은 됨 직한 중년의 부인과 아름다움보다는 품위가 돋보이는 이십 초반의 젊은 여인이었다.

두 여인이 근처의 숲에서 볼일을 보고는 다시 마차를 타려 할 때였다. 젊은 여인의 무심코 돌린 눈이 휘와 마주쳤다.

한데 맑고 깊어 보이는 그녀의 눈에 옅은 슬픔이 배어 있다.

왜 저런 눈빛일까?

휘는 의아한 마음이 들었지만 그걸 누구에게 물어볼 수는 없었다. 그런데 시간이 갈수록 왠지 그녀의 눈빛이 마음에 걸려 자꾸 시선이 마차쪽으로 향했다. 하지만 시간이 지나고 하루가 지나자 그마저도 잊고 그저 주위의 풍광을 구경하며 길을 갈 뿐이었다.

이틀간의 표행은 별탈없이 순조롭게 이어졌다. 그간 휘는 오적상에게서 표행에 대한 간단한 이야기를 들을 수 있었다.

본래 표행은 장안에서 태원에 보내는 표물 한 가지였다고 한다. 그런데 출발한 지 얼마 안 돼서 느닷없는 거액의 의뢰 하나가 지급으로 들어왔고, 그 의뢰가 바로 마차의 여인을 보표해서 한곳으로 안전하게 도착시켜 달라는 의뢰였다고 한다. 다행히 그 방향이 낙양 쪽이었기에, 일부 인원이 정주로 가는 길에 데려다 주면 되는 일이라 생각하고는 그 요청을 받아들였다 한다.

그렇게 급히 움직이는 바람에 인원 보충도 미처 하지 못하고 길을 가다가, 유현명의 지시로 휘 일행을 임시 고용한 것이었다.

대체 마차의 여인이 누구기에 백풍표국에 보표를 의뢰했을까? 그것도 오적상의 말대로라면 상당한 거액을 들여서.

하루가 더 지나고 표행이 화산으로 꺾어지는 화음현에 다다랐을 때였다.

그곳에서 마침내 표국의 인원이 갈라졌다. 그리고 휘 일행은 마차를 지키는 표행에 섞여 화음현에서 하루를 지내게 되었다.

화음현은 화산의 앞마당이었기에 표물에 대한 걱정 없이 쉴 수 있는 곳 중의 한곳이었다. 그래선지 사람들은 오랜만에 긴장을 풀고 술도 한 잔씩 하며 즐거운 시간을 보내고 있었다.

그렇게 해가 넘어가고 어둠이 몰려올 무렵, 오적상이 휘 일행을 불렀다.

객잔의 후원에는 제법 넓은 공터가 있었는데, 오적상은 그곳에서 휘 일행을 기다리고 있었다.

"무슨 일입니까, 오 표두?"

휘의 물음에 오적상이 굳은 표정으로 말했다.

"다름이 아니고 앞으로 무슨 일이 있을지 모르니, 그대들의 실력 정도는 알아야지 싶어서 불렀소."

아마도 유현명의 말이 걸렸던 듯했다. 자신보다 강할 거라는……

휘는 오적상의 말을 이해할 수 있었다. 같이 행동하기 위해선 어느 정도 일행의 능력은 알아야 할 것이니까. 그러나 그의 말투에서 꼭 그것만은 아닐 것 같다는 느낌이 들었다.

"풍 형."

휘가 나직이 부르자 풍인강이 천천히 걸어 나왔다. 그는 이미 오적상의 말을 들었기에 망설이지 않고 오적상의 이 장 앞으로 다가섰다. 그리고,

스르릉.

아무런 말도 없이 검을 잡아 뽑았다.

창밖의 달을 바라보며 생각에 잠겨 있던 여인은 문득 들리는 말소리에 고개를 돌려 후원의 담 너머를 바라보았다.

흐릿한 달빛 아래 몇 사람이 서 있는 모습이 보였다. 뭐라 말을 나누던 사람들 중 한 사람이 나서더니 검을 잡아 뽑는다.

"아!"

그녀의 입에서 가벼운 탄성이 흘러나왔다. 순간, 가만히 서 있던 사람 중 하나가 고개를 돌리고 있는 것이 보였다.

휘는 담 너머 쪽에서 들리는 탄성에 고개를 돌렸다. 그녀가 보였다.

지난 사흘간 그녀가 마차에서 나온 것은 오직 생리 현상을 해결할 때뿐이었다. 그러다 보니 그녀를 볼 수 있을 때도 그때뿐이었다. 그리고 슬퍼 보이는 눈을 볼 수 있을 때도 그때뿐이었다.

그런데 지금은 창문에 몸을 기대고 있는 모습이었다. 커다란 눈은 여전히 슬픈 빛이 떠돌아다니고 있는 것 같았다. 왜?

쩡!

휘가 잠시 이층의 창을 바라보고 있는 사이, 풍인강과 오적상의 검이 부딪치는 소리가 후원을 울렸다.

휘가 바라보자 뒤로 한 걸음씩 물러선 두 사람이 눈을 빛내고 서로를 노려보고 있는 것이 보였다.

'제 버릇 남 줄 수야 없겠지…….'

풍인강은 임가형과 싸울 때처럼 검을 치켜세우고 오적상을 노려보고 있었다. 마치 독 오른 살모사처럼.

오적상은 일격의 부딪침으로 상대의 검력이 결코 자신의 아래가 아님을 알 수 있었다. 게다가 흔들리지 않는 눈빛…….

이를 지그시 깨물고 검을 중단으로 올리며 한 걸음 내딛었다.

풍인강도 뒤질세라 한 걸음 나아갔다. 순간 오적상이 죽 미끄러져 오며 세 개의 검영을 그려온다. 어깨, 가슴, 허리. 천하삼분세.

그러자 풍인강의 검이 순간적으로 휘돌았다. 세 개의 검영이 검의 회오리에 말려들었다.

쩌저정!

말려든 검영을 좌우로 떨쳐 낸 풍인강의 검이 일직선으로 뻗어간다. 단순하면서도 힘이 넘치는 일검, 그 끝에선 푸르스름한 검기가 맺혀 있다.

오적상의 눈이 부릅떠졌다. 검기라니… 그것도 한참 겨루던 중에 순간적인 발현이라니…….

몸을 비틀며 상대의 검을 후려쳤다.

쩡!

강력한 반진력에 손이 부르르 떨려온다. 그런데도 상대의 검은 여전히 방향을 바꾸며 달려든다.

몸을 뒤로 눕히며 발을 내찼다. 철판교에 이은 일자번신.

계속되는 공격에 끝내 뒤로 이 장을 물러나고서야 상대의 검세에서 벗어날 수 있었다. 그런 오적상의 이마에서는 한 방울 땀이 맺혀 떨어졌다.

검을 거둔 풍인강의 눈이 깊게 가라앉았다. 휘에게서 신법에 대한 것을 배우고 난 다음부터 상대의 움직임이 훨씬 잘 보인다. 전이었다면 일격에 내칠 수는 있어도 물러서는 상대를 따라잡을 수는 없었을 것이다.

흥이 돋은 풍인강이 다시 검을 들어올리며 오적상을 향해 다가서려 할 때였다.

“그 정도면 됐습니다.”

휘의 음성이 풍인강의 발걸음을 세웠다.

“생사를 가르기 위한 것이 아니니 더 할 필요는 없을 것 같습니다만…….”

오적상의 굳어진 얼굴이 휘를 향했다. 조금은 얕보던 마음이 없었던 것은 아니다. 그러나 전심전력을 다한다 해도 이길 수 있을지 장담할 수 없는 것도 사실이다.

잠시 망설이던 오적상이 침음성을 흘리며 고개를 끄덕였다.

“대단한 검이었소…….”

그 말에 휘가 넌지시 한 가지 사실을 알려줬다.

“웅패검 임가형 대협하고도 정면 대결을 했던 사람입니다. 비록 밀리기는 했지만.”

오적상의 눈이 크게 뜨여졌다. 웅패검 임가형이라면 그도 들어 안다. 섬서의 호랑이, 철혈성의 한중 분타주. 종남의 장로들과 같은 배분의 고수. 비록 졌다 해도 대단하다 아니 할 수 없는 일이었다.

그러자 새삼 풍인강이 다시 보이는 오적상이었다.

휘가 임가형을 들먹인 것은 오적상의 체면을 세워주기 위해서였다. 아무래도 며칠간 같이 길을 가야 할 테니, 적어도 임가형과 맞붙었던 사람이라면 그도 자신이 밀렸던 것에 대해 크게 마음을 쓰지 않을 것이라는 생각이 들었던 것이다.

“그럼 이만 가보겠습니다.”

“음, 가서 쉬시오.”

휘는 가볍게 인사를 하고는 뒤돌아섰다. 풍인강도 묵묵히 휘를 따라 걸음을 옮겼다. 초평우도 꿀 먹은 늑대처럼 조용히 뒤를 따랐다.

후원을 나서며 휘는 담장 너머 객잔 이층의 창문을 쳐다보았다. 창문은 굳게 닫힌 채 옅은 유등의 불빛만이 창문 틈으로 비치고 있었다.

3

다음날, 해가 동쪽의 산머리 위로 둥실 떠오르자 표행이 출발했다. 인원은 총 열두 명.

유현명의 지시로 휘와 두 사람이 마차의 후방을 맡게 되었다.

간밤의 소란을 알고 있는지, 다른 사람들의 바라보는 눈빛이 많이 달라져 있었다. 그중에는 놀람의 빛을 감추지 못하고 있는 장호의 눈빛도 있었고, 오적상에게서 풍인강의 무위에 대한 이야기를 들은 유현명의 호기심 어린 눈빛도 있었다.

순조롭게 빠른 속도로 나아가던 표행이 대별산맥의 북쪽 끝자락인 궁호산 아래에 당도했을 때는, 구름 속 석양이 서산을 붉게 물들이며 넘어가고 있을 무렵이었다.

시간이 지나자 붉게 물든 구름이 하늘을 덮으며 산속의 어둠을 재촉하고 있었다. 아무래도 비라도 오려는 것 같은 날씨였다.

조금 더 안으로 들어가니 숲으로 들어가는 샛길이 나왔다. 그곳에 도착하자 표사들은 망설임없이 관도를 벗어나 샛길로 빠지더니 거침없이 나아갔다. 아마도 자주 다녀본 길인 듯했다.

마차 두 대가 겨우 비켜 나갈 길을 따라 관도에서 이백여 장 떨어진 곳에 이르렀을 때였다. 생각지도 못했던 아담한 장원이 한 채 보였다.

오적상이 휘를 돌아보고는 설명을 해주었다.

"우리 표국에서 가끔 지날 때마다 묵는 곳이오."

둘 중 하나일 것이다. 백풍표국과 관계가 있거나 아니면 약간의 금전을 주고 쉬어가는 곳. 한데 기분이 묘하다. 마치…….

휘가 장원을 보며 이마를 찌푸리고 생각에 잠겼을 때였다. 장호가 앞으로 나서더니 문을 두드렸다.

탕! 탕!

"장주님! 백풍표국의 장홉니다! 계십니까?"

잠시 기다려 보았지만 안에서는 아무런 소리도 들리지 않았다. 이상한지 장호가 고개를 갸웃거리며 오적상을 돌아보았다. 오적상이 눈살을 찌푸리며 장호에게 고갯짓을 했다.

"다시 한 번……."

그때였다. 오적상이 장호에게 다시 불러보라는 말을 하던 중에 느닷없이 마차 안에서 젊은 여인의 떨리는 말이 흘러나왔다.

"없어… 요."

휘의 눈이 반짝였다. 그때 또다시 여인의 말이 들렸다.

"생기가… 없어요……."

문득 휘는 조금 전에 들었던 묘한 기분이 뭣 때문이었는지 생각이 났다. 빈집!

'장원 안에 인기척이 없다!'

옆의 두 사람을 바라보았다.

"초 형, 풍 형, 마차를 잘 지키십시오."

"엇? 형님?"

미처 초평우가 물을 사이도 없이 휘의 신형이 삼 장을 날아가더니 유현명의 옆에 내려섰다. 유현명이 휘를 돌아본다. 그도 뭔가 이상한 생각이 든 듯했다.

휘가 말했다.

"장원 안에 사람이 없습니다. 살아 있는 사람이……."

유현명의 눈이 굳어졌다. 급히 장원을 향해 고개를 돌리는 그의 입에서 지금까지 보아온 것과는 다른 위엄있는 명령이 터져 나왔다.

"적상! 안으로 들어가 문을 열고 살펴봐라!"

오적상이 망설임없이 몸을 날려 장원의 담장을 넘어갔다. 그리고,

끼이익.

경첩이 끌리는 소리가 들리더니 대문이 열렸다.

장원의 안은 적막감만이 흐르고 있었다. 너무도 고요해서 등줄기로 소름이 돋을 지경이었다.

쿠르르릉.

하늘 저 멀리서 천둥소리가 울려온다.

그 소리에 장호가 흠칫 몸을 떨더니 장원 안으로 들어갔다. 뒤이어 표사들이 앞 다투어 장원으로 들어간다. 그러자 밖에 남은 것은 유현명과 휘 일행, 그리고 마차뿐이었다.

오적상은 조심스럽게 방문을 열고 안으로 들어가 보았다.

방 안은 쥐 죽은 듯 조용했다. 어둠이 방 안을 고요함으로 물들이며 덮어버린 것처럼…….

저벅저벅, 천천히 두어 걸음 들어갔을 때였다. 어둑한 방 안쪽 침상에 옆으로 돌아누워 있는 여인이 눈에 들어오는 것이 아닌가.

'흡! 이크!'

오적상은 자신이 실수한 것 같아 다급히 뒤돌아섰다. 순간, 돌아서던 그는 묘한 기분이 들었다.

'아무런 반응이 없다.'

잠시 망설이던 그는 마음을 고쳐먹고 고개를 돌렸다. 문득 어둠 속에 여인의 축 처진 손이 보였다.

앙상한 뼈 위에 거죽만 씌운 것 같은 손이…….

그 자리에 서서 굳은 눈으로 다시 여인을 자세히 살펴보았다. 그제야 오적상은 그 여인이 숨을 쉬고 있지 않다는 것을 알았다.

떨리는 마음을 가라앉히고 가까이 다가가 보았다. 그리고 오적상은 볼 수 있었다. 휑한 눈, 바짝 말라 버린 얼굴. 백골에 살가죽만 씌워져 있는 기괴한 시신이 어스름한 어둠을 등지고 누워 있는 모습을.

"헉! 이런!"

헛바람 들이키는 소리와 함께 오적상의 급한 외침이 안에서 터져 나오자, 유현명이 말에서 신형을 날렸다.

"자네들은 이곳에 있게!"

휘와 두 사람에게 일갈을 남긴 채.

휘는 유현명이 들어간 장원을 보다 문득 기이한 생각이 들었다.

오적상은 들어가서야 상황을 알았다. 유현명은 자신의 말을 듣고서 거기에 생각이 미쳤고. 그리고 자신은 묘한 기분을 느끼긴 했으나 정확한 것은 알지 못했다. 한데 마차 속의 여인은 어떻게 자신보다 먼저 장원에 살아 있는 사람이 없다는 것을 알았을까? 무공을 익히지도 않은 사람이.

'설마, 무공을 익혔단 말인가? 그것도 내가 알아볼 수 없을 경지에 이른 무공을?

휘가 상념에 빠져 있는 사이 하늘이 울어댄다.

콰르릉!!

점점 커지는 천둥소리, 하늘은 먹구름에 뒤덮여 금방이라도 비를 쏟아 부을 것만 같다.

휘가 마차의 여인에 대해 생각에 빠져 있자 초평우가 다가왔다.

"형님, 어째 기분이…….”

휘는 천천히 고개를 끄덕이며 마차를 바라봤다. 순간, 나직이 들려오는 여인의 전음.

"그대가 무슨 생각하시는 줄은 알고 있어요. 그 일은 나중에 설명을 해줄 테니 우선 아가씨를 보호하는 데 최선을 다해주기 바라겠어요."

마차 안에 있는 중년 부인의 목소리였다.

휘는 놀라지 않을 수 없었다. 며칠간의 여행에도 태연한 것을 보고 그녀가 무공을 익혔을 거라는 것은 짐작하고 있었지만, 마차의 벽을 뚫고 전음을 보낼 정도라는 것은 휘의 예상 밖이었다. 게다가 자신의 행동을 눈으로 본 듯 말하고 있다.

"초 형, 풍 형, 일단 우리는 마차를 지킵시다."

"예? 마차야……."

초평우가 눈을 크게 뜨고 반문하려다 휘의 표정이 차갑게 굳어 있는 것을 보고 말문을 닫았다. 저런 표정일 때는 얌전히 있는 것이 최선이라는 것을 이미 수차례 경험했으니…….

두 사람이 마차의 좌우로 가서 어깨를 펴고 서자 휘의 신형이 마차의 지붕으로 날아올랐다.

지붕 위에서 오연히 사방을 훑어보는 휘의 모습은 마치 고목 위에서 먹잇감을 찾는 독응의 모습과도 같았다.

일각이 지나자 장원에서 오적상이 나왔다. 그의 안색이 하얗게 굳은 걸로 보아 심상치 않은 일이 벌어졌음을 직감했지만, 휘는 움직이지 않고 눈만 돌려 그를 바라보았다. 그러자 오적상이 먼저 입을 열었다.

"조 형, 유 사숙께서 마차와 함께 들어오라 하시오."

오적상의 말에 휘는 잠시 망설이다가 마차에서 내려왔다.

초평우가 마차를 몰고 안으로 들어가자 표사들이 횃불을 켜 들고 사방을 수색하고 있었다. 그때 유현명이 방에서 나오더니 휘에게 말했다.

“마차 안의 손님을 모시고 들어오게.”

그의 말이 떨어지자마자 마차의 문이 열리고 두 여인이 내려섰다. 휘는 젊은 여인을 바라보다 고개를 돌려 중년 부인을 직시했다. 순간, 다시 들려오는 전음.

“아직은 묻지 말아요. 때가 되면 말해 줄 테니…….”

휘는 궁금한 게 많았지만 이 자리에서 묻기도 그런지라 일단은 살짝 고개를 끄덕이기만 했다. 그리고 젊은 여인을 다시 바라보았다. 그녀는 고개도 들지 않은 채 걸음을 옮겨 방으로 향하고 있었다. 그런 그녀의 표정이 왠지 어둡게만 보인다. 언뜻 눈에는 눈물이 맺힌 듯 보였다. 한데,

‘엇? 그러고 보니 저 여인의 모습이?’

마치 처음 본 것처럼 생소한 모습이다. 분명 몇 번을 봤거늘, 눈을 빼고는 어떤 곳도 제대로 생각이 나지 않는다. 입도, 코도, 전체적인 윤곽도.

휘는 놀람을 가라앉히고 그녀의 뒷모습을 주시했다.

‘왜지?’

방으로 들어가자 유현명이 서서 일행을 맞이했다. 방 안에는 다탁과 네 개의 의자만이 놓여 있을 뿐, 침상은 없는 걸로 봐서 단순히 손님을 접대하는 방인 듯했다.

두 여인을 의자에 앉히고 유현명이 무거운 표정으로 입을 열었다.

“장원에서 시신 여섯 구를 찾아냈소.”

“아!”

젊은 여인의 입에서 탄식이 흘러나왔다. 기이한 일이었다. 놀람이 아닌 탄식이라니. 그러나 유현명은 미처 느끼지 못했는지 여인을 보고 단호한 어조로 계속 말했다.

“이들은 실상 우리 식구나 마찬가지의 사람이었소. 표국에서 은퇴한

후 이곳에서 노후를 보내던 사람이오. 얼마 전만 해도 멀쩡하던 사람들이었소. 그런데 후우, 모두 죽었소. 심지어 어린아이까지. 해서 조사를 할 생각이오. 표행이 하루 이틀 늦춰질 수가 있소.”

말을 잠시 멈춘 유현명이 휘를 바라보았다.

“우리는 이 일을 간과할 수가 없네. 해서 조사를 할 생각이네. 자네들이 떠나겠다면 지금까지의 임금을 주겠네. 판단은 자네들이 하도록.”

휘가 막 입을 열어 자신의 생각을 말하려 할 때였다. 여인이 나직하면서도 떨리는 목소리로 입을 열었다.

“아무도… 지금 떠나서는 안 돼요…….”

의아한 표정으로 유현명이 여인을 쳐다보았다.

“무슨?”

“한 가지… 묻겠어요.”

여인이 떨리는 눈으로 유현명과 오적상을 바라보며 물었다.

“죽은 사람들… 모두 백골이 아니던가요?”

유현명의 표정이 흠칫 굳어졌다. 오적상도 입을 벌리고 눈을 크게 떴다.

처음에 발견한 여인의 시신 이외에도 다섯 구의 시신을 더 발견했다. 개중에는 허리가 부러진 시신도 있었고, 머리가 잘려진 시신도 있었다. 그러나 공통점은 모두가 백골이라는 것이었다.

하지만 이 여인은 그 시신들을 보지 않았다. 또 누가 말해 주지도 않았을 터였다. 그런데도 마치 본 것처럼 말하고 있다.

유현명은 딱딱하게 굳은 얼굴로 여인을 직시했다.

“어떻게 알았소?”

여인이 말했다.

“그게 중요한가요? 아니면 왜 죽었나가 중요한가요?”

유현명은 일시지간 대답을 할 수가 없었다. 그러나 그는 풋내기도 아니었고, 어리석은 사람도 아니었다. 그녀의 질문에 미처 그가 알지 못하는 무언가가 있다는 느낌이 들자 마음을 가라앉히고 조용히 입을 열었다.

"음, 우선… 그들이 왜 죽었다 생각하시오?"

젊은 여인의 눈이 다시 가늘게 떨렸다. 그러자 옆의 중년 부인이 나서며 그녀를 말렸다.

"아가씨, 좀 쉬었다가……."

중년 부인이 나서자 유현명이 미간을 찌푸리며 차가운 목소리로 말했다.

"일단 하던 말부터 하고 쉬어도 늦지 않소."

중년 부인이 유현명을 노려보았다. 그녀는 아가씨를 함부로 몰아치는 유현명이 마음에 안 들었다.

"아가씨께선 심기가 많이 상하셨어요. 너무 몰아치지 않았으면 싶군요. 그리고 아가씨가 굳이 대답을 해야 할 이유가 있나요?"

"먼저 말을 한 것은 저 낭자외다!"

"흥! 그렇다고 해서 꼭 말을 해야 할 이유는 없을 것 같군요!"

유현명과 중년 부인의 눈이 마주쳤다. 동시에 자연스럽게 두 사람의 몸에서 기세가 흘러나왔다. 순간 유현명은 중년 부인의 몸에서 뿜어져 나오는 기세가 결코 자신보다 못하지 않음을 알고 놀라움을 금치 못했다. 지금껏 몰랐던 사실에 눈빛마저 싸늘히 굳어질 정도였다.

"내가 미처 대단한 고수를 몰라봤군!"

두 사람이 느닷없이 기세 싸움을 하자 난처한 것은 중간에 끼인 젊은 여인이었다.

휘는 젊은 여인의 하얀 안색이 더욱 창백히 변해가자 조용히 한 소리를 내질렀다.

"두 분 때문에 곤란한 사람이 있다는 것을 아시기나 하는지……."

"어맛!"

"음……."

유현명은 침음성을 흘리며 쓸쓸한 웃음을 짓고, 중년 부인은 자신의 실수로 자신이 모시는 아가씨가 힘들었다는 사실에 당황한 표정을 지었다.

"아가씨!"

"괜찮아요."

젊은 여인이 휘를 돌아보았다.

"고마워요."

언뜻 웃음이 배인 인사에 휘는 조용히 고개를 가로저었다.

"곤란한 사람은 아가씨만이 아니었습니다."

휘의 말에 눈을 약간 치켜뜬 여인이 다시 유현명을 바라보았다.

'의외군. 뾰로퉁한 표정이라니……. 훗!'

휘가 속으로 웃음을 지을 때 여인이 유현명을 향해 말했다.

"이 장원의 사람들은… 악귀를 만났어요."

"악귀?"

"그래요, 악귀. 그것도 지독한 악귀죠."

어이가 없는지 유현명의 얼굴에 허탈한 표정이 떠올랐다. 하지만,

"유 대협, 세상에 악귀를 부릴 수 있는 사람이 몇이나 된다고 생각하시나요?"

"무슨?"

눈살을 찌푸린 유현명이 반문을 하려다 무엇이 생각났는지 얼굴이 딱딱하니 굳어졌다. 그러자 여인이 계속 말을 이어갔다.

“저는 그런 사람들 중 한 사람을 알고 있어요. 그자는 사람을 죽이고 원기를 자신이 키우는 악귀들에게 나누어주죠.”

오싹한 한기가 방 안을 맴돌았다.

믿을 수 없는 이야기였지만 그녀의 입에서 흘러나오자 사실처럼 느껴졌다.

“그가 이곳에 온 것 같아요.”

그리고 그녀의 말은 사실인 것 같았다.

“서, 설마… 귀마련의 귀혼(鬼魂)… 유사(幽邪)?”

유현명이 대경한 표정으로 더듬거리며 소리친 것이다. 그러자 그녀가 전의 슬픈 표정으로 고개를 끄덕였다.

“그게 정말? 한데… 그가 왜?”

유현명은 그녀의 말을 완전히 믿을 수는 없지만 어느 정도는 사실일 거라 직감했다. 그자, 귀혼유사라면 장원에서 일어난 일이 설명이 되니까. 그러나 한편으로는 도저히 믿기지가 않는 일이었다.

그는 오사(五邪)의 한 사람으로, 칠패의 한 곳인 귀마련의 호법이었다. 그런 그가 왜 귀마련에서 천 리도 더 떨어진 이런 곳에 와서 하찮은 산골 구석의 장원을 덮친단 말인가?

유현명이 이해할 수 없다는 듯 고개를 내젓자 여인이 단정 짓듯 말했다, 처연한 음성으로.

“그자는 나를 죽이러 왔을 거예요.”

쿵!!

아무도 입을 열지 못했다. 입을 열 수가 없었다.

귀혼유사가 이곳에 왔다는 것도 믿을 수가 없거늘 무슨 말을 할 건가?

“대체… 그대는 누군가?”

마침내 유현명이 해서는 안 되는 질문을 꺼냈다. 이번 표행의 조건 중

하나가 바로 '절대 자신들의 신분을 알려 하지 마라' 는 것이었으나 도저히 참을 수가 없었던 것이다.

여인이 마지못한 듯 입을 열었다.

"제 이름은……."

"아가씨……."

"괜찮아요, 유모. 어차피 어려움을 함께 뚫고 가야 할 사람들이에요. 알 수 있는 건 알아야 대처하는 데도 도움이 될 거예요. 그리고 이미 일은 시작되었는걸요. 제발 이런 일이 벌어지지 않기를 빌었지만."

"하기는……."

중년 부인이 할 수 없다는 듯 고개를 끄덕였다. 그러자 여인이 다시 말을 이었다.

"제 이름은 모용서하예요."

"……?"

"모용 성에 진 자 광 자 쓰시는 분이 제 조부님이시죠."

"…맙소사!!"

유현명이 탄식하듯 말을 뱉으며 아연한 표정을 짓자 휘와 풍인강, 그리고 오적상은 어리둥절한 눈으로 유현명을 바라보고, 초평우만이 눈을 왕방울만하게 뜨고 그녀를 향해 소리쳤다.

"용혈궁주(龍血宮主) 광룡(光龍), 모용진광?"

쿠궁!!

경악이 장내를 휩쓸고 지나갔다.

오적상은 그제야 저 냉정한 사숙이 놀란 것을 이해했는지 말도 잊고 모용서하를 바라보았다.

'왜 용혈궁주의 손녀가 달랑 유모 한 명만 데리고 여행을 한단 말인가? 그리고 보표가 필요하면 용혈궁에 말하면 될 텐데, 왜 표국에다 보표

를 부탁한단 말인가? 그것도 비밀로……. 정말 용혈궁주의 손녀가 맞기나 한 건가?'

의문이 꼬리를 잇자 머리 속이 엉망진창으로 뒤섞여 버렸다. 하지만 아직도 무심한 표정을 짓고 있는 사람들이 있었으니, 풍인강이 그러했고, 휘가 그러했다.

휘가 초평우를 바라보았다. 초평우가 즉시 입을 열었다.

"모용진광은 칠패 중 하나인 용혈궁의 궁주로 광룡이라 불립니다. 또 달리 젊을 때는 광무신룡(狂武神龍)이라고도 불렸지요. 음, 그런데 들리기로는 지금 몸이 안 좋다고 하던데……."

"그래서요?"

"…예?"

"단순히 그 사람의 손녀라는 것 때문에 지금 이 일이 벌어졌다는 것인가요?"

휘의 한마디에 뜨겁게 달아올랐던 공기가 한순간에 차갑게 식어버렸다.

"귀혼유사라는 사람이 아무리 제정신이 아니어도 그렇지, 그저 용혈궁주의 손녀이니 죽이려 한다? 별 원한도 없는데? 여기까지 와서?"

휘가 말을 하며 모용서하를 바라보았다.

"두 곳이 전쟁 중이라는 소리도 못 들었는데, 느닷없이 왜 그런 모험을 한단 말이오? 혹, 그럴 만한 확실한 이유가 있소?"

모용서하가 감탄한 눈으로 휘를 보며 말했다.

"물론 이유가 있어서예요."

놀란 마음을 누르고 깊은 생각에 잠겨 있던 유현명이 참지 못하고 다시 물었다.

"혹시 후계 문제 때문이 아니오? 낭자가 진짜 모용 궁주의 손녀라면 말이오."

"아니라 할 수는 없지만, 꼭 그것만은 아니에요."

모용서하가 슬픈 표정으로 지으며 고개를 숙이자 유현명이 고개를 갸웃거렸다.

"한데 모용 궁주에게는 자식이 없는 걸로 아오만……."

"…아주 없던 것은 아니었죠. 오래전 용혈궁을 떠났을 뿐……."

"맙소사! 그럼… 낭자가 바로 무녀(巫女)와 떠났다는……?"

그녀의 말에 뭔가가 생각난 듯 유현명이 눈을 휘둥그렇게 뜨고 말하다 아차 싶었는지 말을 멈췄다.

그때였다.

"그건 나중에 이야기해도 될 것 같군요."

휘가 고개를 번쩍 들더니 밖을 보며 나직이 말하고, 순간!

"킬킬킬!!"

철판을 긁어대는 듯한 귀소가 밖에서 들려왔다.

"으악!"

"뭐, 뭐야? 크억!"

"이런!"

동시에 터진 느닷없는 비명 소리. 놀란 유현명과 오적상이 밖으로 다급히 뛰쳐나갔다. 그러자 모용서하가 중년 부인에게 다급히 소리쳤다.

"유모, 방 안에 방혼진(防魂陣)을 치세요!"

"예, 아가씨!"

유모가 품속에서 하나의 목갑을 꺼내더니 재빠르게 방을 한 바퀴 돌았다. 순식간에 서른두 곳에 하얀 나무 막대기가 꽂혔다. 그러자 꽂힌 나무 막대기에서 하얀 아지랑이가 어른거리며 피어올랐다.

모용서하가 다시 소리쳤다.

“삼십육방을 모두 점하세요!”

멈칫한 유모가 모용서하를 바라보았다.

“시간이 없어요, 어서요!”

“하지만…….”

“죽고 나면 아무 소용도 없어요.”

유모는 할 수 없다는 듯 품속에서 주머니 하나를 꺼냈다. 그리고 그 속에서 네 개의 금빛 비녀를 꺼내더니 동서남북 네 곳에 꽂힌 하얀 막대기 앞에 깊이 꽂아 넣었다. 순간, 은은한 금빛이 도는 안개가 금빛 비녀에서 뿜어져 나오더니 나무 막대기 위를 맴돌았다.

그제야 안심이 되는지 모용서하가 휘를 바라보며 말했다.

“금령방혼진를 펼쳤어요. 밖으로 나가지만 않는다면 당분간은 괜찮을 겁니다.”

처음으로 보는 광경이었다. 기문진법이라는 것이 있어서 세상 만물의 이치를 뒤집기도 한다는 말은 들었었다. 자칫 말려들면 죽지도 살지도 못하게 된다는 말도 들었었다. 만물의 이치를 모르고는 펼칠 수도 거둘 수도 없다 하던데……. 그럼 모용서하는 그러한 이치를 깨우쳤단 말인가? 아차! 그건 그렇고…….

휘가 굳은 눈으로 그녀를 바라보며 물었다.

“밖에 있는 사람들은 어찌 되는 것이오?”

“유 대협은 고수예요. 귀혼유사에게 쉽게 당하지 않을 겁니다.”

“다른 사람들은?”

“그들은… 무사하기만 빌어야죠.”

그녀가 안타까운 눈으로 밖을 보자 휘가 차갑게 말했다.

“나는 동료를 위험에 처하게 놔둘 정도로 마음이 모질지 못하오. 그러니 나가 싸우겠소.”

"나도 나가 싸우겠소."

초평우가 덩달아 나섰다. 풍인강도 물론 말없이 따라나서고. 그러자 마음이 다급해진 모용서하가 고개를 내저었다.

"그자 혼자 오지 않았을 수도 있어요!"

"그러니 내가 나가야 하오."

"날이 새면 귀혼유사의 악귀들은 힘을 쓰지 못해요."

"그때까지 기다리기에는 내 인내심이 허락지 않소."

휘가 성큼 걸음을 옮겼다. 그때 유모가 앞으로 나서며 말했다.

"그대들 임무는 아가씨를 지키는 것이 아닌가요?"

휘가 멈칫했다. 맞는 말이다. 하지만…….

"이곳에 있는 것만이 당신들을 지키는 것은 아니잖소? 최선의 공격은 최선의 방어라 했으니, 당신들은 나오지 말고 이곳에 있으시오. 그렇게 자신있는 진세라면 놈들이 깨지 못할 것이 아니오?"

말이라면 누구에게도 지지 않는 휘였다.

모용서하를 향해 씽긋 웃은 휘가 다시 걸음을 옮겼다.

진세는 밖에서는 못 들어와도 안에서는 쉽게 나갈 수 있게 되어 있었다. 물론 두 여인이 더 손을 안 쓴다는 전제 하에서. 비록 세 사람은 모르고 나갔지만.

세 사람이 진세 밖으로 나가자 모용서하가 입술을 깨물었다.

"유모, 혹시라도 저 사람들이 위험해지면 유모가 나가서 구해주세요."

"아가씨?"

놀란 눈으로 유모가 바라보자 모용서하가 살짝 붉어진 얼굴로 말했다.

"유모가 생각하는 그런 게 아니에요. 저 세 사람… 특히 조 공자… 무공만 따진다면 아마 유모보다 더 강할 거예요. 하지만 내가 이러는 건 무공 때문이 아니에요. 저 사람… 몸속에 불을 담고 있어요. 세상의 악을 태워 버릴 전설의 불을……."

"그럼 귀혼유사에게 쉽게 당하지는……."

"다른 두 사람이 문제죠. 그들이 당한다면 저 사람도 흔들릴지 모르니까요."

"아!"

휘는 밖으로 나가자마자 어둠 속을 훑어보았다.

흔들리는 두 개의 횃불만이 빛의 모든 것이었다. 하지만 그마저도 강한 바람에 꺼질 듯이 흔들리고 있다. 그 불빛에 세 사람이 쓰러져 있는 것이 보였다.

가슴이 뻥 뚫린 자, 공 표사라 했던 자다. 목이 꺾여 뒤로 돌아가 버린 자, 송 표사라 했던가? 그리고 석등에 기댄 채 허리가 반쯤 뜯겨져 나간 자, 오적상과 함께 두 명의 표두 중 하나인 정 표두다.

마당의 가운데에는 오적상이 네 명의 표사와 빙 둘러서 있었다. 그는 검을 치켜세우고 눈을 부릅뜬 채 앞을 주시하고 있었는데, 그가 보는 곳에는 유현명이 검결을 집고 한 사람과 마주 서 있었다.

단정하게 넘긴 머리는 은빛으로 출렁이는 백발이었다. 하얀 은발에 여섯 자 정도 되는 늘씬한 몸매를 보고는 그가 귀혼유사 본인일 거라는 생각을 누구도 할 수 없을 정도로 멋진 모습이었다. 하지만 그의 얼굴을 보면 누구나 고개를 끄덕일 정도로 그의 얼굴은 괴기스럽게 보였다.

분을 바른 듯 하얀 얼굴, 눈썹도 하얗고, 턱 밑에만 나 있는 수염도 하얗다. 그러나 문제는 눈… 붉은 눈에서는 귀기스런 혈광이 번뜩이고 있었으니…….

그를 보는 휘의 눈에서 싸늘한 기광이 흘러나오고…….

"얼굴은 시체처럼 하얗고 눈알이 뻘건 게 괴상하게 생겼군."

귀혼유사의 속을 뒤집는 한마디가 휘의 입에서 나오자 그의 눈에 피어 오른 혈광이 더욱 짙어져만 가는데…….

"오 표두님, 저자가 귀혼유사라는 미친놈이오?"

휘가 다시 별놈 다 본다는 듯 오적상을 향해 물었다. 오적상이 웃지도 못하고 눈만 떼룩떼룩 굴리고 있을 때였다.

"켈! 어린 놈, 내 네놈만은 친히 처참하게 죽여주마! 아이들아! 잡아오 너라!!"

귀혼유사의 명령에 지붕 위에서 다섯 개의 그림자가 날아 내렸다.

귀혼유사가 부리는 악귀, 귀혼이었다. 그들의 움직임은 빠르면서도 한 치의 망설임도 없었다. 한데 귀혼의 눈도 귀혼유사처럼 붉은 혈광을 흘 리고 있었다.

다섯의 귀혼이 땅으로 내려서자 오적상을 비롯한 표사들이 그들에게 달려들었다. 표사들의 검이 귀혼의 팔다리를 쳐갔다. 순간,

까강!

표사들의 검이 거꾸로 튕겨져 나간다. 이미 두어 번 부딪쳐 봐서 귀혼 들의 몸이 단단하다는 것은 알고 있었지만, 막상 다시 검이 튕기자 표사 들의 얼굴이 참담하게 일그러졌다.

"뒤로!!"

풍인강이 짧은 한마디와 함께 앞으로 나아가며 다가오는 귀혼을 향해 검을 내려쳤다.

쾅!

주르륵 물러서는 귀혼의 가슴이 쩍… 껍질이 벗겨졌다. 단순히 껍질 만…….

"조… 또… 네."

어이가 없는지 풍인강의 입에서 되지도 않는 욕설이 흘러나오고, 굳어

있던 늑대 얼굴이 비틀려졌다

"끄흐, 풍가가 귀신을 만나더니 욕도 하네."

초평우가 실실 웃고 있을 때였다.

휘가 한 걸음 앞으로 나섰다. 한 걸음에 쭉 일 장을 나아가던 휘의 신형이 허공으로 떠오르더니 귀혼들의 머리 위에 멈춰 섰다.

쿵! 천중무!

한 발을 내딛자 땅이 울리는 소리와 함께 귀혼들이 비틀거린다. 그러자 휘의 입가에 하얀 웃음이 맺혔다.

"생각대로군. 속까지 쇳덩이처럼 단단하지는 않아……."

기를 내뿜어 아래로 내치고 그 반진력으로 일 장을 떠오른 휘가 다시 떨어져 내리며 발을 굴렀다. 마치 바위 위에서 진각을 내딛는 것처럼.

쿠웅!

"꺼어……."

멋모르고 아래에서 휘가 떨어져 내리기만을 기다리고 있던 귀혼들이 목을 후벼 파는 신음을 흘리며 주춤 물러선다. 그런 그들의 혈안이 번들거리며 빛나고 있다. 순간, 휘가 일권을 내질렀다.

쿠르릉. 쾅!

"끼이이……."

천붕권력에 정통으로 얻어맞은 두 귀혼이 괴이한 비명과 함께 훌훌 나가떨어진다. 그제야 휘가 결코 자신들의 상대가 아니라는 것을 인식했는지 귀혼들이 뒤로 주르륵 물러섰다.

오적상과 표사들은 휘의 무위가 자신들의 생각보다 훨씬 강하다는 것을 알고 놀라움을 금치 못했다. 자신들은 하나도 어찌하지 못했는데 휘는 가볍게 둘을 쓰러뜨린 것이다. 쓰러진 놈들이 아직 바둥거리고는 있지만.

그들이 놀라든 말든 휘는 다시 귀혼을 향해 몸을 날렸다. 거리가 일 장이 되었을 때쯤 휘의 쌍수가 벌겋게 달아올랐다. 천양의 기운이 두 팔을 내달리고 있는 것이다.

'악귀들을 때려잡는 데는 불이 최고지!'

귀혼들이 본능적인 두려움에 빠르게 뒤로 물러서고 있다.

'어? 이놈들이 뭘 아나?'

좌수를 올려 세 자를 격한 채 미처 물러서지 못한 귀혼 한 놈을 향해 밀듯이 내쳤다. 놈의 혈안이 언뜻 떨리는 것처럼 보인다. 놈이 뒤로 물러서려 한다. 그러나 휘보다 빠를 수는 없었다.

퍽!

가죽 주머니를 치는 것 같은 소음이 터졌다.

"끼악!"

정나미 떨어지는 비명을 터뜨리며 훌훌 날아가는 귀혼의 칠공에선 시커먼 핏물이 뿜어진다.

휙!

휘의 신형이 일 장을 떠오르며 어둠을 유영했다. 두 귀혼은 휘가 갑자기 사라지자 당황하며 무작정 손을 내저었다. 칼에 맞아도 끄떡없는 쇠뭉치 같은 팔을 풍차처럼 휘둘러 댄다. 하지만 그런 손속으로 휘의 신형을 잡을 수는 없는 일.

휘의 붉게 달아오른 쌍수가 두 귀혼의 머리를 짓눌러 간다.

그때였다!

"이놈!"

쩌렁 울리는 분노의 외침과 함께 하얀 그림자가 휘를 덮쳐 온다. 그였다! 귀혼유사!

자신이 정성들여 키운 귀혼이 어이없이 무너져 가자 약간의 피해를 감수하면서 유현명과의 대치를 깨고 신형을 날린 것이다.

그의 움직임은 진정 귀신같았다. 유현명의 검기가 시퍼렇게 피어오른 검영 사이를 몸을 몇 번 뒤집으며 빠져나오더니, 죽 늘어지는 환영을 하늘 가득 남기고 휘를 덮쳐 오는 것이다. 한데 그 뒤로 유현명도 날아오고 있다.

그걸 본 휘가 냉랭하게 소리쳤다.

"당신이 이리 오면 유 선배가 섭하지 않겠소?"

귀혼유사의 하얀 얼굴이 더욱 하얗게 변해간다.

"네놈의 심장을……."

그때,

"당신 심장이나 걱정하시지!!"

유현명의 대갈에 귀혼유사의 분노 서린 음성이 묻혀 버렸다. 귀혼유사도 뒤에서 다가오는 기세가 심상치 않음을 알고는 허공에서 한 바퀴 몸을 뒤집었다. 뻗어내는 그의 손가락이 어느새 하얗게 변해 있다. 순간 유현명의 입에서 경악성이 터져 나왔다.

"소혼마조(素魂魔爪)?"

검기가 덩어리진 유현명의 검이 하얀 손가락에 부딪쳐 간다.

따라랑!!

불꽃이 검신을 따라 일었다. 하얀 불꽃이 귀혼유사의 얼굴을 더욱 섬뜩하게 보여주었다. 하얀 손가락이 검을 붙잡은 채 유현명과 귀혼유사가 넉 자의 간격을 두고 마주 섰다. 일촉즉발, 두 사람 다 움직이지를 못하고 눈에 불을 켜고 있을 뿐이다.

유현명이 창백하게 굳은 얼굴로 귀혼유사를 보며 이를 갈았다.

귀혼유사도 자신의 앞을 막은 유현명을 당장이라도 찢어 죽일 듯이 노려봤다. 한데 그때!

“어딜!!”

느닷없이 타오르는 횃불도 얼려 버릴 외침이 휘의 입에서 터져 나왔다.

초평우는 휘가 자신을 보고 소리치자 어리둥절해졌다. 한데 어느 순간, 휘의 눈이 결코 자신을 보고 있는 것이 아니라는 것을 깨달았다.

휘는 자신의 머리 위를 보고 있었던 것이다.

번쩍, 고개를 쳐들었다. 순간!

“컥!!”

끈적끈적하면서도 질긴 무언가가 초평우의 목을 휘어 감았다. 급히 몸을 틀어봤다. 꼼짝은커녕 목이 끊어질 듯이 아파온다.

재빨리 도를 빼 들어 머리 위를 쓸어갔다.

팅!!

날선 칼날이 튕겨진다.

맙소사! 칼로도 안 끊어진다. 게다가 숨 쉬기도… 초평우의 안색이 창백하게 죽어갔다.

“이히히히!! 하얀 귀신아! 내가 뭐라 했냐? 너 혼자는 실패할 수도 있다 했지?”

어둠의 장막이 내려앉은 지붕 위. 얼굴의 주름에 까만 선이 거미줄처럼 쳐진 오 척 단구의 괴노인이 처마 끝에 앉아 있었다.

오른손에 줄을 잡고 초평우를 살짝 들어올린 괴노인의 말에 귀혼유사의 얼굴이 더욱 하얗게 변해갔다. 금방이라도 하얀 분이 풀풀 날릴 것만 같이…….

“네깐 놈이 없어도…….”

한데…

“하얀 귀신이 날뛰더니 이제는 시커먼 늙은 거미인가?”

휘의 찬바람이 휭휭 도는 음성. 그의 싸늘한 목소리가 장내를 쓸고 지나가자 모두가 어이없어 말을 잃었다. 그때, 안에서 나지막한 여인의 음성이 들려왔다. 유모였다.

"그는 흑살지주(黑殺蜘蛛)예요!"

그녀는 미처 도와줄 사이도 없이 초평우가 흑살지주에게 잡히자 미안한 마음만 가득했다. 그런데 휘가 잡혀 있는 초평우를 놔두고 함부로 흑살지주를 격동시키자 다급해진 마음에 그의 정체를 말해 준 것이다. 순간 유현명의 검을 잡은 손이 부르르 떨렸다.

귀혼유사 하나만 해도 벅찬데, 오사 중 또 다른 하나 흑살지주라니…….

그러나 휘의 안색은 변함이 없었다. 말투도.

"하얗고, 시커멓고, 잘들 노는군!"

컥!

순간적으로 귀혼유사와 흑살지주의 귀에서 연기가 솟았다, 보이진 않았지만.

천하의 어떤 놈이 자신들 앞에서 저런 말을 지껄일 수 있단 말인가.

"새까맣게 어린 놈이……."

흑살지주가 기가 막히는지 떨리는 목소리로 휘에게 소리치려 하자,

"자신이 시커먼 줄은 아나 보군. 사실 말이지, 애들처럼 줄 갖고 노는 늙은 거미가 무서울 게 뭐 있겠소?"

피식 웃은 휘가 조소를 던졌다.

"너, 너, 너……."

말도 나오지 않는지 흑살지주의 시커멓고 주름진 얼굴이 더욱 일그러져 간다.

유현명의 검을 붙잡고 힘을 쓰고 있던 귀혼유사의 하얀 얼굴에 붉은

기가 돈다. 웃음을 참느라. 그런데 휘가 눈을 치켜뜨고 다시 말한다.

"어떻소? 그 줄 놓고 나하고 한번 뛰어봅시다. 당신이 정말 고수라면 쓸데없이 사람 목에 밧줄 걸고 위협할 것까진 필요없을 듯하오만."

"좋……."

막 휘의 말에 좋다고 말하려던 흑살지주가 흠칫하더니 대소를 터뜨렸다.

"크히히히!! 어린 놈이 제법이구나! 감히 이 어르신을 격장지계로 흔들다니!"

"쯧, 아깝군. 역시 안 되나? 오래 산 거미라 그런지 머리가 빨리도 돌아가네. 그래 봐야 쭈그러져 곧 죽을 늙은 거미지만……."

"흥! 이제는 안 속는다, 이놈아!"

잔뜩 긴장해 있던 사람들의 얼굴에 어이없다는 표정이 떠올랐다. 세상에, 귀마련의 공포, 오사를 데리고 놀다니…….

그때였다.

"초 형!!"

휘가 느닷없이 초평우를 불렀다. 숨이 막히는지 시뻘게진 얼굴로 초평우가 대답했다.

"예, 혀… 니……."

"나는 저 늙은 거미를 칠까 합니다! 그러다 보면 저 늙은 거미가 똥오줌 못 가리고 초 형을 해칠 수도 있습니다!"

"나느… 상과… 어… 쓰… 주기……."

뻘게진 얼굴로 말을 하는 초평우를 보며 휘가 차갑게 말했다.

"대신! 초 형이 죽으면… 저 늙은 거미의 머리를 초 형의 제사상에 제물로 올려놓지요! 반드시!! 약속합니다!!"

"흐… 흐… 조… 스니다……."

삼령의 기운이 서린 한마디, 한마디. 등골을 파고드는 한기에 사람들의 얼굴이 해쓱하니 질려간다.

말끝마다 늙은 거미가 어쩌고저쩌고하는 바람에 화가 머리 꼭대기까지 솟아 있던 흑살지주조차 서늘해진 가슴을 진정시키느라 정신이 없을 정도였다.

유현명의 검을 잡고 소혼마공을 쏟아내던 귀혼유사도 부르르 몸을 떨 지경이었다.

휘가 눈을 들어 지붕 위의 흑살지주를 바라보았다. 그리고 하얗게 웃으며 말했다.

"어디, 해! 봐!! 늙은 거미!!"

저벅저벅.

걸어가는 휘의 발걸음에 청석이 움푹 들어간다.

우르릉!!

점점 천둥소리가 가깝게 들려온다.

한 방울 툭 떨어진 빗방울이 휘의 발걸음에 파인 청석에 떨어진다.

흑살지주는 휘가 흘리는 뜻밖의 기세에 당황하지 않을 수 없었다.

지켜본 대로라면 자신이 잡은 놈은 저놈과 매우 가까운 놈이다. 나중에 나눈 말로 봐서는 의형제인 듯했다. 한데 죽어도 상관없다는 투다. 거기다 풀풀 날리는 한기…… 장난이 아니다.

'풀어줘야 하나?'

이대로 잡고 싸운다면 자신이 불리할 수밖에 없다, 저놈이 인질을 무시하는 한. 그렇다고 그냥 풀어주기에는 자존심이 상한다.

이러지도 못하고 저러지도 못하고……. 그때였다.

떠더덩!!

"어딜 감히!!"

방에서 느닷없이 울리는 유모의 목소리.

“크흡!”

방에서 시커먼 복면을 쓴 한 사람이 팅겨져 나오더니, 유모가 뒤따라 나오자 급히 담장 쪽으로 날아간다. 두 귀신과 같이 온 자들 중 하나인 듯했다.

사람들이 미처 신경을 쓰지 못한 사이 방에 침입했다가 유모에게 혼이 난 듯 정신없이 몸을 날리고 있다. 그를 보고 흑살지주가 소리쳤다.

“멍청한! 진세가 쳐진 곳을 함부로 들어가서 어쩌겠…….”

그에게 야단을 치느라 잠깐 눈동자를 돌리는 순간,

“늙은 거미! 당신 걱정이나 하라구!”

냉랭한 일성과 함께 둥실 휘의 신형이 허공으로 떠올랐다.

“헉!”

대경한 흑살지주가 줄을 잡은 손을 흔들었다. 초평우가 딸려 올라가며 휘의 앞을 막았다. 인간 방패의 악독한 수법.

그 순간이었다. 휘의 신형이 좌우로 갈라졌다. 일순간에 다섯의 신형이 허공에 생겨났다. 찰나, 만양이 검집에서 빠져나오고.

번쩍!

붉은 번개가 어둠을 갈라 버렸다. 절혼광!

샥! 툭! 털썩!

“헛!!”

흑살지주가 다급성을 터뜨리며 허공으로 튀어 올랐다.

“설마… 오보천환?”

더할 수 없는 경악으로 흑살지주의 눈이 커져 간다.

‘오보천환을 알아봐?’

휘의 눈에서 기광이 번뜩인다.

“이제 한번 해보자구!!”

초평우가 떼구르르 굴러 풍인강이 있는 곳으로 피하자 휘가 씩 웃으며 허공에서 몸을 뒤집었다.

빙글 돌며 내려치자 붉은 검강이 흑살지주를 향해 뻗어 나간다.

“거, 검강!!”

흑살지주가 황급히 몸을 날렸다.

귀혼을 쉽게 제압하는 것을 보고 강할 거라 생각은 했었다. 하지만 검강이라니… 그것도 순간적으로 완벽한 검강을…….

손에 든 밧줄을 휘돌리며 검강의 진로를 막아보지만 힘없이 잘려 나간다. 제기랄!

혼신의 힘으로 자신의 성명절기 흑주신형보를 펼쳐 오 장을 물러난 다음 고개를 돌렸다. 그때 들리는 음성,

“노인네가 빠르기도 하네.”

“커윽!!”

일 장 앞이다. 젠장! 욕이 입에서 저절로 줄줄 새어 나온다.

미처 놀란 마음을 누를 시간도 없이 눈앞에 붉은 꽃이 피어난다. 적루몽이라는 꽃이었지만 그는 알 수가 없었다.

꽃을 들고 있는 젊은 놈이 하얗게 웃고 있다.

‘엇! 웬 꽃이?’

한데, 꽃은 꽃인데… 가공할 살기가……?

혼비백산한 그가 몸을 뒤집으며 순간적으로 세 바퀴를 돌고 뒤돌아섰을 때였다. 등 아래쪽이 시원한 느낌이 든다. 하지만 거기에 신경 쓸 틈이 없었다. 눈을 들자 꽃이 바로 앞에 보인 것이다.

아! 씨발! 이를 악물고 시커먼 쌍수를 들어 일순간에 십팔 장을 쳐냈다.

쩌저저정!!

자신의 자랑 흑주인(黑蛛引)이 갈기갈기 찢겨지며 겨우 꽃이 부서져 나간다. 그걸 보며 흑살지주의 입가에 만족의 미소가 떠올랐다.

"그렇게 기분이 좋소?"

하지만 휘의 한 소리에 좋았던 기분이 일시에 나락으로 떨어져 버렸다. 사실 좋아할 일이 아니었는데 왜 자신이 좋아했는지도 의문이었다.

눈에 힘을 주었다. 여전히 일 장의 간격 앞에 놈이 있다, 요사스런 붉은 검을 앞세운 채.

"대체 너는……."

자신도 모르게 떨리는 목소리로 흑살지주가 휘에게 물을 때였다.

콰!

"으음……."

한쪽에서 굉음과 함께 신음이 터져 나왔다.

유현명이 창백한 안색으로 주르륵 뒤로 물러나고 있었다. 귀혼유사도 두 걸음을 물러섰다. 그가 혈안을 빛내며 유현명을 바라보다가 천천히 고개를 돌린다. 풍인강과 오적상 등이 귀혼을 몰아치고 있는 곳으로.

그걸 본 휘가 만양을 치켜들었다.

"저쪽은 놔두고 우리끼리 놀아봅시다!"

"헉!"

흑살지주의 입에서 다급성이 터져 나왔다.

징그런 놈… 이라는 말이 입 밖으로 튀어나오려다, 휘의 만양에서 붉은 기운이 솟구치자 대경하며 몸을 튕겨 올렸다. 그러면서 한마디,

"오늘은 그만 가마! 하지만 언제고……."

"홍! 끝을 보자니까?"

날아오르는 흑살지주를 보며 휘의 만양이 길게 그어졌다. 검첨에 붉은 구슬이 맺혔다.

“탄!”

쐐액!

한줄기 붉은 구슬이 탄자결에 실려 허공에 쏘아져 간다. 그러다 어둠 속에서 방향을 트는 흑살지주의 뒤쪽을 스쳐 지나갔다, 꽃봉오리를 활짝 펼치며.

“흡! 헥!”

가벼운 놀람에 이은 기괴한 신음. 휘의 입가에 슬쩍 웃음이 맺혔다. 뭘 봤기에…….

뒤쪽에서도 소란스런 소리가 들렸다.

“놈이 도망간다!”

언제 죽을 뻔했냐는 듯 유난히 큰 초평우의 목소리였다.

귀혼유사가 신형을 날리고 있었다. 귀혼도 덜렁거리는 팔다리를 이끌고 자신의 주인을 따라가고 있었다. 단 둘만. 셋은 바닥에 널브러져 있었다.

한데 잠시 후, 흑살지주가 날아간 쪽으로 신형을 날린 귀혼유사의 웃음소리가 산속을 울렸다.

“켈켈켈!! 킬킬킬!!”

“퉤!”

휘가 한 모금 피를 뱉어냈다. 흑살지주가 사력을 다해 내친 장력에 적루몽이 부서져 나갔다. 그 바람에 내기가 흔들리며 피가 끓어오른 것이다.

다행히 표시를 내지 않아서 쉽게 물러가긴 했지만, 계속했다면 그자를 죽인다 해도 휘 역시 상당한 내상을 감수해야 했을 것이다.

‘아무래도 내공 연마에 좀 더 신경을 써야겠어…….’

주위를 둘러보았다.

세 명이 죽고, 세 명이 부상을 입었다. 유현명도 안색이 창백한 것이 내상을 입은 듯했다. 그나마 오적상은 풍인강이 날뛴 덕분에 심한 부상을 입지는 않았다. 그가 살아남은 표사들을 지휘해 죽은 자들을 한곳으로 모으고 있었다. 그들의 얼굴은 침중하니 굳어져 있었다.

표행을 하다 보면 자주 겪는 일이긴 하지만 오늘처럼 많은 사람이 죽거나 다치는 경우는 매우 드문 일이었다.

하지만 상대가 귀마련의 오사였으니 산 것이 다행인지도…….

떨어지는 빗줄기가 점점 굵어진다. 시간이 흐른다면 장원에 흐른 피가 조금은 씻겨져 나갈 터. 그러나 죽은 동료들에 대한 마음만은 여전히 그들의 가슴에 남아 쉽게 잊혀지지 않을 것이다.

초평우가 시무룩한 표정으로 휘에게 다가왔다.

"죄송합니다. 저 때문에……."

휘가 빙그레 웃었다.

"아까… 위험했습니다."

"힘이 없으니… 죽어도 싸죠, 뭐."

고개를 푹 숙이는 초평우의 등 뒤로 유모가 다가왔다.

"정말 죽일 수도 있었어요. 너무 무모한……."

휘가 말했다, 굳은 표정으로.

"죽였다면 그자도 죽었을 겁니다. 초 형의 제단에 머리를 바쳐야 하니까."

"예?"

"강호는 누가 자신을 돌봐주기 전에 자신이 살아남아야 합니다. 그게 강호의 법칙이라고 배웠습니다. 안타까워도 어쩔 수 없습니다. 다시 그 상황이 닥쳐도……."

휘아야, 강호는 눈 멀뚱히 뜨고 있어도 코 베어 가는 곳이다. 항상 조심해야 돼. 누가 너를 돌봐주기 전에 네 스스로의 힘으로 살아갈 수 있어야 돼, 알았지?

정말 죽여도 공격했을 거라는 말. 유모가 놀라며 눈을 크게 뜨자 초평우가 씩 웃었다.

"까짓거 죽으면 한 번 죽지 두 번 죽습니까? 남에게 폐를 끼칠 것 같으면 죽어도 싸지요."

죽는 걸 아무렇지 않게 생각하는 두 남자의 말을 유모는 이해할 수 없었다.

"그럼 왜 아까는 살려 보냈죠? 죽일 수 있었다면……."

"그자가 나와 싸우지 않고 다른 사람을 공격했다면, 그를 죽이기 전에 다른 사람이 몇은 죽을 겁니다. 손해날 장사를 뭐 하러 합니까?"

휘가 비 내리는 어둠 속을 바라보며 말했다. 그때,

"맞아요. 그리고 다른 사람들도 모두 나섰겠죠."

"헛! 또 있다고요?"

방에서 들리는 모용서하의 말에 초평우가 놀라며 어둠 속을 향해 고개를 돌렸다. 그러자 모용서하가 다시 말했다.

"아까 방으로 침입했던 자처럼 몇이 상황을 주시하고 있었을 거예요. 최소한 둘 정도는……."

휘의 눈이 빛났다. 자신도 신경을 곤두세워서야 어둠 속에 숨어 있는 두 명의 기척을 찾아냈다. 그들은 철저히 기척을 감추고 숨어 있었다. 한데 저 여인은 아무렇지 않게 그 말을 하고 있다. 어떻게 알았을까? 장원에 들어오기 전에도…….

휘가 의문이 담긴 눈으로 방을 바라보자 그녀의 말이 다시 들려왔다.

"저에게 남들이 없는 약간의 재주가 있을 뿐이에요."

기이한 여인…….

휘가 그녀에 대한 생각에 눈빛이 깊어질 때였다.

"그런데 아까 귀혼유사가 왜 그렇게 웃었을까?"

휘에게 다가온 유현명이 알 수 없다는 표정으로 물었다. 그러자 휘가 빙그레 웃으며 대답했다.

"흑살지주의 엉덩이 쪽 옷이 갈라졌습니다."

사람들의 표정이 괴이하게 일그러진다, 나름대로 상상의 나래를 펴며. 순간 휘가 한마디를 더 했다.

"마지막에 제가 날린 검화, 적루몽이 그의 엉덩이… 에 빨간 꽃을 그렸지요."

"……."

마침내 그들의 머리 속에 한 가지 그림이 그려졌다. 시커먼 늙은 거미의 엉덩이가 벌려지고… 붉은 꽃이… 설마 한가운데……?

"쿡! 크크크……."

"푸하하하!!"

"아마 당분간은 어디에 앉지도 못할 겁니다. 그때마다 저를 생각하겠지요."

"호호호호!!"

끝내는 방 안에서도 웃음이 터져 나왔다.

한바탕 터져 나온 웃음에 살풍경이 날아가 버렸다. 빗속에서 동료의 시신을 옮기던 사람들도 웃음을 참지 못할 지경이었으니……. 그저 죽은 사람에게 미안하기만 할 뿐…….

『진조여휘』 3권에서…